KB196858

방앗간 공격

일러두기

- 인용문은 큰따옴표를 사용해서 옮겼다.
- 원문에서 인용부호(《 》) 또는 대문자로 강조된 낱말이나 표현은 번역문에서 작은따옴표로 강조했다.
- 원문에는 강조 표시가 없으나 '망자들의 의사'처럼 특별한 의미를 지닌 표현의 경우에는 독자의 이해를 돕기 위해 옮긴이가 임의로 작은따옴표로 묶었다.
- 상호는 발음표기로 옮겨 작은따옴표로 묶었다.
- 미술 작품 제목은 우리말로 번역하여 홑화살괄호(〈 〉)로 묶었다.
- 책 제목은 우리말로 번역하여 겹낫표(『 』)로 묶었다.
- 각주는 모두 옮긴이가 붙인 주석이다.

방앗간 공격

L'Attaque du moulin

에밀 졸라 지음

유기환 옮김

B:

목차

방앗간 공격

1

    아름다운 여름날 저녁, 메를리에 영감의 방앗간은 온통 축제 분위기로 들떠 있었다. 안마당에는 끝과 끝을 맞춘 세 개의 식탁이 가지런히 놓여 손님들을 기다리는 중이었다. 그날 메를리에 영감의 딸 프랑수아즈가 도미니크와 약혼한다는 사실을 마을 사람 모두가 알고 있었다. 도미니크는 게으르다는 핀잔을 듣는 청년이었지만, 십 리 사방에서 여자들이 눈을 반짝이며 바라볼 정도로 용모가 준수했다.

    메를리에 영감의 방앗간은 평소에도 분위기가 무척 명랑했다. 그 방앗간은 로크뢰즈 한복판에서 대로가 휘어지는 지점에 자리하고 있었다. 마을에는 길이 하나밖에 없고, 길 양쪽으로 오두막집이 각기 일렬로 나란히 이어진다. 대로가 휘어지는 지점에서부터 풀밭이 드넓게 펼쳐지고, 모렐 강을 따라 거목이 골짜기를 뒤덮고 있어 녹음이 아름답기가 그지없다. 로렌 지방에서 그보다 더 사랑스러운 경치를 찾기는 어렵다. 여러 세기에 걸쳐 형성된 울창한 숲이 좌우로 완만한 언덕을 따라 올라가고, 저 멀리 지평선을 녹음의 바다로 만든다. 남쪽으로는, 놀랍도록 기름진 들판이 산울타리로 조각조각 나뉜 경작지와 함께 무한히 펼쳐진다. 하지만 뭐니 뭐니 해도 로크뢰즈의 매력 포인트는 7월과 8월의 혹서기에 청량제로 제공되는 저 무성한 녹음이다. 모렐 강은 초록빛 숲에서 발원되어 몇십 리를 흘러가며, 속삭이는 물소리, 얼음처럼 시원한 숲 그늘을 실어 나른다. 그러나 모렐 강이 시원한 냉기의 유일한 원천은 아니다. 숲 아래에서 온갖 종류의 시냇물이 노래하고, 걸음을 옮길 때마다 땅에서 샘물이 솟아오른다.

좁다란 오솔길을 걸을 때면, 마치 지하의 호수가 나무 아래 바위 틈새와 이끼를 뚫고 여기저기 수정처럼 맑은 물길을 만드는 듯하다. 곳곳에서 시냇물 흐르는 소리가 어찌나 청명하고 다채로운지 피리새의 분주한 노랫소리조차 가려질 정도이다. 한마디로 여기는 사방에서 폭포수가 떨어지는 마법의 공원이나 다를 바 없다.

아래쪽으로는 초원이 물에 흠뻑 젖어 있고, 거대한 밤나무들이 검은 그림자를 드리우고 있다. 목초지 가장자리에는 백양나무가 기다란 커튼인 양 일렬로 늘어선 채 바람에 살랑거린다. 두 개의 커다란 플라타너스 가로수길은 들판을 가로질러 지금은 폐허로 변한 옛 가니 성城을 향해 올라간다. 이 땅에서는 끊임없이 비가 내려 도처에 풀이 무성하다. 숲이 우거진 두 언덕 사이에는 일종의 화단이 있는데, 그것은 초원이 잔디밭을 이루고 큰 나무들이 거대한 원형 꽃밭을 이루는 자연 화단이다. 정오에 태양이 수직으로 내리쬐면 나무 그림자는 푸르스름하게 변하고, 햇빛에 반짝이는 풀은 열기에 젖어 잠이 들며, 숲속에서는 얼음장 같은 냉기가 녹음을 관통한다.

바로 여기서, 메를리에 영감의 방앗간이 쿵덕거리는 소리로 야생의 녹지대를 더욱 쾌적하게 만들고 있었다. 나무판자와 석고로 이루어진 방앗간은 무척 오래되어 보였다. 방앗간은 모렐 강에 반쯤 잠겨 있었는데, 모렐 강은 이 지점에서 맑은 물웅덩이를 더욱 부드럽게 다듬었다. 수문이 설치되어 있었고, 물이 몇 미터 위에서 물레방아를 향해 폭포처럼 떨어졌으며, 물레방아는 방앗간에서 충직하게 일해 온 늙은 하인의 천식 기침 소리와 함께 삐걱거리며 돌아갔다. 물레를 교체하라는 충고를 들으면, 메를리에 영감은 고개를 가로저으며 젊은 물레가 더 게으르고 일을 잘 못한다고 말하곤 했다. 그래서 그는 무엇이든 손에 잡히는 대로 통널, 녹슨 철물, 아연, 납 등으로 물레를 수선했다. 그렇게 하면 모습이 기이해졌으나 풀과 이끼로 장식된 물레는 더 명랑하게 돌아가는 듯했다. 물이 은빛 물결로 물레에 쏟아지면, 물레는 진주 방울을 뒤집어쓴 채 그 기이한 뼈대를 눈부신 은빛 목걸이 아래로 돌렸다.

방앗간 전체 가운데 모렐 강에 잠긴 부분은 거기에 좌초된 야만인의 방주처럼 보였다. 방앗간의 절반은 말뚝 위에 서 있었다. 강물이 널마루 아래로 흘러 들어갔고, 군데군데 파인 구멍은 마을에서 아주 유명했는데 거기서 굵은 뱀장어와 가재가 잡혔다. 물이 떨어지는 폭포 아래 물웅덩이는 거울처럼 투명했고, 물레가 거품을 일으키지 않을 때는 무리 지어 천천히 헤엄치는 커다란 물고기들이 보였다. 반쯤 부서진 계단이 강으로 내려가서 배를 매어 둔 말뚝 부근까지 이어졌다. 길 위로는 나무 회랑이 펼쳐져 있었다. 이곳저곳 불규칙하게 뚫린 창문은 모두 열려 있었다. 모서리들, 작은 벽들, 나중에 추가된 건조물들, 기둥들, 지붕들이 뒤죽박죽 섞여 있어서 방앗간은 파괴된 옛 성채를 방불케 했다. 그러나 담쟁이넝쿨이 무성하게 자랐고, 온갖 덩굴식물이 방앗간의 균열을 모두 가렸으며, 오래된 집에 초록색 외투를 입혔다. 근처를 지나가던 아가씨들은 그들의 화폭에 메를리에 영감의 방앗간을 담았다.

도로 쪽에서 보면 집은 무척 단단해 보였다. 석조 출입구가 넓은 마당으로 열려 있었고, 좌우로 헛간과 외양간이 마당의 경계를 이루었다. 우물 옆에 선 거대한 느릅나무는 마당의 절반을 그림자로 덮고 있었다. 안쪽으로, 집의 2층에는 창문 네 개가 나란히 뚫려 있었고, 그 위로 탑 모양의 비둘기 집이 보였다. 메를리에 영감의 유일한 멋 부림은 10년마다 집의 외벽을 도료로 칠하는 것이었다. 최근에 하얀색으로 칠한 외벽은 한낮에 햇빛이 비치면 온 마을을 환하게 했다.

20년 전부터 메를리에 영감은 로크뢰즈의 촌장으로 일했다. 마을 사람들은 그가 모은 재산으로 인해 그를 높이 평가했다. 한 푼 한푼 모은 돈이 대략 80만 프랑에 이르는 것으로 추산되었다. 지참금으로 방앗간을 가져온 마들렌 기야르와 결혼했을 때 그가 가진 것은 맨주먹뿐이었다. 그러나 마들렌은 자신의 선택을 결코 후회한 적이 없었는데, 그가 집안 사업을 정력적으로 발전시켜 나갔기 때문이었다. 아내가 먼저 죽었기에, 지금 그는 딸 프랑수아즈와 함께 홀아비로 살고 있었다. 어쩌면 그는 물레방아를 이끼 속에 잠재운 채 편안하게 살 수도 있었으리라. 그러나 그랬다면 너무나 무료했을 것이고, 집이 죽은 듯 공허해졌을 것이다. 그는 심심풀이 삼아 여전히 일하고 있었다. 메를리에 영감은 얼굴이 기다랗고 키가 큰 노인으로서 말이 없고 웃는 법도 없었으나 내심 매우 쾌활하게 살았다. 사람들은 그의 돈 때문에, 또한 결혼할 때 그가 보여준 고상한 태도 때문에 그를 촌장으로 선출했다.

프랑수아즈 메를리에는 이제 막 열여덟 살이 되었다. 연약했던 탓에 그녀는 고장에서 가장 예쁜 아가씨 축에 들지는 못했다. 열다섯 살 때까지 그녀는 심지어 못생긴 소녀였다. 로크뢰즈 마을 사람들은 메를리에 부부가 그토록 건강하고 체격이 좋은데 어떻게 딸이 그처럼 연약하고 유감스럽게 자랄 수 있는지 이해하기 힘들었다. 그러나 열다섯 살 때 갑자기 자태가 우아해지면서 그 작은 얼굴이 세상에서 가장 예쁘게 변했다. 그녀는 머리칼과 눈동자가 모두 검어서 얼굴이 더욱 장밋빛으로 보였다. 언제나 웃고 있는 입, 두 뺨에 파인 보조개, 햇살을 머금은 듯 맑고 고운 이마가 돋보였다. 고장 아가씨들에 비하면 연약해 보였을지라도 그녀는 전혀 마른 체형이 아니었다. 예전에는 밀 한 자루도 들 수 없을 것처럼 보였으나 나이가 들면서 살이 붙었고, 마침내 메추라기처럼 통통하고 탐스럽게 변했다. 그렇지만 아버지가 오랫동안 침묵하며 살았던 탓인지 그녀는 아주 어릴 때부터 사려 깊게 행동했다. 다른 사람들을 기쁘게 하려고 언제나 웃었을 뿐, 마음속으로는 더없이 신중하고 진지했다.

당연히 고장 전체가 그녀의 마음에 들려고 애썼는데, 그녀의 착한 심성 못지않게 돈에 끌렸기 때문이었다. 하지만 그녀는 이제 막 고장 사람들의 빈축을 사는 선택을 했다. 모렐 강 건너편에 사는 키 큰 청년, 도미니크 팡케르는 로크뢰즈 출신이 아니었다. 10년 전, 그는 가니 숲 가장자리에 있는 약간의 땅을 숙부로부터 상속받기 위해 벨기에에서 여기로 왔다. 방앗간 바로 맞은편에 있는 그 땅은 소총으로 사정권에 들 정도로 가까웠다. 그의 말로는, 상속받은 땅이 팔리면 곧바로 집으로 돌아갈 예정이었다. 그러나 그 땅에 그대로 눌러앉은 걸 보면 이 고장이 그를 매료시킨 모양이었다. 소량의 밭을 가꾸어 거기서 나는 채소로 살아갔지만, 틈틈이 그는 낚시도 하고 사냥도 했다. 그 바람에 삼림 감시인들이 여러 차례 그를 붙잡아 조서를 꾸밀 뻔했다. 농부들은 이런 자유로운 삶이 어떻게 가능한지 이해할 수 없었으므로 그를 나쁘게 생각하기에 이르렀다. 사람들은 막연히 그를 밀렵꾼으로 취급했다. 어쨌든 그는 게을렀는데, 왜냐하면 일해야 하는 시간에 풀밭에서 잠을 자는 모습이 종종 목격되었기 때문이었다. 숲의 끝자락에 있는 그의 오두막집도 정직한 젊은이의 거처처럼 보이지 않았다. 그가 가니 숲의 늑대와 거래했다 하더라도 마을의 노파들은 전혀 놀라지 않았으리라. 그렇지만 가끔 젊은 아가씨들이 대담하게도 그를 옹호했는데, 왜냐하면 수상쩍기는 하나 모욕을 잘 견디는 이 남자가 포플러처럼 키가 크고, 피부가 눈처럼 하얗고, 턱수염과 금발 머리가 햇살에 반짝이는 황금처럼 눈부시기 때문이었다. 어느 화창한 날 아침, 프랑수아즈는 도미니크를 사랑하며 다른 남자와는 절대로 결혼하지 않겠다고 메를리에 영감에게 선언했다.

그날, 메를리에 영감은 철퇴를 맞은 듯 얼마나 놀랐던가! 그는 평소의 습관대로 아무 말도 하지 않았다. 깊은 상념에 빠진 얼굴이었고, 내면의 쾌활함도 더 이상 눈빛에 나타나지 않았다. 마음이 무척 상한 가운데 일주일이 흘러갔다. 프랑수아즈의 표정 또한 몹시 심각했다. 불한당 밀렵꾼이 어떻게 자기 딸을 사로잡았는지 몰랐기에 메를리에 영감은 더욱 괴로웠다. 도미니크는 방앗간에 온 적이 없었다. 방앗간 주인은 동정을 살폈고, 그 난봉꾼이 모렐 강 건너편의 풀밭에 누워 잠자는 척하는 모습을 보았다. 프랑수아즈는 자기 방에서 그를 볼 수 있었다. 사태가 분명했다. 두 남녀는 물레방아 너머로 달콤한 눈빛을 교환하면서 서로 사랑을 키웠음이 틀림없었다.

다시 일주일이 흘렀다. 프랑수아즈의 표정은 점점 더 심각해졌다. 메를리에 영감은 여전히 아무 말도 하지 않았다. 그러나 어느 날 저녁, 그는 조용히 도미니크를 집으로 데려왔다. 때마침 식탁을 차리던 프랑수아즈는 전혀 놀라지 않았고, 잠자코 식기를 한 세트 더 준비했다. 하지만 두 뺨의 예쁜 보조개가 더 깊어졌고, 입가에 미소가 다시 떠올랐다. 이튿날 아침, 메를리에 영감은 숲 가장자리에 있는 도미니크의 오두막집을 찾았다. 거기서 두 남자는 문과 창문을 모두 걸어 잠근 채 세 시간 동안 이야기를 나누었다. 아무도 그들이 무슨 이야기를 나누었는지 결코 알 수 없었다. 분명한 것은 메를리에 영감이 오두막집을 나오면서 도미니크를 벌써 아들로 취급했다는 사실이다. 아마도 노인은 아가씨들을 유혹하기 위해 풀밭에 누워 있던 이 게으름뱅이에게서 자기가 찾고 있던 선량한 청년의 모습을 발견한 모양이었다.

로크뢰즈 전체가 험담하기에 바빴다. 여자들은 문가에 서서 그런 불량배를 집안에 들인 메를리에 영감의 어리석음을 입에 침이 마르도록 탓했다. 그는 험담하게 내버려두었다. 어쩌면 그는 자신의 결혼을 추억하고 있는지도 몰랐다. 방앗간을 가진 마들렌과 결혼했을 때, 그 역시 무일푼의 젊은이였다. 그렇지만 가난이 그로 하여금 훌륭한 남편이 되는 것을 막지는 못했다. 게다가 도미니크는 고장 사람들이 경탄할 정도로 열심히 일함으로써 험담을 대번에 잠재웠다. 때마침 방앗간 일꾼이 군대에 징집되었는데, 도미니크는 다른 일꾼을 고용하는 데 한사코 반대했다. 그는 자루를 날랐고, 수레를 끌었으며, 물레방아를 돌리기 위해 물레와 씨름했다. 그 모든 일을 어찌나 정성껏 하던지 사람들은 재미 삼아 그가 일하는 모습을 보러 오곤 했다. 메를리에 영감은 조용히 미소 지었다. 그는 성실한 청년을 제대로 알아본 자신의 안목에 자부심을 느꼈다. 젊은이들에게 힘과 용기를 북돋우기 위해서는 사랑만큼 좋은 것이 없었다.

온종일 힘겹게 일하는 가운데서도 프랑수아즈와 도미니크는 서로를 사랑했다. 그들은 말을 나누지는 않았지만, 부드럽게 미소 지으며 서로를 바라보았다. 그때까지 메를리에 영감은 결혼에 대해 한마디도 하지 않았다. 두 남녀는 그 침묵을 존중하면서 노인이 의중을 밝히기를 기다렸다. 드디어 7월 중순 어느 날, 로크뢰즈의 친구들을 저녁 식사에 초대한 메를리에 영감이 안마당의 거대한 느릅나무 아래에 세 개의 식탁을 차리게 했다. 안마당이 손님들로 가득 차고 모든 사람이 술잔을 손에 쥐었을 때, 메를리에 영감이 잔을 높이 쳐들고 이렇게 말했다.

"지금부터 한 달 후, 생루이 축일에 프랑수아즈가 이 젊은이와 결혼하리라는 사실을 여러분에게 기쁘게 알리고자 합니다."

그러자 좌중이 떠들썩하게 건배를 외치며 잔을 부딪쳤다. 모두가 소리 내어 웃었다. 그때 메를리에 영감이 목청을 높여 다시 말했다.

"도미니크, 약혼녀에게 키스해야지. 그렇게 하는 거야."

손님들이 더 크게 웃으며 즐거워하는 동안, 얼굴이 새빨개진 두 남녀가 키스했다. 정말 유쾌한 파티였다. 작은 술통 하나가 비워졌다. 뒤이어 아주 가까운 친구들만 남았을 때, 그들은 두런두런 조용히 잡담을 나누었다. 어둠이 내렸고, 별이 총총한 밤, 무척 맑은 밤이었다. 벤치 위에 서로 가까이 붙어 앉은 도미니크와 프랑수아즈는 아무 말도 하지 않았다. 늙은 농부 하나가 프로이센에 대한 황제의 선전포고를 화제로 삼았다. 마을의 청년들이 모두 전쟁터로 떠났다. 어제도 몇몇 부대가 여기를 지나갔었다. 정말로 세게 한판 붙을 모양이었다.

"글쎄!" 메를리에 영감이 행복한 사내의 이기심으로 말했다. "어쨌거나 도미니크는 이방인이오, 전쟁터로 떠날 일은 없소……. 프로이센군이 몰려와도 저 친구는 여기서 자기 아내를 지킬 거요."

프로이센군이 여기로 쳐들어올 수 있다는 말이 재미있는 농담으로 받아들여졌다. 우리 군대가 그들을 박살 낼 것이며, 전쟁은 금세 끝날 것이었다.

"내가 벌써 놈들을 봤어, 놈들을 봤다니까." 그 늙은 농부가 흐릿한 목소리로 되풀이했다.

잠시 침묵이 흘렀다. 뒤이어 그들은 다시 한번 잔을 부딪치며 건배했다. 프랑수아즈와 도미니크의 귀에는 아무 소리도 들리지 않았다. 둘은 손님들의 눈에 띄지 않도록 벤치 뒤에서 서로의 손을 살며시 잡았다. 그렇게 하는 게 너무나 좋아서 둘은 캄캄한 어둠을 바라보며 꼼짝하지 않았다.

얼마나 포근하고 아름다운 밤이었던가! 집들이 하얀 도로 양쪽으로 늘어선 마을은 어린아이처럼 조용히 잠들어 있었다. 이제 간간이 들리는 것이라고는 너무 일찍 잠이 깬 수탉의 울음소리뿐이었다. 근처 숲에서 내려온 긴 숨결이 마을의 지붕들을 애무하듯 어루만지며 지나갔다. 검은 그림자가 진 초원이 고요하고 신비스러운 위엄에 휩싸여 있었고, 어둠 속에서 흐르는 샘물과 시냇물은 잠든 전원의 신선하고 규칙적인 호흡인 듯했다. 이따금 졸음에 빠진 방앗간의 낡은 물레가 코를 골다가 짖어대는 늙은 개처럼 꿈꾸듯 혼잣말을 했다. 물레는 삐걱거리는 소리를 냈고, 모렐 강의 낙수落水로 천천히 돌아가면서 혼자 수다를 떨었다. 강의 수면에서는 파이프 오르간처럼 음악적인 동시에 길게 이어지는 소리가 났다. 그 행복한 자연의 한 모퉁이에 이보다 더 깊은 평화가 깃든 적은 결코 없었다.

2

한 달 후 생루이 축일 바로 전날, 로크뢰즈는 공포에 휩싸였다. 프로이센군이 황제를 물리쳤고, 마을을 향해 강행군으로 진격하고 있었다. 일주일 전부터, 길을 지나가는 사람들이 프로이센군을 보았노라고 전했다. "그놈들이 로르미에르에 있어, 그놈들이 노벨에 있어." 그들이 그토록 빨리 다가오고 있다는 이야기를 들었을 때, 로크뢰즈 주민들은 아침마다 프로이센군이 가니 숲을 통해 내려오지 않을까 전전긍긍했다. 하지만 프로이센군은 그림자조차 보이지 않았는데, 그것이 주민들을 더욱더 두렵게 했다. 틀림없이 프로이센군은 밤중에 마을로 들이닥쳐 주민들을 모두 참살할 것이었다.

그날 새벽, 동이 트기 직전에 경보가 울렸다. 주민들은 길에서 사람들이 시끌벅적 웅성거리는 소리에 잠이 깼다. 조심스럽게 살짝 연 창문 틈으로 붉은 바지가 보이자, 여자들은 마음이 놓이는 듯 무릎을 꿇은 채 가슴에 성호를 그었다. 그것은 프랑스 분견대였다. 대위는 즉시 마을의 촌장을 불렀다. 메를리에 영감과 몇 마디 이야기를 나눈 뒤, 그는 방앗간에 머물렀다.

그날 아침, 태양이 상쾌하게 떠오르고 있었다. 잠시 후 정오가 되면 날씨가 더워질 듯했다. 숲 위로는 황금빛으로 물든 밝은 기운이 감돌았고, 초원 위로는 하얀 수증기가 피어올랐다. 깨끗하고 예쁜 마을은 신선한 공기를 맞으며 잠에서 깨고 있었고, 강물과 샘물이 흐르는 전원은 은은한 꽃향기에 젖어 달콤했다. 하지만 이 아름다운 하루는 아무에게도 즐거운 미소를 선사하지 않았다. 대위가 방앗간을 한 바퀴 돌고, 이웃집들을 바라보고, 모렐강 맞은편으로 건너가고, 거기서 쌍안경으로 마을을 자세히 살피는 모습이 보였다. 그를 동반한 메를리에 영감은 무엇인가 열심히 설명하는 듯했다. 뒤이어 대위는 벽 뒤에, 나무 뒤에, 은신용 구덩이에 병사들을 배치했다. 분견대의 주력 병사들은 방앗간 안마당에 자리를 잡았다. 그렇다면 곧 전투가 벌어질 것인가? 메를리에 영감이 되돌아오자, 사람들이 물었다. 그는 말없이 고개를 길게 끄덕였다. 그렇다, 곧 전투가 벌어질 것이었다.

안마당에 있던 프랑수아즈와 도미니크가 그를 바라보았다. 그는 마침내 입에서 파이프 담배를 빼더니 이렇게 탄식했다.

"아! 불쌍한 녀석들, 결혼식이 바로 내일인데!"

이마에 분노의 주름이 잡히고 입을 굳게 다문 도미니크는 이따금 몸을 곧추세운 채, 프로이센군이 들이닥치는 모습을 보려는 듯 가니 숲을 응시했다. 얼굴이 새파랗게 질린 프랑수아즈는 심각한 표정으로 오가며 병사들에게 필요 물품을 갖다주었다. 병사들은 마당 한구석에서 수프를 끓였고, 식사가 준비될 때까지 농담을 주고받았다.

대위는 감탄한 듯했다. 그는 강을 면한 방앗간의 방들과 거실을 둘러보았다. 그러고서 우물 옆에 앉아 메를리에 영감과 이야기를 나누었다.

"이 방앗간은 진짜 요새 같습니다." 그가 말했다. "오늘 저녁까지 버텨야 할 텐데……. 날강도들이 늦나 봅니다. 이 시각쯤엔 놈들이 여기에 있어야 하거든요."

방앗간 주인의 표정이 어두워졌다. 방앗간이 횃불처럼 활활 타오르는 게 눈에 보이는 듯했다. 그러나 어쩔 수 없다고 생각하며 그는 불평하지 않았다. 다만 이렇게 말했다.

"배를 물레방아 뒤로 숨기는 게 좋을 거요. 거기에 그럴 만한 웅덩이가 있으니까……. 물레방아가 쓸모 있을 겁니다."

대위는 병사들에게 명령을 내렸다. 키가 크고 얼굴이 상냥하게 생긴 대위는 마흔 살가량 된 호남이었다. 그는 프랑수아즈와 도미니크를 정겹게 바라보았다. 청춘 남녀의 모습에 정신이 팔려 임박한 전투조차 잊은 듯했다. 그는 프랑수아즈를 눈으로 좇았는데, 표정으로 보아 그녀가 매력적이라고 생각하는 게 틀림없었다. 그런 다음, 그는 도미니크 쪽으로 눈길을 돌렸다.

"이보게, 왜 입대하지 않았나?" 별안간 그가 물었다.

"저는 외국인입니다." 젊은이가 대답했다.

대위는 그 이유를 별로 인정하지 않는 듯했다. 그는 눈을 가늘게 뜨며 미소 지었다. 대포보다 프랑수아즈 곁에 있는 게 훨씬 좋을 테지. 대위가 미소 짓는 모습을 보자, 도미니크가 이렇게 덧붙였다.

"저는 외국인입니다. 하지만 50미터 거리의 사과도 총으로 명중시킬 수 있어요……. 보세요, 제 사냥총이 거기에 있잖아요, 대위님 뒤에."

"사냥총도 쓸모가 있겠지." 대위가 간단히 대꾸했다.

프랑수아즈가 몸을 약간 떨면서 도미니크에게 다가갔다. 주변의 시선에 아랑곳없이, 젊은이는 그녀를 보호하려는 듯 그녀가 내민 두 손을 꼭 잡았다. 대위는 다시 미소를 지었지만, 이번에는 아무런 말도 덧붙이지 않았다. 검을 두 다리 사이에 끼운 채 그는 꿈꾸듯 멍한 시선으로 자리에 앉아 있었다.

벌써 열 시였다. 더위가 매우 심해졌고, 무거운 침묵이 감돌았다. 마당에서는 헛간 그늘에 자리 잡은 병사들이 수프를 먹기 시작했다. 마을에서는 아무 소리도 들리지 않았고, 주민들이 모두 자기 집에 바리케이드를 치고 문과 창문을 굳게 걸어 잠갔다. 길에 홀로 남은 개 한 마리가 컹컹 짖었다. 여기저기 산재한 온갖 바람과 숨결로 이루어진 듯한 소리가 아지랑이가 피어오르는 숲과 초원으로부터 새어 나와 길게 이어졌다. 뻐꾸기가 울었다. 뒤이어 또다시 침묵이 깃들었다.

이 졸린 듯 고요한 대기 속에서, 갑자기 총성이 울렸다. 대위가 벌떡 일어섰고, 병사들이 반쯤 먹은 수프 접시를 손에서 떨어뜨렸다. 눈 깜박할 새 모두가 자기 위치로 돌아간 방앗간은 위에서 아래까지 병사들로 가득 찼다. 그렇지만 집 밖으로 나간 대위는 도로에서 아무것도 보지 못했다. 텅 빈 도로가 좌우로 하얗게 뻗어 있었다. 바로 그때 두 번째 총성이 울렸지만, 여전히 아무것도, 그림자 하나 보이지 않았다. 그러나 뒤돌아선 대위의 눈에 가니 숲 쪽 두 나무 사이에서 거미줄처럼 가느다란 연기가 올라오는 게 보였다. 숲은 깊고 으슥했다.

"불한당들이 숲속에 몸을 숨겼군그래." 대위가 중얼거렸다. "놈들은 우리가 방앗간에 있는 걸 알고 있어."

방앗간 주변에 배치된 프랑스 병사들과 나무 뒤에 숨은 프로이센 병사들 사이에서 총격전이 벌어졌고, 양상이 점점 격화되었다. 총알이 모렐 강 위로 핑핑 날아다녔지만, 양측 어디에도 사상자는 발생하지 않았다. 수풀이 있는 곳이면 어디서든 총성이 울렸고, 매번 뽀얀 연기가 조용히 바람에 흔들렸다. 벌써 두 시간째 그런 양상이 계속되었다. 장교는 무심히 콧노래를 불렀다. 마당에 있던 프랑수아즈와 도미니크는 몸을 세운 채 그다지 높지 않은 담장 너머를 보려고 애썼다. 두 사람은 특히 모렐 강변에 방치된 낡은 배 뒤에 숨은 어린 병사에게 관심이 쏠렸다. 땅에 엎드린 그는 기회를 엿보다가 총을 쏘았고, 그다음에는 바로 뒤에 있는 도랑으로 미끄러져 들어가 소총에 탄환을 다시 장전했다. 그의 동작이 얼마나 재미있고 약삭빠르고 유연했던지 그를 보고 있노라면 저절로 웃음이 나왔다. 그가 프로이센 병사의 머리를 본 게 틀림없었는데, 왜냐하면 잽싸게 일어나서 어깨에 거총했기 때문이었다. 그러나 총을 쏘기 전에 그가 비명을 지르며 핑그르르 도랑으로 굴러떨어졌고, 거기서 목이 잘리는 닭의 다리처럼 그의 두 다리가 파르르 경련을 일으켰다. 어린 병사는 가슴에 정통으로 총알을 맞은 것이었다. 그가 첫 번째 전사자였다. 본능적으로 프랑수아즈는 도미니크의 손을 잡아 자기 손에 꼭 쥐었다.

"거기에 있으면 안 돼요." 대위가 말했다. "총알이 여기까지 날아오잖소."

과연 늙은 느릅나무에도 총알이 스치는 소리가 들렸고, 작은 나뭇가지가 땅바닥으로 떨어졌다. 그러나 두 젊은이는 공포에 질린 채 못 박힌 듯 꼼짝하지 못했다. 바로 그때 숲 가장자리에서, 마치 무대 뒤에서 튀어나오듯 나무 뒤에서 튀어나온 프로이센 병사 하나가 두 팔을 허우적거리며 뒤로 쓰러졌다. 그러고는 아무것도 움직이지 않았다. 두 전사자는 눈부신 햇살을 받으며 잠을 자는 듯했고, 아지랑이가 피어오르는 들판에서는 여전히 사람 그림자 하나 보이지 않았다. 총소리조차 뚝 그쳤다. 귀에 들리는 것이라고는 모렐 강이 속삭이듯 맑게 흐르는 소리밖에 없었다.

메를리에 영감이 전투가 끝났는지 묻는 것처럼 놀란 표정으로 대위를 쳐다보았다.

"곧 큰 소동이 날 겁니다." 대위가 나직이 말했다. "조심하세요. 여기에 계시면 안 됩니다."

대위가 말을 마치기도 전에 끔찍한 총소리가 공기를 갈랐다. 커다란 느릅나무가 금방이라도 쓰러질 듯했고, 나뭇잎이 무수히 날아올라 빙그르르 떨어져 내렸다. 다행스럽게도, 프로이센 병사들이 총을 너무 높이 겨누고 발사한 것이었다. 도미니크가 프랑수아즈를 낚아채듯 황급히 붙잡아 뛰어갔고, 메를리에 영감이 그들을 뒤따르며 소리쳤다.

"빨리 지하창고로 가, 벽이 단단하니까."

그러나 두 젊은이는 그 말을 듣지 못했고, 거실로 뛰어 들어갔다. 거실에서는 여남은 명의 병사들이 덧창을 닫은 채 틈새로 밖을 주시하며 조용히 기다렸다. 광란의 발사가 계속되는 동안, 혼자 마당에 남은 대위는 작은 담장 뒤에 몸을 숨긴 채 상황을 파악하고 있었다. 밖에서는, 그가 배치한 병사들이 한걸음 후퇴하고 곧바로 한걸음 전진했다. 즉 적이 그들을 은신처에서 몰아내면, 그들은 곧바로 포복으로 한 사람씩 자기 위치로 되돌아갔다. 그들이 받은 명령은 프로이센군이 아군의 병력을 파악하지 못하도록 모습을 감추고 시간을 벌라는 것이었다. 한 시간이 더 흘렀다. 중사가 와서 밖에는 이제 두세 명의 병사밖에 없다고 보고하자, 장교가 회중시계를 보면서 중얼거렸다.

"두 시 반이라…… 그렇다면 네 시간을 더 버텨야 해."

대위는 마당의 대문을 닫게 했고, 결사 항전을 위해 모든 걸 준비시켰다. 프로이센군이 모렐 강 맞은편에 있었기에 기습을 걱정할 필요는 없었다. 2킬로미터 거리에 다리가 있었으나 적들은 아마도 그 존재를 모르는 듯했고, 걸어서 강을 건너는 건 상상하기 어려웠다. 그래서 장교는 오로지 도로를 감시하게 했다. 온갖 노력이 들판을 향해 경주될 참이었다.

총격전이 다시 멈추었다. 방앗간은 뙤약볕에 죽은 듯 고요했다. 덧창 하나 열려 있지 않았고, 집 안에서는 어떤 소리도 나지 않았다. 그렇지만 가니 숲 가장자리에서는 몇몇 프로이센 병사가 모습을 드러냈다. 그들은 목을 길게 빼고 살피더니 점점 대담하게 행동했다. 방앗간에서 프랑스 병사들이 거총 자세를 취하자, 대위가 소리쳤다.

"아냐, 아냐, 기다려……. 가까이 오게 내버려둬."

프로이센 병사들은 경계의 끈을 늦추지 않으며 신중하게 방앗간을 살폈다. 담쟁이덩굴로 덮인 이 오래된 집이 왠지 모르게 그들을 불안하게 했다. 그렇지만 그들은 앞으로 나아갔다. 정면의 초원에서 프로이센 병사가 50명가량 보였을 때, 프랑스 장교가 외마디 소리를 질렀다.

"발사!"

파열음이 들렸고, 병사들의 소총이 저마다 불을 뿜었다. 프랑수아즈는 몸을 와들와들 떨면서 자기도 모르게 두 손으로 귀를 막았다. 도미니크는 병사들의 뒤에서 그 광경을 지켜보았다. 연기가 조금 걷히자, 프로이센 병사 셋이 풀밭 가운데 쓰러진 모습이 눈에 들어왔다. 다른 적병들은 재빨리 버드나무와 포플러 뒤로 몸을 던졌다. 뒤이어 본격적으로 방앗간 포위 공격이 시작되었다.

한 시간이 넘도록 총알 세례를 받은 방앗간은 구멍투성이가 되었다. 무수히 많은 총알이 낡은 벽을 우박처럼 때렸다. 총알은 돌멩이에 튕기며 물에 빠지기도 했고, 둔탁한 소리를 내며 목제 기둥에 박히기도 했다. 이따금 총알을 맞은 물레방아가 삐걱거리는 소리를 냈다. 집 안에 있는 프랑스 병사들은 조준 사격을 할 수 있을 때만 총을 쏘며 탄환을 아꼈다. 때때로 대위는 회중시계를 보았다. 총알 하나가 덧창을 쪼개고 들어와 천장에 박혔을 때, 대위가 중얼거렸다.

"이제 겨우 네 시잖아. 끝까지 버틸 수 없겠는걸."

실제로, 무시무시한 일제 사격이 조금씩 낡은 방앗간을 뒤흔들었다. 덧창 하나가 레이스처럼 구멍이 뚫린 채 강물에 떨어지는 바람에 침대 매트리스로 덧창을 대신해야 했다. 메를리에 영감은 매 순간 몸을 드러내어 물레방아가 얼마나 손상되었는지 확인했다. 물레방아가 삐걱거리는 소리를 낼 때마다 심장에 총알이 박히는 기분이었다. 이번엔 완전히 끝장나겠어, 절대로 수선할 수 없을 거야. 도미니크는 프랑수아즈에게 뒤로 물러나서 숨으라고 애원했지만, 그녀는 한사코 그의 곁을 떠나지 않으려 했다. 그녀는 자기 몸을 가려주는 떡갈나무 장롱 뒤에 앉아 있었다. 그렇지만 총알이 장롱까지 날아와 둔탁한 소리를 내며 장롱 옆구리에 박혔다. 그러자 도미니크가 프랑수아즈 앞에 섰다. 그는 손에 총을 들고 있었으나 아직 발포하지는 않았다. 왜냐하면 병사들이 창가를 모두 점하고 있어 거기로 다가갈 공간이 없었기 때문이었다. 총을 쏠 때마다 마룻바닥이 진동했다.

"조심해! 조심해!" 갑자기 대위가 소리쳤다.

그는 방금 숲에서 한 무리의 거무스레한 프로이센 병사가 쏟아져 나오는 모습을 보았다. 곧바로 소대 병력의 소총이 일제히 불을 뿜었다. 마치 방앗간 위로 소용돌이가 몰아치는 듯했다. 또다른 덧창 하나가 떨어져 나갔고, 휑하니 열린 창문을 통해 총알이 빗발치듯 쏟아져 들어왔다. 두 병사가 방바닥에 쓰러졌다. 한병사는 더 이상 움직이지 않는데, 전투에 방해가 되었기 때문에 그를 벽 쪽으로 밀쳐놓았다. 다른 한 병사는 사지를 비틀며 죽여 달라고 간청했지만, 아무도 그의 말을 들어주지 않았다. 총알이 계속 쏟아져 들어왔고, 각자 옆으로 비켜선 채 총안銃眼을 찾아 반격하려고 애썼다. 세 번째 병사가 총상을 입었다. 그는 아무런 말도 할 수 없었고, 초점 없이 멍한 눈길로 식탁 가장자리에서 죽어갔다. 죽은 병사들 앞에서 공포에 질린 프랑수아즈는 기계적인 동작으로 의자를 밀쳤고, 벽에 기대 맨바닥에 주저앉았다. 그렇게 하니 몸이 좀 더 작아지고 좀 덜 위험한 듯했다. 그동안에 집의 침대 매트리스를 모두 가져온 병사들이 그것으로 창문을 다시 반쯤 가렸다. 거실은 물건의 파편, 해체된 무기, 파손된 가구로 가득 찼다.

"다섯 시라……." 대위가 말했다. "자, 조금만 더 버티자고…….

놈들이 강을 건너려 할 거야."

그 순간, 프랑수아즈가 비명을 질렀다. 어디엔가 부딪쳐 튄 총알이 그녀의 이마를 스친 것이었다. 피가 몇 방울 맺혔다. 도미니크가 그녀를 바라보았다. 그는 창가로 다가서서 처음으로 방아쇠를 당겼고, 더 이상 멈추지 않았다. 자기 옆에서 무슨 일이 일어나는지 전혀 신경 쓰지 않으면서 묵묵히 총알을 장전하고 발사했다. 간간이 프랑수아즈에게 시선을 던질 뿐, 전혀 서두르는 법이 없이 세심하게 조준했다. 대위가 예상한 대로, 줄지어 선 포플러를 따라가며 프로이센 병사들이 모렐 강을 건너려고 했다. 하지만 그들 중 하나가 용감하게 도강을 시도하자마자 도미니크의 총알에 머리를 맞아 앞으로 꼬꾸라졌다. 그 모습을 지켜본 대위가 감탄했다. 그는 이런 명사수가 많으면 얼마나 좋겠느냐고 말하며 젊은이를 칭찬했다. 도미니크의 귀에는 그 말이 들리지 않았다. 총알 하나가 어깨를 스쳤고, 다른 하나가 팔에 상처를 냈다. 그럼에도 그는 여전히 총을 쏘고 있었다.

다시 두 명의 아군 병사가 죽었다. 갈기갈기 찢긴 매트리스는 더 이상 창문을 가려주지 못했다. 프로이센군이 한 번만 더 일제 사격을 퍼부으면 방앗간이 초토화될 듯했다. 진지 방어는 불가능했지만, 장교는 이렇게 되풀이했다.

"조금만 더 버티자고……. 30분만."

대위는 이제 일분일초를 세고 있었다. 상관들에게 저녁 무렵까지 적을 거기에 묶어 두겠다고 약속했기 때문에, 그는 퇴각 시각이 오기 전에는 한 발짝도 물러나지 않을 작정이었다. 그는 친근한 표정을 유지했고, 프랑수아즈를 안심시키기 위해 그녀에게 미소 지었다. 이제 그도 죽은 병사의 소총을 집어 들고 총을 쏘았다.

거실에는 네 명의 병사밖에 남지 않았다.

프로이센 병사들이 모렐 강 맞은편 기슭에서 무더기로 나타났고, 그들이 곧 강을 건널 게 확실했다. 몇 분이 더 흘렀다. 대위가 고집스레 퇴각 명령을 내리지 않고 있을 때, 중사가 헐레벌떡 달려와서 말했다.

"놈들이 도로 위에 나타났습니다. 잠시 후 뒤에서 우리를 덮칠 듯한데……."

프로이센 병사들이 다리를 발견한 게 틀림없었다. 대위는 회중시계를 꺼냈다.

"아직 5분 남았어." 그가 말했다. "놈들이 5분 이내에 여기로 들이닥치지는 못할 거야."

여섯 시 정각이 되자, 대위는 마침내 골목으로 나 있는 작은 문을 통해 부하들을 밖으로 내보내는 데 동의했다. 거기서 그들은 도랑으로 뛰어내렸고, 금세 소발 숲에 다다랐다. 출발하기 전에 대위는 죄송하다고 말하며 메를리에 영감에게 정중하게 인사했다. 심지어 그는 이렇게 덧붙였다.

"놈들의 주의를 딴 데로 돌려주세요……. 곧 돌아오겠습니다."

도미니크는 거실에 혼자 남았다. 아무것도 듣지 못해 상황을 이해하지 못했기 때문에, 그는 여전히 총을 쏘고 있었다. 그에게는 오직 프랑수아즈를 보호해야겠다는 생각밖에 없었다. 게다가 병사들이 떠났으리라고는 상상조차 하지 못했다. 한발 한발 정조준해서 적병을 쓰러뜨리고 있을 때, 별안간 큰 소리가 났다. 프로이센 병사들이 뒤에서 들어와 마당을 점령한 것이었다. 도미니크가 마지막 한 방을 쏘았을 때 그들이 그를 덮쳐 쓰러뜨렸다. 그의 소총에서는 아직도 연기가 피어오르고 있었다.

네 명의 프로이센 병사가 그를 붙잡았다. 다른 병사들이 끔찍한 언어로 고함을 지르며 욕설을 퍼부었다. 그들은 즉시 그를 참살할 뻔했지만, 프랑수아즈가 앞으로 달려 나가 살려 달라고 애원했다. 그때 프로이센 장교가 들어와서 죄수를 넘겨받았다. 병사들과 독일어로 몇 마디를 나눈 후, 그는 도미니크를 향해 돌아서더니 유창한 프랑스어로 거칠게 말했다.

"당신은 두 시간 후에 총살될 거요."

3

그것은 독일 참모본부가 정한 규칙이었다. 즉 정규군 소속이 아님에도 손에 무기를 든 프랑스인은 누구든지 총살당할 것이었다. 의용병은 교전군으로 인정되지 않았다. 자신의 집을 지키려는 농부들에게 그처럼 끔찍한 본보기를 보임으로써, 독일군은 두렵기 그지없는 민중 봉기를 막고자 했다.

50세가량으로 키가 크고 깡마른 장교는 도미니크를 간단히 심문했다. 프랑스어를 유려하게 구사함에도 그는 프로이센 사람답게 경직되어 보였다.

"당신은 이 고장 사람이오?"

"아뇨, 벨기에 사람입니다."

"그렇다면 왜 무기를 들었소? 당신과는 전혀 상관없는 일인데."

도미니크는 대답하지 않았다. 그 순간, 장교의 눈에 파랗게 질린 채 귀를 쫑긋 세우고 있는 프랑수아즈가 보였다. 그녀의 새하얀 이마에 한 줄기 핏자국이 있었다. 두 젊은이를 번갈아 쳐다본 장교는 사태를 대강 짐작하고서 이렇게 덧붙였다.

"총을 쏜 걸 인정하오?"

"엉겁결에 무턱대고 쏘았을 뿐입니다." 도미니크가 조용히 대답했다.

이런 말은 전혀 설득력이 없었는데, 왜냐하면 화약으로 까매진 그의 얼굴이 땀에 젖어 있었고, 찰과상으로 어깨에 핏방울이 맺혀 있었기 때문이었다.

"됐소." 장교가 되풀이했다. "당신은 두 시간 후에 총살될 거요."

프랑수아즈는 비명조차 지르지 못했다. 그녀는 두 손을 모았고, 그 손을 절망적으로 말없이 들어 올렸다. 장교가 그 모습을 바라보았다. 두 병사가 도미니크를 옆방으로 데려가서 감시했다. 아가씨는 서 있을 힘이 없어 의자 위에 털썩 주저앉았고, 숨이 막혀 눈물조차 흘릴 수 없었다. 그녀를 유심히 살피던 장교가 마침내 입을 열었다.

"그 청년이 당신의 오빠요?" 그가 물었다.

그녀는 고갯짓으로 아니라고 했다. 장교는 미소조차 없이 뻣뻣한 태도를 취했다. 잠자코 입을 다물고 있던 그가 다시 말했다.

"그자가 오래전부터 이 고장에서 살았나 보군."

그녀가 다시 고갯짓으로 그렇다고 했다.

"그렇다면 근처 숲을 손바닥처럼 훤히 꿰뚫고 있을 듯한데……. 안 그렇소?"

이번에는 그녀가 입을 열어 말했다.

"네, 장교님." 그녀가 다소 놀란 표정으로 그를 바라보며 말했다.

그는 아무 말도 덧붙이지 않았고, 몸을 돌려 마을의 촌장을 데려오라고 부하들에게 지시했다. 하지만 프랑수아즈가 자리에서 벌떡 일어났다. 그녀는 장교가 왜 그런 질문을 했는지 알 듯했고, 거기서 희망의 빛을 보았기에 얼굴이 발갛게 상기되었다. 그녀가 아버지를 찾으러 달려갔다.

메를리에 영감은 총격전이 그치자마자 황급히 통로로 내려와 물레방아로 향했다. 그는 딸을 사랑했고, 미래의 사위인 도미니크에게 깊은 애정을 품고 있었다. 그러나 물레방아 또한 그의 가슴속에서 차지하는 자리가 몹시 컸다. 어쨌든 두 아이가 전투에서 무사히 빠져나온 이상, 이제 그를 괴롭히는 걱정거리는 물레방아였다. 나무 뼈대 위로 몸을 숙인 채, 그는 애통한 표정으로 상처를 살폈다. 다섯 개의 물갈퀴 판이 떨어져 나가거나 산산조각이 났고, 중심축은 총알 세례로 구멍투성이였다. 그는 총알구멍에 손가락을 집어넣어 깊이와 너비를 가늠하면서, 이 모든 손상을 어떻게 복구할 수 있을지 곰곰이 생각했다. 프랑수아즈가 그를 찾아냈을 때, 그는 벌써 이끼와 잔해물로 틈새를 메우고 있었다.

"아버지." 그녀가 말했다. "그 사람들이 아버지를 찾아요."

방금 들은 사실을 아버지에게 말하면서 그제야 그녀는 눈물을 흘렸다. 메를리에 영감은 고개를 가로저었다. 사람을 그처럼 간단히 총살할 수는 없는 법이야. 이럴수록 최대한 신중하게 해결책을 찾아야 해. 그는 조용하고 의연하게 방앗간으로 들어갔다. 장교가 병사들을 위한 식량을 요구하자, 그는 로크뢰즈 사람들이 학대에 익숙하지 않으므로 폭력을 써서는 아무것도 얻지 못하리라고 답했다. 그는 혼자 행동한다는 조건으로 그 일을 맡았다. 장교는 처음에 촌장의 조용한 어조에 화를 내는 듯했지만, 촌장의 짧고 분명한 단언에 굴복하고 말았다. 그는 노인을 다시 불러 이렇게 물었다.

"저기 정면에 보이는 숲 말이오, 저 숲의 이름이 뭡니까?"

"소발 숲."

"면적이 얼마나 될까요?"

방앗간 주인은 장교를 빤히 쳐다보았다.

"모르겠소." 노인이 대답했다.

그러고서 노인은 멀어져 갔다. 한 시간 후, 장교가 요구한 식량과 돈이 방앗간 마당에 놓여 있었다. 어둠이 내렸다. 프랑수아즈는 불안한 눈길로 병사들의 동태를 살폈다. 그녀는 도미니크가 갇혀 있는 방에서 멀리 떨어지려 하지 않았다. 일곱 시경, 그녀는 가슴이 덜컹 내려앉았다. 장교가 죄수의 방으로 들어가는 모습이 보이는 것이었다. 15분 동안, 점점 고조되는 그들의 목소리가 들렸다. 한순간 장교가 문턱에 나타나더니 그녀가 이해할 수 없는 독일어로 명령을 내렸다. 열두 명의 병사가 손에 소총을 든 채 마당에 일렬로 정렬했을 때, 그녀는 온몸이 와들와들 떨리며 금방이라도 죽을 것만 같았다. 끝장이었다. 처형이 집행될 참이었다. 열두 명의 병사는 10분 동안 그 자리에 있었고, 도미니크는 격렬하게 거부의 목소리를 높였다. 마침내 장교가 이렇게 말하면서 문을 쾅 닫고 나왔다.

"잘 생각해 보시오……. 내일 아침까지 시간을 줄 테니까."

장교는 열두 명의 병사에게 손짓으로 해산하라고 명령했다. 프랑수아즈는 온몸이 마비되는 듯했다. 그저 호기심 어린 눈길로 소대원들을 바라보면서 파이프 담배를 피우고 있던 메를리에 영감이 다가와서 그녀를 자애롭게 품에 안았다. 그는 딸을 그녀의 방으로 데리고 갔다.

"침착해야 해." 그가 그녀에게 말했다. "일단 잠을 자둬……. 내일 날이 밝으면, 그때 해결하자."

방에서 나오면서, 그는 딸을 조심스럽게 가두어 놓았다. 그는 원칙적으로 여자들이 아무 일에도 쓸모없고, 중대한 일일수록 여자들이 모든 걸 망친다고 생각하고 있었다. 그렇지만 프랑수아즈는 잠자리에 들지 않았다. 그녀는 오랫동안 침대에 앉아 집 안에서 나는 온갖 소리에 촉각을 곤두세웠다. 마당에서 야영하는 독일군 병사들이 노래를 부르며 웃고 떠들었다. 소란이 한순간도 멈추지 않은 걸로 봐서 그들은 열한 시까지 먹고 마셨음이 틀림없었다. 방앗간에서는 묵직한 군홧발 소리가 간간이 울렸는데, 아마도 거기에 세워 둔 보초들의 발걸음인 듯했다. 그러나 무엇보다 그녀의 관심을 끈 것은 그녀의 방 바로 아랫방에서 나는 소리였다. 여러 차례 그녀는 바닥에 엎드린 채 마루에 귀를 갖다 댔다. 그 방은 도미니크가 갇혀 있는 방이었다. 도미니크는 벽에서 창문까지 왔다 갔다 하는 듯했는데, 왜냐하면 규칙적인 발걸음 소리가 오래도록 들렸기 때문이었다. 그러다가 문득 침묵이 깃들었다. 아마도 그가 자리에 앉은 모양이었다. 게다가 바깥의 소란도 그쳤고, 모두가 잠든 듯했다. 온 집이 잠에 빠졌다고 여겨졌을 때, 그녀는 더없이 조용히 창문을 열어 창가에 팔꿈치를 괴었다.

밖에서는, 밤이 포근하고 평온했다. 소발 숲 뒤로 기운 얇은 초승달이 희미한 야등처럼 들판을 비추고 있었다. 커다란 나무들의 긴 그림자가 초원에 검은색 줄을 그었고, 나무가 없는 곳에서는 풀이 초록색 벨벳처럼 부드럽게 펼쳐져 있었다. 그러나 프랑수아즈는 밤의 신비스러운 매력에는 관심이 없었다. 그녀는 눈길로 들판을 샅샅이 뒤지면서 독일군이 세워 두었을 보초들을 찾았다. 모렐 강을 따라 일정한 간격으로 늘어선 그들의 그림자가 그녀에게 분명히 보였다. 방앗간 정면의 강 건너편에는, 흐드러진 가지를 물에 늘어뜨린 버드나무 옆에 단 한 명의 보초가 서 있었다. 프랑수아즈의 눈에 그의 모습이 뚜렷이 보였다. 그 키 큰 청년은 양치기처럼 꿈꾸듯 하늘을 바라보며 꼼짝하지 않고 있었다.

그처럼 이곳저곳을 정밀하게 살핀 후, 그녀는 침대로 돌아가서 앉았다. 그녀는 한 시간 동안 깊이 생각에 잠겼다. 그런 다음, 다시 귀를 기울였다. 집에서 아무런 소리도 나지 않았기 때문에, 그녀는 창가로 돌아가서 다시 눈길을 던졌다. 나무에 걸린 초승달의 한쪽 뿔이 마음에 걸려 조금 더 기다렸다. 마침내 때가 왔다. 어둠이 칠흑처럼 짙어졌고, 정면의 보초가 더 이상 보이지 않았으며, 들판이 먹물처럼 새까맣게 변했다. 잠시 귀를 기울인후, 그녀는 결심했다. 창문 옆 벽에는 물레방아에서 다락방으로올라가는 철봉 사다리가 박혀 있었다. 예전에는 바퀴를 점검할때 쓰였지만, 물레방아가 개조되는 바람에 쓰임새가 없어진 지금은 방앗간을 뒤덮은 담쟁이덩굴에 가려 전혀 보이지 않았다.

프랑수아즈는 용감하게 창문 난간에 발을 걸쳤고, 철봉 가로대 하나를 잡아 허공에 섰다. 그녀는 아래로 내려가기 시작했다. 치마가 몹시 걸리적거렸다. 갑자기 벽에서 떨어져 나온 돌 하나가 풍덩 소리와 함께 모렐 강으로 떨어진 탓에, 온몸이 얼어붙은 듯 동작을 멈추었다. 그러나 물레방아로 물이 떨어지는 소리가 그녀가 내는 모든 소리를 덮어준다는 사실을 깨닫자, 그녀는더욱 대담하게 철봉 가로대를 찾아 담쟁이덩굴을 헤치며 내려갔다. 드디어 도미니크의 감방으로 사용되는 방 근처에 이르렀다. 그런데 예기치 않은 난관이 그녀의 용기를 꺾을 뻔했다. 그 방의 창문이 자기 방의 창문보다 철봉 사다리에서 더 멀리 떨어져있는 것이었다. 아무리 손을 뻗어도 벽에 닿을 뿐이었다. 계획을포기하고 다시 올라가야 할까? 그녀의 팔에 힘이 빠지고 있었고, 저 아래 모렐 강의 물소리가 현기증을 불러일으켰다. 그녀는 안간힘을 써서 벽에서 작은 석고 조각을 뜯어냈고, 그것을 도미니크의 창문에 던졌다. 잠이 든 걸까, 아무런 반응이 없었다. 그녀는 손가락의 살갗이 벗겨지는 줄도 모르고 다시 석고 조각을 떼어냈다. 온몸에 힘이 빠져 거꾸로 떨어질 듯했을 때, 마침내 도미니크가 살며시 창문을 열었다.

"나야." 그녀가 속삭였다. "빨리 날 붙잡아 줘, 떨어질 것 같아."

그녀가 그에게 반말로 말한 것은 처음이었다. 그는 몸을 기울여 손으로 그녀를 붙잡았고, 방으로 끌어올렸다. 그제야 눈물을 터뜨린 그녀는 누가 들을까 봐 숨죽여 흐느꼈다. 하지만 필사적으로 마음을 가다듬었다.

"감시병이 어디에 있죠?" 그녀가 조용히 물었다.

그런 식으로 그녀를 보게 되어 아직도 어리둥절한 도미니크는 손짓으로 문을 가리켰다. 문밖에서 코를 고는 소리가 들렸다. 이런 상황에서는 죄수가 옴짝달싹할 수 없으리라고 판단한 보초는 바닥에 누워 잠든 게 틀림없었다.

"도망쳐야 해요." 그녀가 황급히 말했다. "당신한테 도망가라고 말하고 작별 인사를 하러 왔어요."

그러나 그에게는 그녀의 말이 들리지 않는 듯했다. 그는 되풀이했다.

"뭐라고, 당신, 당신이……. 오! 당신 때문에 얼마나 놀랐는지! 하마터면 강물에 떨어져 죽을 뻔했잖소."

그는 그녀의 손을 잡고 입을 맞추었다.

"내가 얼마나 당신을 사랑하는지, 프랑수아즈……! 당신은 착하기도 하지만 용감하군요. 내가 가진 단 하나의 두려움은 당신을 다시 보지 못하고 죽는다는 것이었소……. 그런데 당신이 여기에 나타나다니! 이제 난 총살당해도 여한이 없소. 단 15분이라도 당신과 함께 보낼 수 있다면, 난 어떻게 되든 상관없다오."

조금씩 그는 그녀를 품속으로 끌어당겼고, 그녀는 이마를 그의 어깨에 기댔다. 위험이 시시각각 다가오고 있었다. 그들은 이 뜨거운 포옹 속에서 모든 걸 잊었다.

"아! 프랑수아즈." 도미니크가 다정한 목소리로 다시 말했다. "오늘은 생루이 축일, 우리가 그토록 기다려온 결혼식 날이오. 우리가 약속을 지켜 이처럼 둘이 함께 있는 이상, 아무것도 우리를 갈라놓을 수 없소……. 안 그렇소? 이 시간이야말로 우리 결혼의 아침이오."

"그래요, 그래요." 그녀가 되풀이했다. "결혼의 아침."

그들은 몸을 떨면서 서로에게 키스했다. 하지만 갑자기 그들은 서로에게서 떨어졌다. 그들이 마주한 끔찍한 현실이 떠오른 것이었다.

"도망쳐야 해요, 도망쳐야 해요." 그녀가 더듬거렸다. "일분일초도 지체하지 말아요."

그가 그녀를 포옹하기 위해 두 팔을 뻗었을 때, 그녀는 다시 반말로 말했다.

"오! 제발, 내 말 좀 들어……. 당신이 죽으면, 나도 죽을 거야. 한 시간 후에 날이 밝아. 내 소원은 당신이 지금 즉시 떠나는 거야."

그녀는 자신의 계획을 빠르게 설명했다. 철봉 사다리는 물레방아까지 이어져 있었다. 거기서 총격전으로 해체된 물갈퀴 판을 들고 물레방아 뒤에 있는 배 안으로 들어가야 했다. 그다음에 물갈퀴 판을 노처럼 저어 강 건너편으로 탈출하는 건 어렵지 않을 것이었다.

"하지만 보초들이 있지 않겠소?" 그가 말했다.

"방앗간 정면에 보이는 첫 번째 버드나무 아래, 거기에는 보초가 한 명밖에 없어요."

"보초가 나를 발견하면, 보초가 소리를 지르면?"

프랑수아즈는 소스라치게 몸을 떨었다. 그녀는 자기가 가져온 칼을 그의 손에 쥐여 주었다. 잠시 침묵이 흘렀다.

"당신 아버지, 그리고 당신은?" 도미니크가 다시 말했다. "안 돼요, 난 도망갈 수 없소……. 내가 달아나면, 프로이센 병사들이 당신 가족을 죽일 거요……. 당신은 그놈들을 몰라요. 내가 소발 숲에서 자기들을 안내하는 데 동의하면, 그놈들은 나를 살려 주겠다고 했소. 그러니 내가 여기 없다는 걸 알자마자 무슨 짓이든지 할 거요."

아가씨는 더 이상 입씨름하지 않으려 했다. 그가 무슨 이유를 내세우든 그저 이렇게 대답할 뿐이었다.

"나를 위한 사랑으로, 제발 도망쳐요……. 나를 사랑한다면, 도미니크, 잠시도 지체하지 말아요."

그녀는 자기 방으로 다시 올라간다고 약속했다. 그녀가 그를 도왔다는 사실을 아무도 모를 것이었다. 그를 안심시키려는 듯, 그녀는 더없이 격정적으로 그를 껴안고 키스했다. 마침내 그가 굴복했다. 그는 이제 한 가지 질문을 던질 뿐이었다.

"당신의 아버지도 당신이 하는 일을 알고 있고, 내게 도망치라고 충고했다고 맹세할 수 있소?"

"나를 보낸 게 바로 아버지예요." 프랑수아즈가 대담하게 대답했다.

그녀의 말은 거짓이었다. 지금 이 순간, 그녀에게는 아침 해가 떠오르면 연인이 총살된다는 그 무서운 생각에서 벗어나고 싶은 욕망밖에 없었다. 그가 멀리 달아나는 데 성공하면 온갖 불행이 그녀에게 닥칠 수 있었다. 하지만 그를 살릴 수만 있다면, 그 어떤 불행도 그녀에게는 대수롭지 않았다. 그녀의 사랑에서 나오는 이기심은 다른 무엇보다 연인의 목숨을 우선시했다.

"좋아요." 도미니크가 말했다. "그렇다면 당신 뜻대로 하겠소."

그들은 더 이상 아무 말도 하지 않았다. 도미니크가 창문을 다시 열었다. 그러나 갑자기 무슨 소리가 들려 그들은 얼어붙은 듯 꼼짝하지 않았다. 문이 흔들렸고, 그들은 누군가가 문을 열려 한다고 생각했다. 순찰대가 그들의 목소리를 들은 게 틀림없었다. 둘 다 선 채로 서로를 껴안고 말할 수 없는 고통 속에서 기다렸다. 문이 다시 흔들렸지만 열리지는 않았다. 긴 한숨을 몰아쉰 그들은 문턱에 붙어 잠자던 감시병이 돌아눕는 소리라는 걸 그제야 알아차렸다. 다시 침묵이 깃들었고, 코를 고는 소리가 다시 시작되었다.

도미니크는 먼저 프랑수아즈가 자기 방으로 올라가야 한다고 단호히 말했다. 그는 그녀를 포옹했고, 말없이 작별 인사를 건넸다. 그러고서 그녀가 사다리 철봉을 잡도록 도왔고, 그다음에 자기도 철봉에 매달렸다. 그러나 그녀가 자기 방으로 들어가기 전에는 단 한 걸음도 내려가지 않으려 했다. 방으로 올라왔을 때, 프랑수아즈는 숨 쉬듯 조그마한 목소리로 말했다.

"안녕, 사랑해!"

창가에 기댄 채, 그녀는 눈으로 도미니크를 뒤쫓았다. 여전히 어둠이 깊어 캄캄했다. 그녀는 강 건너편 보초를 찾았으나 눈에 띄지 않았고, 다만 암흑 속에서 버드나무가 희미하게 보일 뿐이었다. 잠시 도미니크의 몸이 담쟁이덩굴을 스치는 소리가 들렸다. 뒤이어 물레방아가 삐걱거렸고, 강물이 가볍게 찰랑거리는 걸로 미루어 그가 배를 찾아낸 모양이었다. 1분 후, 모렐 강의 잿빛 수면을 가로지르는 배 한 척의 어두운 실루엣이 프랑수아즈의 눈에 들어왔다. 그러자 무시무시한 고통이 그녀를 엄습했다. 매 순간, 그녀의 귀에 보초가 외치는 경고가 들리는 듯했다. 어둠 속 여기저기서 들리는 미세한 소리조차 그녀에게는 병사들의 빠른 발걸음 소리, 무기가 부딪치는 소리, 소총을 장전하는 소리로 들렸다. 그러는 동안 일분일초가 흘러갔고, 들판은 더없이 조용한 평화를 유지했다. 도미니크가 건너편 기슭에 도착했음이 분명했다. 프랑수아즈의 눈에는 더 이상 아무것도 보이지 않았다. 온 세상이 고요하기 이를 데 없었다. 그녀의 귀에 잔걸음 소리, 목쉰 비명, 몸뚱이가 쓰러지는 소리가 들렸다. 뒤이어 더욱 깊은 침묵이 깃들었다. 그러자 죽음이 스쳐 지나가는 것을 느낀 듯, 그녀는 캄캄한 어둠 앞에서 차갑게 몸을 떨었다.

4

아침 일찍부터 고성이 터져 나와 방앗간을 뒤흔들었다. 메를리에 영감은 프랑수아즈의 문을 열어주러 왔다. 그녀는 창백했으나 매우 침착하게 마당으로 내려갔다. 그렇지만 프로이센 병사의 시체가 우물 옆에 펼쳐 놓은 외투 위에 눕혀진 모습을 보자, 그녀는 몸을 부들부들 떨지 않을 수 없었다.

시체를 둘러싼 프로이센 병사들이 거친 손짓발짓과 함께 격앙된 표정으로 고함을 질렀다. 그들 중 몇몇은 마을을 향해 종주먹을 내질렀다. 장교는 촌장 메를리에 영감을 데려오라고 명령했다. "우리 병사 하나가 강가에서 살해된 채 발견되었소……." 장교가 분노로 질식할 듯한 목소리로 말했다. "우리에게는 일벌백계 분명한 본보기가 필요하오. 우리가 살인자를 찾아내도록 당신이 도와줘야겠소."

"뭘 원하는지 말씀하시오." 방앗간 주인이 냉정한 목소리로 대답했다. "하지만 쉽지는 않을 겁니다."

장교는 몸을 숙이며 시체의 얼굴을 가린 외투 자락을 들추었다. 그러자 끔찍한 상처가 드러났다. 보초는 목에 상해를 입었는데, 무기가 상처 부위에 그대로 꽂혀 있었다. 그것은 부엌용 칼로서 칼자루가 검은색이었다.

"이 칼을 보시오." 장교가 메를리에 영감에게 말했다. "아마도 이 칼이 범인 색출에 도움을 줄 거요."

노인의 몸에 전율이 흘렀다. 그러나 그는 곧바로 정신을 차렸고, 얼굴 근육 하나 떨지 않고 침착하게 대답했다.

"시골에서는 어느 집에나 그런 칼이 있소이다. 어쩌면 당신 부하는 전투에 지쳐서 자살했을 수도 있고……. 그렇게 보이기도 해요."

"닥치시오!" 장교가 격분해서 소리쳤다. "이 마을을 불바다로 만들 수도 있지만 참고 있는 거요."

다행히 분노로 인해 장교는 프랑수아즈의 안색이 변하는 걸 알아차리지 못했다. 그녀는 우물 옆에 있는 돌 벤치에 털썩 주저앉았다. 자기도 모르게 그녀는 발밑에 누워 있는 시체에서 눈을 떼지 못했다. 금발에 푸른 눈을 가진 병사는 키가 크고 잘생긴 청년으로서 도미니크를 닮은 듯했는데, 그를 닮은 모습이 그녀의 가슴을 미어지게 했다. 프랑수아즈는 그 병사가 저 멀리 독일에, 곧 눈물을 흘릴 사랑하는 연인을 두고 왔을지도 모른다고 생각했다. 그리고 병사의 목에 꽂힌 칼이 자기의 칼임을 알아차렸다. 그녀가 그를 죽인 것이었다.

장교가 가혹한 조치로 로크뢰즈 마을 사람들에게 본때를 보여주리라고 으름장을 놓고 있을 때, 병사들이 달려왔다. 그들이 이제야 도미니크의 탈출을 알아차린 것이었다. 방앗간이 발칵 뒤집어졌다. 그 방으로 달려간 장교가 열린 창문을 보고 모든 사태를 짐작했고, 흥분을 감추지 못하며 마당으로 되돌아왔다.

메를리에 영감은 도미니크의 탈출에 몹시 당황한 듯했다.

"바보 같으니라고!" 노인이 중얼거렸다. "그 녀석이 모든 걸 망쳤어."

그 말을 들은 프랑수아즈는 괴롭기 짝이 없었다. 기실 아버지는 딸이 계획한 일이라고는 상상조차 하지 못하고 있었다. 그는 고개를 가로저으며 그녀에게 나직이 말했다.

"어쨌든 우리는 잘못한 게 없어!"

"개자식! 이런 개자식이 어디에 있나!" 장교가 소리쳤다. "숲으로 달아난 게 틀림없어……. 반드시 찾아야 해, 그렇지 않으면 온 마을이 대가를 치르게 될 거야."

그리고 방앗간 주인에게 말했다.

"이봐요, 당신은 그놈이 어디에 숨었는지 알고 있겠지?"

메를리에 영감은 조용히 헛웃음을 치면서 숲이 우거진 드넓은 구릉지대를 가리켰다.

"저 속에서 사람 하나를 어떻게 찾겠소?" 노인이 말했다.

"오! 숨을 만한 곳이야 당신이 훤히 알겠지. 열 명의 병사를 당신에게 주겠소. 그들을 안내하시오."

"알겠소. 하지만 인근 숲을 샅샅이 뒤지자면 일주일은 족히 걸릴 거요."

노인의 평온한 태도가 장교의 화를 돋우었다. 장교도 이 수색이 불가능에 가까운 일임을 알고 있었다. 바로 그때, 벤치에 앉아 창백한 얼굴로 부들부들 떨고 있는 프랑수아즈의 모습이 눈에 띄었다. 아가씨의 불안한 태도가 장교의 의심을 불러일으켰다. 그는 잠시 입을 다물고 방앗간 주인과 프랑수아즈를 번갈아 응시했다.

"그자가 당신 딸의 애인이 아니오?" 마침내 그가 거칠게 물었다.

메를리에 영감의 얼굴이 납빛으로 변했고, 금세라도 장교에게 달려들어 목을 조를 것만 같았다. 그는 온몸이 경직된 채 아무런 대답도 하지 않았다. 프랑수아즈는 두 손에 얼굴을 묻었다.

"그래, 그런 게야." 장교가 말을 계속했다. "당신이나 당신 딸이 그자가 도망치는 걸 도왔어. 당신이 공범이야……. 마지막으로 묻는 거요. 우리에게 그자를 넘겨주겠소?"

방앗간 주인은 대답하지 않았다. 얼굴을 돌려 무심한 태도로, 마치 장교가 자기에게 묻는 게 아니라는 듯 먼 곳을 바라보았다. 그러자 장교의 분노가 극에 달했다.

"좋아!" 그가 말했다. "그자를 대신해서 당신을 총살하겠소."

장교는 소대원들에게 다시 한번 처형 명령을 내렸다. 메를리에 영감은 냉정을 잃지 않았다. 이 모든 소란에 관심 없다는 듯 가볍게 어깨를 으쓱할 뿐이었다. 총살이 그렇게 쉽게 이루어지지 않는다고 여기는 듯했다. 소대원들이 정렬하자, 노인은 심각한 표정으로 말했다.

"아, 진짜로 집행하는 거요……? 좋소이다. 당신들이 반드시 한 명을 총살해야 한다면, 그렇소, 그 누구보다 내가 적임이오."

그러자 기겁한 프랑수아즈가 벌떡 일어나서 이렇게 더듬거렸다.

"살려주세요, 장교님, 아버지를 해치지 마십시오. 그 대신에 저를 처형하세요……. 도미니크가 도망가도록 도운 사람은 접니다. 제가 바로 범인입니다."

"얘야, 조용히 하지 못해!" 메를리에 영감이 소리쳤다. "왜 거짓말을 하는 거니……? 저 아이는 간밤에 자기 방에 갇혀 있었습니다. 장교님, 거짓말하는 겁니다, 확실해요."

"아녜요, 거짓말하는 게 아녜요." 아가씨가 다급하게 다시 말했다. "제가 창문을 통해 내려갔고, 도미니크를 도망가라고 부추겼습니다. 사실입니다, 그것만이 진실이에요······."

노인의 얼굴이 새파랗게 질렸다. 그는 딸의 눈을 보고 거짓말이 아님을 알아차렸고, 공포에 휩싸였다. 아! 불쌍한 녀석들, 가슴이 얼마나 아팠을까! 하지만 녀석들이 모든 걸 망쳐 놓았어! 불현듯 그가 화를 내며 말했다.

"저 애가 미쳤어, 저 애 말을 듣지 마시오! 바보 같은 소리만 늘어놓고 있잖소······. 자, 빨리 끝냅시다."

프랑수아즈는 다시 항의하려고 했다. 그녀는 무릎을 꿇었고, 두 손 모아 빌었다. 장교는 조용히 이 고통스러운 말다툼을 구경했다.

"이런!" 마침내 그가 입을 열었다. "그자를 찾을 수가 없으니 당신 아버지를 붙잡아 두겠소······. 그자를 데려오시오, 그러면 당신 아버지는 풀려날 거요."

이 잔인한 제안에 눈이 휘둥그레진 프랑수아즈가 잠시 장교를 바라보았다.

"그건 너무 끔찍해요." 그녀가 나직이 말했다. "제가 이 시간에 어디서 도미니크를 찾을 수 있겠어요? 그이는 사라졌고, 저도 몰라요, 그이가 어디에 있는지······."

"자, 선택하시오. 그자 또는 당신 아버지."

"오! 맙소사! 선택하라니요? 설령 도미니크가 어디에 있는지 안다 해도 제가 어떻게 선택할 수 있겠어요······! 아, 가슴이 찢어질 것 같아······. 차라리 지금 죽는 게 낫겠어. 그래, 그게 낫겠어. 저를 죽여 주세요, 제발, 저를 죽여 주세요······."

이 절망과 눈물의 장면이 장교를 짜증 나게 했다. 그가 소리쳤다.

"더는 못 참겠어! 좋아, 당신에게 두 시간을 주겠소······. 두 시간 후에 당신 애인이 이 자리에 없으면, 당신 아버지가 대가를 치를 거요."

　장교는 메를리에 영감을 도미니크의 감방으로 데려가게 했다. 노인은 담배를 청해서 피우기 시작했다. 그의 무심한 얼굴에서는 어떤 감정도 읽히지 않았다. 그렇지만 혼자 있게 되었을 때, 그의 뺨 위로 두 줄기 굵은 눈물이 천천히 흘러내렸다. 가엾고 사랑스러운 딸, 그 아이가 얼마나 괴로울까!

　프랑수아즈는 마당 한가운데 남아 있었다. 프로이센 병사들이 히히거리며 지나갔다. 몇몇은 그녀가 알아들을 수 없는 농담을 던졌다. 그녀는 아버지가 방금 들어간 현관문을 바라보았다. 머리가 터질 듯 아파서 천천히 이마에 손을 갖다 댔다.

　장교가 몸을 휙 돌리더니 이렇게 말했다.

　"당신에게는 두 시간이 있소. 잘 활용하시오."

　그녀에게는 두 시간이 있었다. 그 문장이 자꾸만 머릿속에서 맴돌았다. 그래서 기계적으로 그녀는 마당 밖으로 나갔고, 무작정 앞으로 걸었다. 어디로 갈까? 어떻게 할까? 자신의 노력이 부질없다는 사실을 알았기 때문에, 그녀는 마음을 정하려고 애쓰지도 않았다. 그렇지만 그녀는 도미니크를 보고 싶었다. 둘이 만나 의논을 한다면, 어쩌면 해결책을 찾을 수 있을지도 몰랐다. 이런저런 생각이 복잡하게 얽힌 가운데 그녀는 모렐 강가로 내려갔고, 커다란 돌멩이들이 있는 곳에서 수문 아래로 모렐 강을 건넜다. 그녀의 발길이 그녀를 초원 한구석에 있는 첫 번째 버드나무 아래로 데려갔다. 그녀가 몸을 숙였을 때, 피 구덩이가 눈에 띄어 깜짝 놀랐다. 바로 그 자리, 프로이센 보초가 살해된 바로 그 자리였다. 그녀는 발에 밟힌 풀에서 도미니크의 흔적을 찾았다. 비스듬히 초원을 가로지른 큰 발자국이 일렬로 나 있는 걸로 보아, 그가 여기로 달려간 게 틀림없었다. 초원을 넘어가자

흔적이 사라졌다. 하지만 근처 풀밭에서 그녀는 다시 흔적을 발견했다. 그 흔적은 그녀를 숲 가장자리로 데려갔는데, 거기서 모든 지표가 자취를 감추었다.

프랑수아즈는 울창한 숲속으로 들어갔다. 혼자 있다는 사실이 그녀의 마음을 조금 가라앉혔다. 그녀는 잠시 나무 아래에 앉았다. 그러다가 문득 시간이 흘러간다는 사실을 깨닫고서 자리에서 벌떡 일어났다. 방앗간을 떠난 지 얼마나 지났을까? 5분? 30분? 이제 시간 감각조차 사라졌다. 도미니크는 어쩌면 그녀도 알고 있는 잡목림, 어느 날 오후 둘이 함께 개암 열매를 먹었던 잡목림으로 가서 숨은 게 아닐까? 그녀는 잡목림으로 가서 이리저리 살폈다. 하지만 티티새 한 마리가 후다닥 날아오르며 정겹고 슬픈 노래를 남길 뿐이었다. 그러자 문득 도미니크가 사냥할 때 가끔 매복했던 바위 틈새에 숨어 있을지도 모른다는 생각이 떠올랐다. 그러나 바위 틈새는 텅 비어 있었다. 그이를 찾을 수 있을까? 아마도 부질없는 짓이리라. 하지만 도미니크를 만나려는 욕망이 조금씩 불타올랐고, 그녀는 발걸음을 서둘렀다. 그가 나무 위로 올라갔으리라는 생각이 갑자기 떠올랐다. 그때부터 그녀는 고개를 들고 걸었고, 그녀가 근처에 있음을 알리기 위해 열대여섯 걸음 걸을 때마다 그의 이름을 불렀다. 몇몇 뻐꾸기만이 대답했다. 그러다가 한 줄기 바람이 나뭇가지를 스치는 소리를 그가 나무에서 내려오는 소리로 착각하기도 했다. 심지어 한 번은 그의 모습을 본 듯했다. 그녀는 숨이 막힌 채 발걸음을 멈추었고, 이대로 어디론가 달아나고 싶은 욕망이 일었다. 그이를 만난들 무슨 말을 할까? 그이를 데려가서 총살당하게 하려고 여기로 온 걸까? 오! 안 돼, 그런 해괴한 이야기는 절대로 그이에게 하지 말아야 해. 이 근처에 있지 말라고, 더 멀리 달아나라고 말해야 해. 뒤이어 그녀를 기다리고 있는 아버지 생각에 또다시 가슴이 미어졌다. 그녀는 잔디 위에 털썩 주저앉았고, 눈물을 흘리며 큰 소리로 되풀이했다.

"맙소사! 하느님 맙소사! 어쩌자고 여기로 왔을까!"

프랑수아즈는 여기로 온 걸 미치도록 후회했다. 공포에 사로잡힌 그녀는 무작정 달렸고, 숲에서 나가려고 했다. 하지만 세 번이나 길을 잘못 들어섰다. 이제 방앗간으로 돌아갈 수 없으리라고 낙담하고 있을 때, 로크뢰즈 바로 앞 초원 어귀에 이르렀다. 마을이 보이자마자 그녀는 발걸음을 멈추었다. 혼자서 마을로 돌아가야 할까?

그녀가 멍하니 서 있을 때, 어떤 목소리가 조용히 그녀를 불렀다.

"프랑수아즈, 프랑수아즈!"

도랑 기슭 위로 살며시 머리를 들고 있는 도미니크가 보였다.

어떻게 이런 일이! 마침내 찾았어! 그렇다면 하늘이 그의 죽음을 원한다는 말인가? 그녀는 울음을 참으며 도랑으로 미끄러져 내려갔다.

"날 찾고 있었어?" 그가 반말로 물었다.

"그래." 머리가 윙윙거리는 가운데 그녀가 어쩔 줄 모르며 대답했다.

"아! 무슨 일이 있었던 거야?"

"아무것도 아냐, 너무 불안해서……. 당신이 보고 싶었어."

그러자 마음이 놓인 그가 마을에서 멀어지고 싶지 않았다고 말했다. 그는 프랑수아즈 가족을 걱정하고 있었다. 그 못된 프로이센 망나니들은 부녀자와 노인에게도 복수할 위인들이었다. 아무튼 모든 게 잘돼가고 있었다. 그래서 그가 웃으며 덧붙였다.

"결혼식은 일주일 후로 미루자, 그러면 돼."

그 말을 들은 그녀가 당혹스러워하자, 그의 얼굴이 심각해졌다.

"왜, 무슨 일이 있어? 내게 뭘 숨기고 있구나."

"아냐, 맹세해. 당신을 보러 달려온 거야."

도미니크는 여기서 이야기를 나누는 건 위험하다고 말하면서 그녀에게 키스했다. 그는 숲으로 돌아가기 위해 도랑을 거슬러 올라가려 했다. 그러자 그녀가 그를 붙잡았다. 그녀는 와들와들 몸을 떨고 있었다.

"그래, 당신은 거기에 꼭꼭 숨어 있어야 해. 아무도 당신을 찾지 못할 거야. 아무것도 걱정하지 마."

"프랑수아즈, 정말 내게 뭘 숨기고 있구나." 그가 되풀이했다.

다시 그녀는 아무것도 숨기는 게 없다고 맹세했다. 다만 그가 가까이 있다는 걸 확인하고 싶었을 뿐이었다. 그러고서 그녀는 또 다른 핑계를 더듬더듬 내세웠다. 그녀의 태도가 너무나 이상해서 이제 도미니크가 떠나지 않으려 했다. 게다가 그가 보기에 프랑스군이 돌아오고 있었다. 주민들이 이미 소발 숲 쪽에서 몇몇 부대를 목격했었다.

"아! 서둘러야 해! 그들이 조금이라도 일찍 도착해야 해!" 그녀가 열에 들떠 중얼거렸다.

바로 그때, 로크뢰즈의 종탑에서 열한 시 종이 울렸다. 종소리가 너무나 맑고 또렷하게 들렸다. 그녀는 새파랗게 질린 채 벌떡 일어났다. 방앗간을 떠난 지 두 시간이 지난 것이었다.

"이렇게 하자." 그녀가 황급히 말했다. "우리가 당신이 필요하면, 내가 방으로 올라가서 하얀 손수건을 흔들게."

그녀가 마을로 뛰어가는 동안, 몹시 불안해진 도미니크는 비스듬한 도랑 기슭에 엎드린 채 방앗간을 주시했다. 로크뢰즈로 되돌아가던 프랑수아즈는 고장 전체를 훤히 꿰뚫고 있는 늙은 거지 봉탕 영감과 마주쳤다. 그는 그녀에게 인사하면서 방금 프로이센 병사들에게 둘러싸인 방앗간 주인을 보았다고 했다. 뒤이어 성호를 긋고 몇 마디 웅얼거리더니 자신의 길을 계속 갔다.

"두 시간이 지났소." 프랑수아즈가 나타났을 때, 장교가 말했다.

메를리에 영감은 우물 옆 벤치에 앉아 여전히 담배를 피우고 있었다. 아가씨가 다시 애원하며 눈물을 흘렸고, 무릎을 꿇었다. 그녀는 시간을 벌고자 했다. 프랑스군이 곧 당도하리라는 희망이 그녀의 뇌리에서 커졌다. 그녀가 눈물로 호소하는 동안, 저 멀리서 프랑스 병사들이 발맞추어 진군하는 소리가 들리는 듯했다. 오! 제발 빨리 오기를, 제발 우리 모두를 해방해 주기를!

"제 말 좀 들어주세요, 장교님. 한 시간, 한 시간만 더 주세요……. 한 시간은 더 주실 수 있잖아요!"

그러나 장교는 요지부동이었다. 심지어 노인의 처형을 조용히 집행할 수 있도록 그는 두 병사에게 그녀를 다른 데로 데려가라고 명령했다. 그러자 프랑수아즈의 가슴속에서 끔찍한 갈등이 일었다. 아버지를 그렇게 죽게 내버려둘 수는 없는 노릇이었다. 안 돼, 안 돼, 차라리 내가 도미니크와 함께 죽는 게 낫겠어. 그녀가 자기 방으로 뛰어 올라가려 했을 때, 도미니크가 마당으로 걸어 들어왔다.

장교와 병사들이 환호성을 질렀다. 그러나 그의 눈에는 프랑수아즈밖에 보이지 않는 듯, 도미니크는 심각한 표정으로 조용히 그녀를 향해 나아갔다.

"바보처럼." 그가 말했다. "왜 나를 데리고 오지 않았소? 봉탕 영감이 사태를 알려주었어……. 자, 내가 왔소."

5

세 시였다. 커다란 먹구름이 천천히 하늘을 채우고 있었다. 머
잖아 뇌우가 몰아칠 듯했다. 이 싯누런 하늘, 이 구릿빛 누더기
가 싱그러운 햇살로 반짝이던 로크뢰즈 골짜기를 수상한 그림자
로 가득 찬 음산한 소굴로 바꾸어 놓았다. 프로이센 장교는 도미
니크를 어떻게 할지 결정하지 않은 채 일단 감방에 가두었다. 정
오부터 프랑수아즈는 무시무시한 고통 속에서 죽어가고 있었다.
그녀는 아버지가 아무리 간청해도 마당을 떠나지 않으려 했다.
그녀는 프랑스군을 기다리고 있었다. 그러나 시간이 흘러갔고,
이내 어둠이 내릴 것이었다. 그녀는 조금 더 벌어놓은 시간이 잔
혹한 결말을 바꿀 수 없을 듯해 더욱더 고통스러웠다.

세 시경, 프로이센군이 출발 준비를 했다. 조금 전부터, 프로
이센 장교는 어제처럼 도미니크의 감방에 들어가 있었다. 프랑
수아즈는 젊은이의 사활이 결정되고 있음을 알아차렸다. 그녀는
두 손을 모아 기도했다. 그녀 곁에서, 메를리에 영감은 운명을
거역하지 않는 늙은 농부 특유의 완고하고 침착한 태도를 유지
하고 있었다.

"오! 하느님! 오! 하느님!" 그녀가 더듬거렸다. "저 사람들이 그
이를 죽일 건가 봐……."

방앗간 주인이 딸을 끌어당겨 아이처럼 자기 무릎 위에 앉혔다.

그 순간 장교가 밖으로 나왔고, 그를 뒤따라 두 병사가 도미니
크를 데리고 나왔다.

"절대로, 절대로 안 합니다!" 도미니크가 소리쳤다. "나는 죽을
각오가 되어 있소."

"잘 생각해 보시오." 장교가 다시 말했다. "당신이 이 일을 거
절해도 또 다른 사람이 이 일을 맡을 거요. 당신을 살려 주려는

것뿐이오, 아량을 베풀어서……. 그저 우리를 몽르동까지 안내하면 되오, 숲을 거쳐서. 틀림없이 지름길이 있을 텐데……."

도미니크는 더 이상 대답하지 않았다.

"그래, 끝까지 고집을 피우겠소?"

"나를 죽이시오. 이만 끝냅시다." 그가 대답했다.

프랑수아즈는 두 손을 모은 채 멀리서 그에게 애원했다. 그녀는 모든 걸 잊었고, 그가 비겁하게 행동해서라도 삶을 선택하기를 바랐다. 그러나 메를리에 영감은 프로이센 병사들이 넋 나간 딸의 몸짓을 보지 못하도록 그녀의 손을 잡았다.

"그가 옳아." 노인이 나직이 말했다. "죽는 게 나아."

총살을 집행할 소대원들이 정렬했다. 장교는 도미니크의 마음이 약해지기를 기다리고 있었다. 그는 여전히 도미니크를 결심시킬 요량이었다. 잠시 침묵이 흘렀다. 멀리서 커다란 천둥소리가 울렸다. 무거운 열기가 들판을 짓눌렀다. 온 세상이 조용한 가운데, 별안간 어디선가 외침 소리가 들렸다.

"프랑스군이다! 프랑스군이다!"

과연 프랑스군이었다. 소발 도로 위에서, 숲 가장자리에서 붉은 바지의 행렬이 뚜렷이 보였다. 방앗간에서 엄청난 혼란이 일었다. 프로이센 병사들이 고함을 내지르며 이리저리 달렸다. 아직은 단 한 발의 총알도 발사되지 않았지만 말이다.

"프랑스군이야! 프랑스군이야!" 프랑수아즈가 손뼉을 치며 외쳤다.

그녀는 미칠 듯했다. 아버지의 품에서 벗어난 그녀는 좋아라 웃으며 두 팔을 공중으로 쳐들었다. 마침내 그들이 도착했어, 제때 그들이 도착했어, 도미니크가 아직 살아 있는 지금 말이야!

그녀의 귓전에 벼락처럼 울린 프로이센 병사들의 총소리가 그녀를 휙 돌아서게 했다. 장교가 방금 막 이렇게 중얼거린 뒤였다.

"우선, 이 문제부터 처리해야겠어."

장교는 손수 도미니크를 헛간의 벽으로 밀어붙인 후 발사를 명령했었다. 프랑수아즈가 돌아보았을 때, 도미니크는 벌써 가슴에 열두 발의 총탄을 맞은 채 땅바닥에 쓰러져 있었다.

그녀는 눈물조차 흘리지 못했다. 다만 어리둥절할 뿐이었다. 그녀의 눈에 초점이 없어졌고, 헛간 아래 시체 근처로 가서 털썩 주저앉았다. 그녀는 도미니크를 바라보며 간간이 손으로 어린아이처럼 뜻 모를 동작을 취했다. 프로이센 병사들은 메를리에 영감을 인질로 붙잡았다.

전투가 치열했다. 장교는 물러서면 끝장이라는 사실을 직감하고서 병사들을 여기저기 배치했다. 차라리 장렬하게 전사하는 게 나으리라. 이제 프로이센군이 방앗간을 방어했고, 프랑스군이 방앗간을 공격했다. 전례 없이 격렬한 총격전이 시작되었다. 총격전은 30분 동안 쉴 새 없이 전개되었다. 뒤이어 둔중한 폭발음이 들렸고, 포탄 하나가 수백 년 된 느릅나무의 굵은 가지를 부러뜨렸다. 프랑스군은 대포를 보유하고 있었다. 도미니크가 숨었던 바로 그 도랑 위에 설치된 포대는 로크뢰즈 마을의 대로를 포탄으로 휩쓸었다. 이제 승패는 결정된 거나 다름없었다.

아! 불쌍한 방앗간! 포탄이 방앗간 여기저기를 강타했다. 지붕의 절반이 날아갔고, 두 벽면이 무너졌다. 그러나 특히 통탄할 만한 재앙은 모렐 강 쪽에서 발생했다. 폭파에 뒤흔들린 벽에서 송두리째 뽑힌 담쟁이덩굴이 누더기처럼 아무렇게나 걸려 있었다. 강물이 온갖 잔해물을 휩쓸어 갔다. 포탄으로 벽이 허물어지는 바람에, 새하얀 커튼으로 정성스럽게 장식한 프랑수아즈의 방이 침대와 함께 훤히 드러났다. 대포 두 방을 차례로 맞은 낡은 물레방아는 더없이 끔찍한 신음을 발했다. 물갈퀴 판들이 물살에 휩쓸려 갔고, 중심축은 산산조각으로 박살 났다. 한마디로 명랑한 방앗간의 영혼이 이제 막 숨을 거둔 것이었다.

뒤이어 프랑스 병사들이 돌격을 감행했다. 총검이 난무하는 무시무시한 백병전이 펼쳐졌다. 적갈색의 하늘 아래에서, 골짜기의 음산한 소굴이 시체로 가득 채워지고 있었다. 드문드문 서 있는 거목과 줄지어 늘어선 포플러 그림자로 얼룩진 넓은 초원은 몹시 험상궂어 보였다. 좌우로는 검투사들을 가둔 원형경기장의 벽인 양 숲이 높다랗게 솟아 있었고, 여기저기 흐르는 샘물과 개울물은 야전의 공포 속에서 흐느끼는 소리를 냈다.

헛간 아래에서, 프랑수아즈는 도미니크의 시체 옆에 앉아 꼼짝하지 않았다. 메를리에 영감은 조금 전에 유탄에 맞아 목숨을 잃었다. 프로이센 병사들이 전멸하고 방앗간이 불타고 있을 때, 프랑스 대위가 맨 먼저 마당으로 들어왔다. 전쟁에 뛰어든 이후 그가 거둔 유일한 승전이었다. 열정이 고조되고 기분이 우쭐해진 그는 멋진 기사처럼 관대하고 친절한 표정으로 웃음 지었다. 연기가 자욱한 방앗간의 폐허 속에서, 남편의 시체와 아버지의 시체 사이에서 얼이 빠진 프랑수아즈를 보았을 때, 대위는 칼을 들고 정중하게 경례하며 이렇게 소리쳤다.

"승리! 승리!"

나이스 미쿨랭

1

과일이 무르익는 계절이 오면, 검은 머리칼이 헝클어진 갈색 피부의 아가씨가 달마다 살구와 복숭아를 가득 담은 바구니를 힘겹게 짊어진 채 엑스[1]의 소송대리인 로스탕 씨의 저택에 나타나곤 했다. 오늘 그녀는 넓은 현관에 서 있었고, 그 소식을 들은 온 가족이 아래층으로 내려왔다.

"아! 나이스가 왔어." 소송대리인이 말했다. "수확물을 가져왔구나. 어디 보자, 이제 예쁜 아가씨가 되었네…… 미쿨랭 영감님은 잘 계시니?"

"예, 선생님." 소녀가 새하얀 치아를 드러내며 대답했다.

로스탕 부인은 그녀를 부엌으로 데려갔고, 올리브 나무, 아몬드 나무, 포도밭에 대해서 이것저것 물었다. 가장 큰 관심사는 로스탕 가족의 농지가 있는 해안 마을 레스타크에 비가 왔는지 안 왔는지였다. 블랑카르드라고 불리는 그들의 농지는 소작인 미쿨랭 가족에 의해 경작되고 있었다. 거기에는 열두세 그루의 아몬드 나무와 올리브 나무밖에 없었지만, 그래도 역시 가뭄으로 죽어가는 이 고장에서 비 소식은 매우 중요한 문제였다.

"비가 조금 내렸어요." 나이스가 말했다. "포도 경작에는 물이 필요해요."

소식을 모두 전하고 나면 그녀는 약간의 소고기와 함께 한 조각의 빵을 먹었고, 뒤이어 보름마다 엑스에 오는 푸주한의 낡은 마차를 타고 레스타크를 향해 떠나곤 했다. 종종 그녀는 조개,

1 엑스Aix는 프로방스 지방의 주요 도시 엑상프로방스Aix-en-Provence의 옛 이름이다.

바닷가재, 큼직한 생선을 가져오기도 했는데, 미쿨랭 영감이 농작보다 낚시를 더 좋아했기 때문이다. 바캉스 기간에 그녀가 저택에 도착하면, 소송대리인의 아들 프레데리크가 쏜살같이 부엌으로 내려와 머잖아 가족이 블랑카르드로 갈 거니까 그물과 낚싯줄을 준비하라고 일렀다. 둘은 아주 어렸을 때부터 함께 놀았기에, 그는 그녀에게 너나들이로 편하게 말했다. 하지만 열두 살 때부터, 그녀는 예의를 갖추어 그를 "프레데리크 도련님"이라고 불렀다. 미쿨랭 영감은 딸이 주인댁의 아들에게 "너"라고 말하는 걸 볼 때마다 따귀를 때리며 혼을 내곤 했었다. 하지만 그럼에도 둘은 좋은 친구가 되었다.

"그물 고치는 거 잊지 마." 중학교 학생이 되풀이했다.

"걱정하지 마세요, 프레데리크 도련님." 나이스가 대답했다. "언제라도 오세요."

로스탕 씨는 엄청난 부자였다. 그는 콜레주 가(街)의 훌륭한 저택을 헐값에 매입했었다. 17세기 말에 건축된 쿠아롱 저택은 열두 개의 창문으로 이루어진 멋진 파사드를 자랑했고, 수도원의 수사 전체를 기숙시킬 수 있을 정도로 많은 방을 보유하고 있었다. 그런 탓에 두 늙은 하녀를 포함해도 다섯 명뿐인 가족이 이 거대한 저택에서 길을 잃고 헤매는 것처럼 보였다. 소송대리인 가족은 2층만을 사용하고 있었다. 10년 동안 로스탕 씨는 1층과 3층을 임대한다는 광고를 냈지만, 세입자를 찾지 못했다. 그래서 문을 닫은 채 저택의 3분의 2를 거미들에게 맡기고 말았다. 텅 비어 소리가 울리는 저택은 현관에서 나는 아주 작은 소리에도 성당처럼 메아리가 퍼졌는데, 웅장한 계단이 있는 현관은 얼마나 컸던지 거기에 현대식 집 한 채를 지어도 넉넉할 정도였다.

저택을 매입한 이튿날, 로스탕 씨는 여섯 개의 창문으로 빛이 들어오는 가로 12미터 세로 8미터의 거대한 손님맞이 살롱에 칸막이벽을 세워 둘로 나누었다. 그리고서 한쪽에는 그의 사무실을 두었고, 다른 한쪽에는 서기들의 사무실을 두었다. 2층에는 네 개의 방이 있었는데, 가장 작은 방조차 크기가 가로 7미터 세로 5미터였다. 로스탕 부인, 프레데리크, 두 늙은 하인은 각자 예배당처럼 천장이 높은 방에서 살고 있었다. 소송대리인은 하인들이 식사 시중을 편하게 할 수 있도록 규방을 부엌으로 개조하는 데 동의했다. 예전에는 1층의 부엌을 이용했는데, 현관과 계단의 차디찬 습기를 거쳐 올라오다 보니 요리가 완전히 식어버리기 일쑤였다. 최악의 사실은 이 터무니없이 큰 저택에 가구가 몹시 빈약하게 비치되어 있다는 것이었다. 사무실에서는 오래된 초록색 위트레흐트 벨벳 서랍장이 제정 시대 스타일로 만든 여덟 개의 딱딱하고 칙칙한 목제 안락의자와 긴 소파 사이에 끼어 있었다. 똑같은 시대에 만들어진 작은 외발 원탁이 드넓은 공간에서 마치 장난감처럼 보였다. 벽난로 위에는, 두 꽃병 사이에 흉측하게 생긴 현대식 대리석 추시계 하나가 달랑 놓여 있었다. 불그스름한 방바닥 타일은 얼마나 문질렀던지 반짝반짝 빛이 났다. 침실로 사용되는 방들은 훨씬 더 비어 있었다. 거기서는 안락과 사치에 대한 남프랑스 가족 특유의 조용한 경멸이 느껴졌는데, 주로 집 밖에서 생활하는 이 행복한 태양의 고장에서는 가장 부유한 사람들조차 그러한 경멸을 숨기지 않았다. 가구가 빈약하고 부족해서 더욱 공허하고 쓸쓸한 이 거대한 공간들이 자아내는 우울과 죽음의 냉기, 로스탕 가족은 그것을 전혀 의식하지 못하는 듯했다.

그렇지만 소송대리인은 수완이 매우 뛰어난 사람이었다. 그의 아버지는 엑스에서 가장 훌륭한 소송대리인 사무소 중 하나를 그에게 물려주었었다. 그는 이 게으른 고장에서 보기 드문 직업적 열정으로 고객의 수를 늘렸다. 키가 작고 활동적이고 흰담비처럼 얼굴이 가느다란 그는 사무실 업무에 열성을 다했다. 게다가 재산을 불리는 일에 정신이 팔린 탓에, 드물게 클럽에서 빈둥거리는 시간에도 신문 한 장 읽지 않았다. 반대로, 그의 아내는 도시 전체에서 가장 총명하고 뛰어난 여자 가운데 하나로 통했다. 그녀가 유서 깊은 도시 빌본에서 태어났다는 사실은 신분이 높지 않은 남자와 결혼했음에도 그녀에게 품위의 빛을 던져주었다. 하지만 그녀는 몹시 엄격한 신앙심으로 너무나 편협하게 종교적 의무를 실천했기에, 그녀의 기계적인 삶은 메마르기 그지없었다.

프레데리크는 그처럼 바쁜 아버지와 그처럼 엄격한 어머니 사이에서 자랐다. 중학교 시절, 그는 몹시 게으른 열등생이었다. 어머니 앞에서는 벌벌 떨며 눈치를 보았지만, 공부를 너무나 싫어해서 저녁이면 살롱에서 몇 시간이나 책에 코를 박았으나 실은 멍한 시선으로 단 한 줄도 읽지 않았다. 부모는 그런 그를 보며 열심히 공부하고 있다고 착각했다. 결국 그의 게으름을 알아차린 부모는 그를 중학교 기숙사에 넣었다. 그러나 자기에게 쏟아지던 엄격한 시선이 사라지자, 프레데리크는 속 편하게 지내며 집에 있을 때보다 더 공부를 외면했다. 아들의 자유분방한 행동거지에 놀란 부모는 마침내 그를 기숙사에서 빼내 다시 그들의 감독하에 두었다. 그는 2학년 과정과 수사학 과정[1]을 무사히 마쳤는데, 밀착 감시가 너무나 심해 공부하지 않을 수 없었기 때문이다. 즉 그의 어머니가 일일이 노트를 검사했고, 학교에서 배운

---

[1] 프레데리크의 시대에는 수사학 과정이 고등학교 최고 과정이었다.

내용을 복습하게 했으며, 헌병처럼 온종일 그의 뒤에 서 있었던 것이다. 이런 감시 감독 덕분에, 프레데리크는 바칼로레아 시험에서 단 두 번만 불합격되었다.

엑스에는 유명한 법학 대학이 있었는데, 로스탕 씨의 아들은 당연히 거기에 등록했다. 이 오래된 의회 도시에서는 법원 주변에 모이는 변호사, 공증인, 소송대리인밖에 눈에 띄지 않았다. 훗날 양배추를 기르며 조용히 살아갈지언정, 여기서는 모두가 일단 법학을 공부한다. 프레데리크는 중학교 시절과 같은 삶을 영위했다. 즉 최대한 공부를 게을리하면서도 열심히 공부하는 것으로 믿게 하려고 애썼다. 로스탕 부인은 유감스러우나 그에게 더 많은 자유를 허용하지 않을 수 없었다. 이제 그는 자기가 원할 때 외출했기에, 식사 시간 외에는 집에 있으려 하지 않았다. 다만 밤에는, 연극 관람을 허락받은 날이 아니라면 아홉 시까지 귀가해야 했다. 어쨌든 공부에 전념하지 않는다면 너무나 방탕하고 단조로워지는 지방 대학생의 삶이 시작되었다.

대학생들이 얼마나 공허한 삶을 사는가를 이해하기 위해서는 엑스라는 도시, 특히 풀이 자라는 태평스러운 거리, 도시 전체를 잠들게 하는 나른한 분위기를 알아야 한다. 물론 공부하는 대학생들은 책과 씨름하며 시간을 보낸다. 하지만 강의를 열심히 듣고 싶지 않은 대학생들은 기분 전환을 위해 피난처, 예컨대 도박할 수 있는 카페, 혹은 더 나쁜 짓을 할 수 있는 환락가를 찾는다. 프레데리크는 열정적인 도박꾼이 되었고, 저녁 시간을 대개 카페나 환락가에서 보냈다. 그것은 파리의 대학가를 가득 채우는 자유분방한 아가씨가 없는 이 도시에서 대학생들이 즐길 수 있는 유일한 방탕이었는데, 중학교 개구쟁이의 감수성은 그를 그 방탕 속으로 던져 넣었다. 저녁나절만으로는 시간이 부족해지자, 그는 급기야 집의 열쇠를 훔쳐서 밤을 확보했다. 이런 식으로 그는 행복하게 법학 대학 시절을 보냈다.

프레데리크는 자기가 착한 아들로 보여야 한다는 사실을 금세 알아차렸다. 그는 두려움으로 복종하는 어린아이처럼 온갖 위선적 행동에 젖어 들었다. 이제 어머니는 아들에게 공공연히 만족감을 표했다. 그는 어머니를 미사에 모시고 갔고, 최대한 단정하게 행동했으며, 어머니에게 가당찮은 거짓말을 태연히 늘어놓았다. 아들의 경건한 신앙심 앞에서, 어머니는 아들의 거짓말을 모두 진실로 받아들였다. 그의 수완이 얼마나 능란했던지 절대로 들키는 법이 없었고, 어머니를 설득하기 위해 항상 변명거리를 준비하고 미리 희한한 이야기를 꾸며두었다. 그는 사촌들에게서 빌린 돈으로 도박 빚을 갚았다. 그의 회계는 복잡하기 이를 데 없었다. 한번은 뜻밖으로 돈을 딴 후, 뒤랑스 근처에 영지를 소유한 친구의 초대를 받아 파리에서 일주일을 보내는 오랜 꿈마저 실현했다.

요컨대 프레데리크는 키가 크고, 얼굴이 갸름하고, 검은 턱수염이 짙은 멋진 청년이 되었다. 그의 방탕한 경력은 특히 여자들 곁에서 그를 친절한 남자로 만들었다. 그는 매너가 훌륭하기로 유명했다. 그의 불량스러운 행동을 알고 있는 사람들은 설핏 미소 지을 뿐이었다. 어쨌든 그가 신중하게도 자기 삶의 수상쩍은 절반을 숨기고 있는 이상, 도시에서 추문을 일으키는 몇몇 불량 학생과 달리 무절제한 타락에 빠지지 않는 그의 태도를 호의적으로 봐줘야 했다.

프레데리크는 스물한 살이 될 참이었다. 그는 곧 마지막 시험을 치러야 했다. 아직은 젊고 사무실을 금세 아들에게 물려줄 뜻이 없었던 그의 아버지는 아들을 법관으로 만들고 싶어 했다. 파리에는 그가 도움을 청할 만한 몇몇 친구들이 있었는데, 그들이 아들에게 검사 대리직을 알선할 수 있을 것이었다. 젊은이는 사양하지 않았다. 그는 결코 부모와 공개적으로 다투는 법이 없었다. 하지만 입가에 흐르는 가냘픈 미소는 그토록 만족스러운 한량 생활을 그가 쉽게 멈추지 않으리라고 예상케 했다. 그는 아버지가 부자라는 사실을 알고 있었다. 더욱이 그는 외아들이었다. 그러니 조금이라도 힘든 일을 구태여 할 필요가 있을까? 조용히 기다리면 될 일이었다. 그는 쿠르 산책로에서 여송연을 피웠고, 전원 마을로 가서 추잡스러운 파티를 벌였으며, 음침한 홍등가에 몰래 들르곤 했다. 그러면서도 어머니의 명령에 충실히 따랐고, 세심한 배려로 어머니를 흡족하게 했다. 여느 때보다 더 난잡하고 방탕한 파티로 팔다리가 쑤시고 위가 아플 때는 콜레주가의 차디찬 저택으로 돌아가서 감미롭게 휴식을 취했다. 온 방에 가득한 공허, 천장에서 내려오는 깊은 권태감이 그에게는 신선한 진통제였다. 그는 어머니를 위해 집에 있다고 믿게 하면서 기력을 회복했고, 건강과 식욕이 돌아오면 다시 새로운 일탈을 도모했다. 요컨대 쾌락을 방해받지 않는 한, 그는 세상에서 가장 훌륭한 청년이었다.

나이스는 과일과 생선을 들고 해마다 로스탕 가족의 저택으로 오곤 했는데, 올 때마다 조금씩 성숙해졌다. 그녀는 프레데리크보다 몇 달 먼저 태어났으나 나이는 그와 똑같았다. 로스탕 부인은 그녀에게 매번 이렇게 말하곤 했다.

"이제 아가씨가 되었구나, 나이스!"

그러면 나이스는 새하얀 치아를 드러내면서 미소 지었다. 대개 프레데리크는 집에 없었다. 그러나 법대 졸업을 앞둔 해의 어느 날, 외출하려고 집을 나서는데 나이스가 바구니를 들고 현관에 서 있었다. 그는 흠칫 놀라며 멈춰 섰다. 키가 크고 몸매가 날씬하고 허리가 잘록한 그녀는 여느 해에 블랑카르드에서 봤던 소녀가 아니었다. 무성한 흑발에 얼굴이 구릿빛으로 빛나는 그녀는 눈부시게 예뻤다. 탄탄한 어깨, 잘록한 허리, 손목이 날렵한 아름다운 팔이 그의 눈길을 사로잡았다. 일 년 만에 그녀는 묘목처럼 훌쩍 커버린 것이었다.

"나이스잖아!" 그가 더듬거리며 말했다.

"네, 프레데리크 도련님." 그녀가 투명하게 반짝이는 커다란 눈으로 그를 바라보며 대답했다. "성게를 가져왔답니다……. 언제 우리 마을에 오나요? 그물을 준비해 놓을까요?"

그는 여전히 그녀를 바라보고 있었다. 그리고 그녀의 말이 들리지 않는다는 듯 나직이 말했다.

"정말 예쁘구나, 나이스……! 도대체 무슨 일이 있었던 거야?"

그의 칭찬이 그녀를 웃게 했다. 뒤이어 그가 예전에 함께 놀았을 때처럼 희롱하듯 그녀의 손을 잡자, 그녀는 심각한 표정으로 갑자기 반말을 하며 약간 쉰 목소리로 이렇게 속삭였다.

"안 돼, 안 돼, 여기서는……. 조심해! 어머니가 계시잖아."

2

2주일 후, 로스탕 가족은 블랑카르드로 떠났다. 소송대리인은 법원 휴가를 기다려왔는데, 9월은 바닷가가 더없이 매력적인 계절이었다. 더위가 한풀 꺾였고, 밤에는 기분 좋게 서늘한 기운이 감돌았다.

블랑카르드 별장은 마르세유 교외 끝자락, 즉 만灣을 닫는 막다른 암반 지대에 위치한 레스타크 너머 가파른 절벽 위에 서 있었다. 만의 어디에서도 키 큰 소나무 숲에 둘러싸인 노란색 파사드가 보였다. 그것은 프로방스 지방에서 성城이라고 불리는 건물, 창문이 불규칙적으로 뚫린 무겁고 네모난 건물 중의 하나였다. 별장 앞으로 테라스가 넓고 길게 뻗어 있었고, 테라스 가까이에서 깎아지른 절벽이 좁다란 조약돌 해변 위로 떨어져 내렸다. 별장 뒤로는 드넓은 경작지가 있었는데, 그곳은 몇 그루의 포도나무, 아몬드 나무, 올리브 나무만이 자랄 수 있는 황폐한 땅이었다. 블랑카르드의 단점이자 위험 중 하나는 바다가 끊임없이 절벽을 뒤흔들고 있다는 사실이었다. 게다가 인근 곳곳에 파인 샘물에서 유수가 발생하여 점토와 바위로 구성된 이 물렁물렁한 땅으로 스며들고 있었다. 그 결과, 계절이 바뀔 때마다 거대한 바윗덩어리가 절벽에서 분리되어 무시무시한 소리와 함께 바다로 떨어졌다. 요컨대 농지는 조금씩 침식되고 있었다. 소나무 몇 그루는 벌써 바닷물에 잠긴 상태였다.

40년 전부터, 미쿨랭 가족은 블랑카르드에서 소작농으로 일했다. 프로방스 지방의 관습에 따라, 그들은 땅을 경작하고 수확물을 땅 주인과 나누었다. 하지만 수확물이 빈약했기에 여름에 바다에서 소량의 물고기나마 잡지 못했더라면 굶어 죽고 말았으리라. 밭을 갈고 씨를 뿌리는 사이사이에 그들은 그물을 던졌다. 가족은 네 명이었다. 아버지 미쿨랭 영감은 얼굴이 검고 볼이 움푹 팬 거친 노인으로서 그 앞에서는 온 가족이 벌벌 떨었다. 어머니 미쿨랭 부인은 땡볕 아래에서 고된 밭일을 하느라 머리가 아둔해진 키가 큰 여자였다. 해군에 입대한 아들은 '아로강트'호에서 복무하고 있었다. 딸 나이스는 집에서 온갖 노역을 도맡아 함에도 아버지의 강요로 기와 공장에서 일했다. 블랑카르드 별장의 한쪽 측면에 붙은 소작농의 오막살이에서는 웃음이나 노랫소리가 들리는 경우가 거의 없었다. 미쿨랭 영감은 그의 경험

세계 속에 틀어박힌 채 야만적인 노인 특유의 침묵을 지켰다. 두 여자는 남프랑스의 딸과 부인이 가장에게 보이는 그 공포에 질린 존경심을 그에게 느끼고 있었다. 오막살이의 정적이 깨지는 것은 딸이 눈에 보이지 않으면 두 주먹을 허리에 올린 어머니가 목이 터지도록 나이스라는 이름을 사방 천지에 거칠게 외칠 때뿐이었다. 나이스는 1킬로미터 밖에서도 그 목소리를 들을 수 있었고, 그럴 때면 화를 참느라 얼굴이 하얗게 질린 채 집으로 돌아오곤 했다.

레스타크에서 '아름다운 나이스'라고 불리는 그녀는 전혀 행복하지 않았다. 그녀가 열여섯 살이 되었을 때, 미쿨랭 영감은 '예'라고 해도 '아니오'라고 해도 코에서 피가 날 정도로 사납게 그녀의 뺨을 때렸다. 스무 살이 된 지금도, 그녀는 아버지의 가혹 행위로 몇 주일씩 어깨에 멍이 들곤 했다. 아버지는 악독하지는 않았지만, 고대 라틴 세계에서 가장이 지녔던 권위, 즉 가족에 대한 생사여탈권을 핏속에 지닌 채 복종을 요구하고 자신의 왕권을 엄격하게 휘둘렀다. 어느 날, 매를 맞던 나이스가 감히 손을 들어 방어하려 하자 그는 딸을 죽일 뻔했다. 매질을 당한 후에도 아가씨는 덜덜 떨곤 했다. 어두운 구석에서 맨바닥에 웅크려 앉은 그녀는 눈물조차 말라버린 눈을 부릅뜬 채 모욕감을 삼켰다. 음울한 원한이 몇 시간 동안 말없이 앉아 있는 그녀를 사로잡았고, 아직은 실행할 수 없는 복수를 이리저리 궁리하게 했다. 그녀의 내면에서 반란을 일으키는 것은 바로 아버지의 피였다. 그것은 맹목적 열정이었고, 가장 강한 자가 되고 싶은 격렬한 욕망이었다. 아버지 앞에서 한없이 작아지며 몸을 떨고 복종하는 어머니를 보았을 때, 그녀가 느끼는 감정은 오직 경멸뿐이었다. 그녀는 종종 이렇게 되뇌었다. "나한테 저런 남편이 있다면 죽여버릴 거야."

나이스는 어떤 면에서 매 맞는 날을 더 좋아하기도 했는데, 폭력이 그녀의 분노를 자극하기 때문이었다. 다른 날에는 너무나 비좁고 폐쇄된 삶을 살아야 했기에 권태에 짓눌려 죽을 지경이었다. 아버지는 그녀에게 레스타크로 내려가는 걸 금지했고, 온갖 궂은일을 시키며 그녀를 집에 잡아두었다. 심지어 아무런 할 일이 없을 때조차 그녀를 감시하며 밖으로 나가지 못하게 했다. 그래서 그녀는 9월을 손꼽아 기다렸다. 주인 가족이 블랑카르드로 오면 어쩔 수 없이 미쿨랭 영감의 감시가 느슨해지기 때문이었다. 로스탕 부인에게 심부름을 갈 때면, 나이스는 일 년 동안의 감옥 생활을 보상받는 기분이었다.

어느 날 아침, 이 키 큰 딸이 하루에 30수[1]를 벌어다 줄 수 있다는 사실이 문득 미쿨랭 영감의 뇌리를 스쳤다. 그래서 그는 기와 공장에서 일할 수 있도록 그녀를 풀어주었다. 일이 무척 고되었음에도 나이스는 기쁘기가 그지없었다. 그녀는 날이 밝자마자 레스타크 마을의 맞은편으로 출발했고, 뙤약볕 아래에서 기와를 뒤집어 말리며 저녁까지 일했다. 힘든 노동으로 손이 아팠으나 더 이상 등 뒤에서 아버지의 시선을 느끼지 않아도 되었고, 청년들과도 자유롭게 웃으며 어울릴 수 있었다. 그토록 거칠게 일하면서도 마음이 편한 덕분에 그녀는 점점 성숙해졌고, 마침내 아름다운 아가씨가 되었다. 불타는 태양이 피부를 황금빛으로 물들였고, 건강한 목에 호박빛 장식을 씌워 주었다. 그녀의 흑발은 흉하게 삐져나오는 머리카락을 남기지 않으려는 듯 무성하게 자라 반지르르 윤이 났다. 작업 때문에 온종일 몸을 숙인 채 이리

---

1 프랑스의 옛 화폐 단위로서 1수sou는 5상팀centime에 해당한다. 20수가 100상팀, 즉 1프랑에 값한다.

저리 오가는 그녀의 신체는 젊은 여전사처럼 유연하고 활기찼다. 황토밭의 붉은 땅 위에서 몸을 일으켰을 때, 그녀는 하늘에서 떨어진 불의 비로 갑자기 생명력을 얻은 구운 진흙 또는 고대 여전사처럼 보였다. 미쿨랭 영감은 그녀가 점점 아름다워지는 모습을 지켜보면서 작은 눈으로 감시의 눈초리를 더욱 날카롭게 벼렸다. 그녀는 지나치게 많이 웃었는데, 아가씨가 그처럼 즐거워하는 것이 그가 보기에 자연스럽지 않았다. 만일 딸의 치마 주변에서 애인이 발견된다면, 그는 모조리 목을 졸라 죽이리라고 다짐했다.

나이스는 마음만 먹으면 애인을 수십 명이라도 가졌겠지만, 번번이 구애를 거절했다. 그녀는 사내애들을 비웃었다. 그녀의 유일한 남자 친구는 같은 기와 공장에서 일하는 곱사등이 투안이었는데, 투안은 엑스의 기아 보호소에 있다가 레스타크로 입양되었었다. 이탈리아 소극 폴리치넬라의 꼽추 인형을 연상케 하는 투안은 미소가 선량하고 아름다웠다. 나이스는 그의 온화한 성품 때문에 그를 친구로 삼았다. 아버지의 폭력으로 누군가에게 복수하고 싶었을 때, 그녀는 투안을 거칠게 다루면서 자기 마음대로 들볶았다. 기실 투안과 어울려도 염려하는 사람이 아무도 없었다. 그 고장에서는 모두가 투안을 업신여겼기 때문이다. 미쿨랭 영감은 이렇게 말했었다. "투안과는 함께 다녀도 돼. 내가 딸아이를 잘 알아. 그 아이는 콧대가 엄청나게 높아서 절대로 곱사등이 애인을 만들지는 않을 테니까!"

그해, 블랑카르드에 머무는 동안 하녀 하나가 몸져누운 관계로 로스탕 부인은 나이스를 도우미로 보내달라고 미쿨랭 영감에게 부탁했다. 때마침 기와 공장은 조업을 중단한 상태였다. 게다가 자기 가족에 대해서는 그토록 거칠게 구는 미쿨랭 영감이 주인 가족에 대해서는 매우 정치적이었다. 설령 달갑지 않은 부탁이라 하더라도 그는 거절하지 않았으리라. 로스탕 씨가 중요한 사업 문제로 파리에 가야 했기에, 프레데리크는 어머니와 함께 단둘이 시골에 머물렀다. 통상 처음 며칠 동안에는, 젊은이는 맑은 공기에 취한 채 운동 삼아 밖으로 나가고 싶은 강렬한 욕망에 사로잡히곤 했다. 그래서 미쿨랭 영감을 따라가서 그물을 던지기도 했고, 레스타크까지 펼쳐진 협곡 깊숙한 곳까지 오래도록 산책하기도 했다. 하지만 이런 낭만적인 열기는 금세 식었다. 낭만적인 열기가 사라진 다음에는, 온종일 테라스 가장자리에 있는 소나무 아래 누워 반쯤 잠이 든 채 바다를 바라보았다. 그러나 바다 또한 단조로운 푸른색으로 치명적인 권태를 불러일으키곤 했다. 보름이 지나면 그는 블랑카르드 생활에 진절머리를 쳤고, 아침마다 마르세유로 달아날 핑계를 만들어내지 않으면 안 되었다.

주인 가족이 도착한 이튿날, 미쿨랭 영감은 해가 뜨자마자 별장으로 찾아가 프레데리크를 불렀다. 입구가 좁은 기다란 바구니, 즉 통발에 바다 밑바닥의 물고기가 잡혀 있을 테니 건지러 가자는 것이었다. 그러나 젊은이는 듣는 둥 마는 둥 했다. 낚시조차 그를 유혹하지 못하는 듯했다. 잠자리에서 일어난 그는 소나무 아래로 가서 누운 채 멍하니 하늘을 바라보았다. 그의 어머니는 그가 시골에서 그토록 하고 싶어 했던 낚시를 가지 않는 걸 보고 깜짝 놀랐다.

"안 갈 거니?" 그녀가 물었다.

"안 가요, 어머니." 그가 대답했다. "아버지가 집에 안 계시니 저라도 어머니 곁에 있어야죠."

그 대답을 들은 소작인은 사투리로 중얼거렸다.

"프레데리크 도련님이 곧 마르세유로 출발하겠구먼그래."

그렇지만 프레데리크는 마르세유로 떠나지 않았다. 일주일이 흘렀다. 그는 언제나 누워 있었고, 햇빛이 들면 자리를 옮길 뿐이었다. 아무 일도 없다는 듯, 그는 책을 손에 들었다. 하지만 한 줄도 제대로 읽지는 않았다. 책은 대개 땅에 떨어진 마른 솔잎 위로 굴러다녔다. 젊은이는 더 이상 바다조차 바라보지 않았다. 얼굴을 별장으로 돌린 채, 그는 테라스를 가로질러 오가는 하녀들이 분주히 일하는 모습을 훔쳐보았다. 특히 나이스가 지나갈 때, 관능을 탐하는 젊은 주인의 눈에 한순간 불꽃이 반짝이곤 했다. 그럴 때면 나이스는 발걸음을 늦추었고, 결코 그를 바라보는 법이 없이 엉덩이를 흔들며 멀어져 갔다.

며칠 동안 이런 게임이 계속되었다. 어머니 앞에서 프레데리크는 나이스를 서투른 하녀로 취급하며 혹독하게 다루었다. 그러면 아가씨는 비난을 즐기는 듯 앙큼하게도 행복한 표정으로 눈을 내리깔았다.

어느 날, 점심 시중을 들던 나이스가 샐러드 그릇을 깨뜨렸다. 그러자 프레데리크가 불같이 화를 냈다.

"바보처럼!" 그가 소리쳤다. "정신을 어디에 두고 있는 거야?"

그가 거칠게 벌떡 일어나면서 바지를 못 쓰게 됐다고 덧붙였다. 실은 기름 한 방울이 튀어 무릎에 얼룩이 났을 뿐이었다. 하지만 그는 큰일이 난 양 호들갑을 떨었다.

"보고만 있을 거야! 수건과 물이 있어야지……. 날 좀 도와줘."

나이스가 수건 끝자락을 물잔에 적신 다음, 프레데리크 앞에 무릎을 꿇고 열심히 얼룩을 문질렀다.

"그만하렴." 로스탕 부인이 되풀이했다. "별일도 아닌데 웬 난리야."

그러나 아가씨는 주인의 다리를 놓지 않았고, 예쁜 손으로 안간힘을 쓰며 계속 문질렀다. 그는 여전히 거친 말로 그녀를 야단쳤다.

　"이렇게 일을 못하는 게으름뱅이는 본 적이 없어⋯⋯. 일부러 이렇게 한 게 틀림없어, 샐러드 그릇은 나랑 가까이 있지도 않았으니까⋯⋯. 아! 젠장! 엑스에서 일했더라면 우리 집 자기 그릇을 박살 냈을 거야!"

　비난이 잘못에 비해 너무나 가혹했기에, 나이스가 밖으로 나가자 로스탕 부인은 아들을 타일렀다.

　"그 불쌍한 아이에게 도대체 왜 그러니? 일부러 괴롭히고 학대하는 것처럼⋯⋯. 그 아이에게 잘해주렴, 어릴 적에 함께 놀던 동무잖아. 게다가 그 아이는 하녀로 여기에 있는 게 아니야."

　"어휴! 그 애와 함께 있으면 정말 짜증 나요!"프레데리크는 짐짓 사나운 표정을 지으며 대답했다.

　그날 저녁, 어둠이 내렸을 때 나이스와 프레데리크는 테라스 끝에서 서로 마주쳤다. 그들은 아직 단둘이서 이야기를 나눈 적이 없었다. 집에 있는 사람들에게는 그들의 목소리가 들리지 않았다. 소나무들이 고즈넉한 공기 속에 진한 송진 향을 퍼뜨리고 있었다. 그러자 나이스가 어린 시절처럼 반말을 쓰면서 나직이 물었다.

　"왜 나를 그렇게 혼냈어, 프레데리크⋯⋯? 정말 못됐어."

　대답 없이 그는 그녀의 손을 잡았고, 그녀를 가슴으로 끌어당겨 입술에 키스했다. 그녀는 가만히 내버려둔 다음, 황급히 달아났다. 프레데리크는 상기된 표정으로 어머니 앞에 나타날 수 없어 잠시 난간에 앉아 있었다. 10분 후, 나이스는 약간 자랑스러운 태도로 더없이 침착하게 식사 시중을 들었다.

프레데리크와 나이스는 서로 만남의 약속을 정하지는 않았다. 어느 날 밤, 그들은 절벽 가장자리에 있는 올리브 나무 아래에서 재회했다. 저녁 식사 시간에 그들의 눈은 여러 차례 타오르는 불길로 마주쳤었다. 몹시 더운 밤이었다. 프레데리크는 한 시까지 자기 방의 창가에서 담배를 피우며 바깥의 어둠을 살폈다. 한 시경, 테라스를 따라 지나가는 어렴풋한 형체가 보였다. 그러자 그는 더 이상 망설이지 않았다. 그는 헛간 지붕 위로 내려갔고, 거기서 구석에 놓인 장대를 이용해서 맨땅 위로 뛰어내렸다. 이렇게 하면 어머니를 깨울 염려가 없었다. 평지로 내려와서 그는 곧장 늙은 올리브 나무를 향해 걸었는데, 나이스가 자기를 기다리고 있으리라고 확신했다.

"나이스, 거기에 있어?" 그가 목소리를 낮추어 물었다.

"그래." 그녀가 짧게 대답했다.

그는 그녀 옆으로 가서 볏짚에 앉았다. 그가 그녀의 허리를 껴안았고, 그녀는 그의 어깨에 머리를 기댔다. 잠시 그들은 말없이 그렇게 앉아 있었다. 마디가 굵은 늙은 올리브 나무가 잿빛 나뭇잎 지붕으로 그들을 숨겨 주었다. 정면에서는, 바다가 별빛 아래 검고 잔잔하게 펼쳐져 있었다. 만 깊숙이 자리한 마르세유는 안개에 가려 보이지 않았다. 왼쪽으로는 플라니에 회전 등댓불이 1분마다 되돌아왔는데, 노란빛으로 어둠에 구멍을 냈다가 별안간 사라지곤 했다. 수평선에 끊임없이 나타났다 사라지기를 반복하는 이 등댓불보다 더 따뜻하고 정겨운 것은 이 세상에 아무것도 없었다.

"아버지가 집에 안 계시는 거야?" 프레데리크가 물었다.

"내가 창문으로 뛰어내렸어." 그녀가 그윽한 목소리로 대답했다.

그들은 그들의 사랑에 대해 아무것도 이야기하지 않았다. 그 사랑은 저 멀리, 그들의 어린 시절에서 비롯되는 것이었다. 지금, 그들은 이미 욕망에 물들어 있었던 그들의 유치한 놀이를 떠올렸다. 그들이 서로를 애무하는 것은 자연스러운 일이었다. 서로에게 무슨 말을 해야 할지 몰랐지만, 서로의 것이 되고 싶은 똑같은 욕망에 휩싸였다. 그는 그녀가 아름다우며 구릿빛 피부와 흙냄새가 관능적이라고 생각했고, 그녀는 젊은 주인의 연인이 되면서 매 맞는 딸로서 겪는 수치심을 보상받는 느낌에 젖었다. 그녀는 그에게 몸을 맡겼다. 동이 틀 무렵, 둘은 그들이 왔던 길을 따라 그들의 방으로 되돌아갔다.

3

얼마나 사랑스러운 한 달이었던가! 단 하루도 비가 내리지 않았다. 언제나 푸른 하늘은 구름 한 점 없이 투명한 새틴처럼 펼쳐져 있었다. 태양은 장밋빛 수정 속에서 떠올랐고, 황금빛 먼지 속에서 저물었다. 그렇지만 낮에도 지나치게 덥지는 않았고, 부드러운 해풍이 태양과 함께 일었다가 태양과 함께 잦아들었다. 그런 다음, 밤이 감미로운 냉기를 실어 오면 낮에 뜨거워진 방향성 식물들이 어둠 속에서 가만히 향기를 피워 올렸다.

고장은 더할 나위 없이 아름답다. 만의 양쪽으로 바위가 길게 뻗어 있고, 먼바다에서 섬들이 수평선을 가리고 있다. 바다는 날씨가 화창할 때 짙푸른 호수, 광활한 분지에 지나지 않는다. 산기슭에서는, 마르세유가 낮은 언덕 위에 층층이 집을 쌓고 있다. 공기가 맑을 땐 레스타크에서도 졸리에트의 잿빛 방파제, 항구에 정박 중인 선박들의 하얀 돛이 보인다. 그 너머로는 작은 숲들 가운데 각종 건물의 파사드가 보이고, 노트르담드라가르드 성당이 하늘 속에서 산꼭대기를 하얗게 물들이고 있다. 마르세유의 해안은 둥글고 깊게 파여 레스타크까지 펼쳐져 있고, 가장 자리에는 깃털 같은 연기를 뿜어 올리는 공장들이 늘어서 있다. 태양이 수직으로 내리쬘 때 거무스레하게 변한 바다는 양쪽 곶 사이에서 잠이 드는데, 원래 하얀색이던 양쪽 곶은 햇빛에 달구어져 노란색과 갈색으로 바뀐다. 소나무들은 불그스름한 땅을 짙은 초록색으로 물들인다. 그야말로 한 폭의 그림이요, 한낮의 눈부신 햇살에 비낀 동방의 도시이다.

그러나 레스타크에는 바다 위로 트인 풍경만 있는 것이 아니다. 몇몇 도로가 산을 등진 마을을 가로지르는데, 이 도로들은 벼락을 맞은 울퉁불퉁한 바위 가운데로 자취를 감춘다. 마르세유에서 리옹으로 가는 철도는 암괴 사이를 달리고, 다리를 건너 계곡을 가로지르고, 별안간 바위 밑으로 들어가고, 프랑스에서 가장 긴 터널, 즉 4.5킬로미터에 이르는 네르트 터널을 관통한다. 언덕과 언덕 사이로 파인 협곡, 심연 깊숙이 구불구불 이어진 좁다란 길, 소나무가 무성하고 핏빛 성벽이 서 있는 건조한 경사면 등 이 야생적 장관에 필적할 수 있는 풍경은 아무 데도 없다. 이따금 협로가 갑자기 넓어지고, 빈약한 올리브 나무밭이 계곡을 차지하고, 덧창이 닫힌 외딴집이 화사하게 색칠한 파사드를 보여주기도 한다. 아울러 가시나무로 가득 찬 오솔길, 사람이 들어갈 수 없는 덤불숲, 낙반으로 생긴 자갈밭, 물이 말라버린 급류 등 사막을 걸을 때 마주칠 법한 온갖 놀라운 풍경이 눈에 띈다. 소나무의 검은 나뭇잎 위로는, 하늘이 곱고 푸른 비단 띠를 끝없이 펼치고 있다.

그 밖에 암벽과 바다 사이의 좁은 연안 지대, 즉 지역의 주력 산업인 기와 공장들이 점토를 채취하려고 여기저기 거대한 구덩이를 판 황토 지대가 있다. 인간의 불타는 열정이 물기를 모두

말려버린 듯 갈라지고 뒤집힌 그 땅에는 몇 그루의 가냘픈 나무가 서 있을 뿐이다. 길을 걸으면, 석고 침대 위를 걷는 양 발목까지 점토가 올라온다. 바람이 조금만 불어도 먼지가 뽀얗게 일어 산울타리에 분을 바른다. 햇빛 반사광을 던지는 성벽을 따라 작은 회색 도마뱀들이 잠을 자는 동안, 발갛게 타오르는 불덩어리 풀숲에서 메뚜기 떼가 타닥타닥 불꽃 소리를 내며 날아오른다. 고요하고 무거운 공기 속에서, 남프랑스 특유의 나른한 반수 상태 속에서 이제 살아 있는 것이라고는 매미들의 단조로운 노랫소리밖에 없다.

바로 이런 불의 땅에서 나이스와 프레데리크는 한 달 동안 사랑을 나누었다. 이 모든 하늘의 불이 그들의 피에 새겨져 있는 듯했다. 첫 번째 일주일 동안, 그들은 밤에 절벽 가장자리의 올리브 나무 아래에서 만나는 데 만족했다. 거기서 더없이 황홀한 쾌락을 맛보았다. 신선한 밤이 몸의 열기를 식혀 주었고, 가끔 샘물에 씻듯 지나가는 바람결에 얼굴과 손을 내밀어 시원한 기운을 쐬었다. 그들의 발밑 저 아래에서 찰랑거리는 바닷물은 바위에 부딪혀 느리고 관능적인 신음을 토했다. 그럴 때면 강렬한 해초 냄새가 그들을 욕망에 취하게 했다. 뒤이어 행복한 피로감에 젖은 그들은 서로를 껴안은 채 바닷물 건너편의 마르세유 야경을 바라보았다. 항구 입구의 붉은 조명이 바닷물에 핏빛 반영을 드리웠고, 가스등이 좌우로 펼쳐진 교외의 기다란 곡선을 어렴풋이 드러냈다. 도시 한가운데에서는 밝은 불빛이 반짝였고, 보나파르트 언덕의 정원은 하늘 가장자리에서 돌아가는 두 개의 유도등 불빛 덕분에 또렷이 보였다. 잠에 빠진 만 너머에서 이 모든 불빛이 꿈의 도시를 비추고 있었는데, 잠시 후 새벽이 밝으면 자취도 없이 사라질 것이었다. 그리고 수평선의 검은 혼돈 위로 펼쳐진 하늘은 두 남녀를 매혹했지만, 그 매혹은 그들을 불안에 빠뜨리고 서로를 더욱더 뜨겁게 껴안게 했다. 밤하늘의 별빛이 비처럼 쏟아져 내렸다. 프로방스의 맑디맑은 밤, 성좌는 살아 있는 불꽃 자체였다. 그 광활한 공간에 전율하면서, 그들은 고개를 떨군 채 이제 플라니에 등대의 고적한 불빛만을 바라보았다. 둥글게 회전하는 등댓불이 그들의 불안을 가라앉히는 동안, 두 남녀는 다시 서로의 입술을 찾았다.

그러나 어느 날 밤, 수평선 위에 뜬 커다란 보름달이 그들의 눈에 들어왔는데, 보름달의 노란 얼굴이 그들을 지켜보는 듯했다. 마치 거대한 물고기, 예컨대 심해의 뱀장어가 황금빛 비늘을 끝없이 뿌려놓은 듯 바다에는 기다란 달빛이 반짝였다. 그리고 육지에 어슴푸레하게 내리는 달빛은 마르세유의 조명을 지웠고, 언덕과 만 깊숙이 깃들었다. 달이 하늘로 점점 더 높이 떠오르면서 빛이 더 밝아졌고, 그림자가 더 선명해졌다. 그때부터, 이 달빛 증인이 두 남녀를 불편하게 했다. 그들은 블랑카르드에 너무 가까이 있었기에 누군가에게 들킬까 두려웠다. 그다음에 만났을 때, 그들은 무너진 담장 한 귀퉁이를 통해 경작지 밖으로 나갔고, 이 고장이 제공하는 온갖 은신처를 사랑의 보금자리로 삼았다. 먼저, 그들은 어떤 방치된 기와 공장으로 피신했다. 폐허가 된 헛간이 바로 아래 지하실로 통했는데, 거기서는 아직도 기와를 굽는 두 개의 가마가 입을 벌리고 있었다. 하지만 지하실은 그들을 우울하게 했다. 그들은 머리 위로 자유롭게 탁 트인 하늘을 느끼고 싶었다. 그들은 황토 채취장을 쏘다니다가 감미로운 은신처, 즉 몇 제곱미터의 진짜 황무지를 발견했다. 거기서는 농가를 지키는 개 짖는 소리만이 들릴 뿐이었다. 그들은 더 멀리 나아갔다. 바위 해안을 따라 니올롱 쪽으로 산책하거나 협곡의 비좁은 길을 걸으면서 동굴이나 갈라진 틈새를 찾았다. 보름 동안, 그들은 놀이와 사랑으로 가득한 밤을 보냈다. 이제 둥근 달이 사라졌고, 하늘은 다시 캄캄해졌다. 그러나 이미 블랑카르드가 그들에게는 너무 좁아 보였고, 그들은 좀 더 넓은 공간에서 서로를 소유하고 싶었다.

어느 날 밤에 그들이 네르트 협곡으로 가려고 레스타크 윗길을 따라가고 있을 때, 길가의 작은 소나무 숲에서 살금살금 그들의 뒤를 밟는 발걸음 소리가 들리는 듯했다. 불안에 사로잡힌 그들은 흠칫 멈춰 섰다.

"너도 들었어?" 프레데리크가 물었다.

"응, 길을 잃은 개인가 봐." 나이스가 속삭였다.

그들은 계속해서 길을 걸었다. 하지만 작은 소나무 숲이 사라지는 첫 번째 길모퉁이에 이르렀을 때, 그들은 바위 뒤로 미끄러져 들어가는 검은 물체를 분명히 보았다. 틀림없이 사람의 형상, 그러나 곱사등이처럼 기이한 형상이었다. 나이스는 가볍게 탄성을 질렀다.

"잠깐만 기다려." 그녀가 급히 말했다.

그녀는 그림자를 뒤쫓아 달려갔다. 곧바로 프레데리크의 귀에 빠르게 소곤거리는 소리가 들렸다. 뒤이어 그녀는 약간 창백한 표정으로 조용히 되돌아왔다.

"뭐야?" 그가 물었다.

"아무것도 아냐." 그녀가 말했다.

잠시 침묵이 흐른 뒤, 그녀가 다시 말했다.

"계속해서 걷고 싶다면 걱정하지 마. 곱사등이 투안이야, 알지? 주변을 감시하면서 우리를 돌보고 싶어 해."

실제로 프레데리크는 가끔 어둠 속에서 누군가가 그들을 뒤따르고 있음을 느끼곤 했었다. 이제 그들 주변에는 일종의 보호막 같은 것이 생겼다. 나이스는 여러 번 투안을 쫓아버리려고 했다. 그러나 그 불쌍한 친구는 그저 그녀의 충직한 개가 되기를 바랄 뿐이었다. 보이지도 않고 들리지도 않을 텐데 그의 뜻대로 행동하지 못하게 할 이유가 무엇일까? 그때부터 폐허가 된 기와 공장에서, 황량한 채석장에서, 한적한 협곡에서 뜨겁게 키스를 나눌 때 그들이 유심히 귀를 기울였다면, 그들의 등 뒤에서 숨죽여 흐느끼는 소리를 들었으리라. 그것은 바로 주먹을 비틀며 울고 있는 그들의 감시견 투안이었다.

이제 그들의 밀회는 밤에만 이루어지지 않았다. 그들은 대담하게도 모든 기회를 이용했다. 흔히 블랑카르드 별장의 복도에서, 우연히 서로 마주치는 방에서 오래도록 키스했다. 심지어 식탁에서 그녀가 시중들 때, 그가 빵이나 접시를 달라고 할 때 그는 그녀의 손을 잡을 방법을 찾았다. 아무것도 보지 못한 엄격한 로스탕 부인은 옛 동무에게 너무 야멸차게 군다고 언제나 아들을 나무랐다. 어느 날, 그들은 부인에게 들킬 뻔했다. 하지만 부인의 드레스 자락 소리를 들은 아가씨가 먼지가 하얗게 앉은 젊은 주인의 발을 손수건으로 닦기 시작했다.

나이스와 프레데리크는 소소한 즐거움을 수없이 만끽했다. 흔히 저녁 식사 후에 날씨가 시원할 때면, 로스탕 부인은 산책을 하고 싶어 했다. 그녀는 나이스에게 숄을 맡기고 아들의 팔짱을 낀 채 조심스럽게 레스타크로 내려갔다. 세 사람은 정어리잡이 어부들이 도착하는 모습을 보러 갔다. 바다에서는 등불이 춤을 추었고, 이내 노 젓는 소리와 함께 들어오는 배의 검은 형체들이 보였다. 물고기를 많이 잡은 날에는 즐거운 목소리가 울려 퍼졌고, 여자들이 바구니를 들고 뛰어왔다. 각각의 배에 탄 세 남자가 장의자 밑에 쟁여 둔 그물을 감아올리기 시작했다. 은빛 칼날처럼 반짝이는 그물은 넓고 어두운 리본 같았다. 아가미가 그물코에 매달린 정어리들이 아직도 파닥거리며 금속의 광채를 던졌고, 곧바로 어슴푸레한 불빛 속에서 반짝이는 은화처럼 바구니 속으로 쏟아져 내렸다. 종종 로스탕 부인은 배 앞에서 이 광경을 흥미롭게 지켜보았다. 그녀가 아들의 팔짱을 푼 채 어부들과 잡담을 나누는 동안, 나이스 곁으로 간 프레데리크는 등불이 비추지 않는 곳에서 그녀의 손목을 으스러질 정도로 꽉 잡았다.

미쿨랭 영감은 경험에서 우러나온 동물적 감각으로 고집스럽게 침묵을 유지했다. 그는 바다로 나갔다가, 교활한 눈빛으로 밭에 삽질하러 되돌아오곤 했다. 그의 자그마한 회색 눈에 얼마 전부터 불안이 감돌았다. 그는 말없이 나이스를 곁눈질했다. 딸에게 변화가 있는 듯했고, 그가 이해할 수 없는 무엇인가가 느껴졌다. 어느 날, 딸이 감히 그에게 대들었다. 미쿨랭 영감이 얼마나 세차게 따귀를 날렸던지 딸의 입술이 터졌다.

그날 저녁, 프레데리크가 키스하면서 나이스의 입술이 부풀어 있는 걸 느꼈을 때 즉시 이유를 물었다.

"아무것도 아냐, 아버지가 따귀를 때렸어." 그녀가 말했다.

그의 목소리가 어두워졌다. 젊은이가 화를 내며 조처를 취해야겠다고 말했다.

"아냐, 내버려둬." 그녀가 다시 말했다. "내 문제니까……. 오! 언젠가 끝이 날 거야."

그녀는 아버지에게 따귀를 맞은 사실을 다시는 그에게 말하지 않았다. 하지만 매를 맞은 날이면, 아버지에게 복수하듯 더 뜨겁게 연인의 목에 매달렸다.

3주일 전부터, 나이스는 거의 매일 밤 외출했다. 처음에는 몹시 조심했지만, 뒤이어 대담한 용기가 생겨 무슨 일이든 감행했다. 그러나 아버지가 무엇인가 의심한다는 사실을 알아차렸을 때, 그녀는 다시 신중해졌다. 그녀는 두 번이나 약속을 어겼다. 아버지가 밤에 잠을 자지 않고 일어나 이 방에서 저 방으로 오간다고 어머니가 말한 것이었다. 하지만 세 번째 날, 프레데리크의 애원하는 눈길에 못 이겨 나이스는 다시 분별력을 잃었다. 열한 시경, 한 시간 이상 밖에서 머무르지 않겠다고 다짐하면서 창밖으로 뛰어내렸다. 그녀는 아버지가 잠이 들어 인기척을 못 들었기를 바랐다.

프레데리크는 올리브 나무 아래에서 그녀를 기다렸다. 아버지의 감시를 이야기하지는 않았으나 그녀는 더 멀리 가기를 거부했다. 그녀는 너무나 피로하다고 말했는데, 그것은 사실이었다. 왜냐하면 프레데리크와 달리 낮에 잠을 잘 수 있는 형편이 아니기 때문이었다. 그들은 바다 위의 절벽에서 불 켜진 마르세유를 바라볼 수 있는 그들만의 자리에 앉았다. 플라니에 등대의 불빛이 반짝였다. 프레데리크의 어깨에 기댄 채 등댓불을 바라보던 나이스는 깜박 잠이 들었다. 프레데리크는 꼼짝하지 않았다. 조금씩 그도 피로에 굴복했고, 이윽고 눈이 감겼다. 서로를 껴안은 두 사람의 숨결이 뒤섞였다.

어떤 소리도 나지 않았다. 들리는 것이라고는 초록빛 메뚜기들의 날카로운 울음소리뿐이었다. 바다조차 두 연인처럼 잠을 자고 있었다. 바로 그때, 어둠 속에서 시커먼 물체가 나오더니 그들에게 다가왔다. 미쿨랭 영감이었다. 창문이 삐걱거리는 소리에 잠이 깬 그는 나이스가 그녀의 방에 없다는 사실을 알아차렸고, 만일의 사태에 대비해 작은 손도끼를 들고 밖으로 나왔다. 올리브 나무 아래에서 어두침침한 형체가 보였을 때, 그는 손도

끼 자루를 단단히 쥐었다. 그러나 아이들은 전혀 움직이지 않았다. 그래서 그는 가까이 다가가서 몸을 숙인 채 그들의 얼굴을 바라보았다. 그의 입에서 가벼운 탄식이 새어 나왔는데, 젊은 주인을 알아보았기 때문이었다. 아냐, 아냐, 이렇게 죽일 수는 없어. 땅에 흩뿌려진 핏방울이 흔적을 남길 것이고, 그렇게 되면 너무나 값비싼 대가를 치러야 할 것이었다. 그는 몸을 일으켰다. 잔혹하고 단단한 결심이 솟구치는 분노를 참느라 일그러진 그의 늙은 얼굴을 스쳐 지나갔다. 농부가 자기 주인을 공개적으로 살해할 수야 없지, 주인은 땅속에 묻혀서도 더 강하기 마련이니까. 미쿨랭 영감은 고개를 가로젓더니, 두 연인을 잠자도록 내버려둔 채 살금살금 걸어서 어둠 속으로 사라졌다.

동이 트기 직전, 그토록 긴 시간을 밖에서 보낸 탓에 불안에 떨며 집으로 돌아온 나이스는 그녀의 방 창문이 나올 때 그대로 열려 있는 걸 보았다. 점심 식사 시간에, 미쿨랭 영감은 딸이 빵을 먹는 모습을 조용히 바라보았다. 그녀는 안도의 한숨을 내쉬었다. 아버지가 아무것도 모르고 있음이 분명했다.

4

"프레데리크 도련님, 바다로 나가보지 않겠소?" 어느 날 저녁에 미쿨랭 영감이 물었다.

로스탕 부인은 테라스 위 소나무 그늘에 앉아 손수건에 자수를 놓고 있었고, 그녀의 아들은 곁에 누운 채 작은 조약돌을 재미 삼아 던지고 있었다.

"어휴, 싫어요!" 젊은이가 대답했다. "점점 게을러져서 만사가 귀찮아요."

"생각을 바꾸세요." 소작인이 다시 말했다. "어제는 통발에 물고기가 가득 찼었다오. 이맘땐 원하는 게 다 잡혀요⋯⋯. 정말 재미있을 텐데⋯⋯. 내일 아침에 나랑 함께 갑시다."

그의 태도가 너무나 호의적인 데다가, 나이스를 떠올리면서 그를 언짢게 하고 싶지 않았던 프레데리크는 마침내 이렇게 대답했다.

"정말이죠? 그렇게 할게요⋯⋯. 하지만 저를 깨워주셔야 합니다. 새벽 다섯 시면, 저는 잠에 취해 바윗돌처럼 꼼짝하지 않거든요."

로스탕 부인은 자수 놓기를 멈추며 가볍게 불안감을 내비쳤다.

"조심해야 해요." 그녀가 나직이 말했다. "저 애가 바다에 나가 있으면 정말 무서워요."

이튿날 아침, 미쿨랭 영감이 프레데리크를 아무리 불러도 소용없었다. 젊은이의 창문은 굳게 닫혀 있었다. 그러자 딸이 알아차리지 못하도록 묘하게 빈정거리는 목소리로 그는 딸에게 이렇게 말했다.

"네가 한번 올라가 보렴⋯⋯. 네 말이야 들리겠지."

나이스가 프레데리크를 깨우러 올라갔다. 아직 잠이 덜 깬 그는 침대의 온기 속으로 그녀를 끌어당겼다. 하지만 그녀는 재빨리 키스하고서는 침대에서 빠져나왔다. 10분 후, 젊은이는 회색 작업복을 입고 나타났다. 미쿨랭 영감은 테라스의 난간에 걸터앉아 참을성 있게 기다리고 있었다.

"날씨가 벌써 쌀쌀합니다. 목도리를 두르세요." 그가 말했다.

나이스가 목도리를 찾으러 다시 올라갔다. 잠시 후에 두 남자가 뻣뻣한 걸음걸이로 바닷가로 통하는 계단을 내려가는 동안, 아가씨는 가만히 서서 그들을 눈으로 좇았다. 밑에서는 미쿨랭 영감이 고개를 들어 나이스를 쳐다보았다. 그의 입가에 두 줄의 굵은 주름이 잡혔다.

닷새 전부터 매서운 북서풍, 미스트랄이 불더니 어제저녁에 잦아들었다. 하지만 오늘 동이 틀 무렵, 바람이 일단 미약하게 다시 시작되었다. 그리고 이 시각이 되자, 바람이 갑작스럽게 거칠어졌고 바다가 짙은 푸른색으로 변했다. 아침 햇살이 비스듬히 비춘 탓에 바다 위로 출렁이는 물결마다 등성이에서 작은 불꽃이 넘실거렸다. 하늘은 아직 흰색이었으나 수정처럼 맑았다. 만의 안쪽에 자리한 마르세유는 집의 창문 개수까지 헤아릴 수 있을 정도로 선명히 보였다. 만의 암벽들에는 아주 옅은 장밋빛 햇살이 드리워 있었다.

"돌아올 땐 배가 많이 흔들리겠는데요." 프레데리크가 말했다.

"아마도." 미쿨랭 영감이 간단히 대답했다.

노인은 고개를 돌리지 않고 조용히 노를 저었다. 젊은이는 나이스를 생각하면서 잠시 그의 동그란 등을 바라보았다. 나이스가 노인을 닮은 부분은 햇빛에 그은 목덜미, 붉은 귓불이 달린 황금빛 귓바퀴뿐이었다. 뒤이어 몸을 숙인 채, 프레데리크는 배를 스쳐 지나가는 바닷물의 깊이를 유심히 가늠했다. 물이 흐렸고, 이름 모를 커다란 해초가 익사자의 머리칼처럼 바다 위를 떠다녔다. 그것이 그를 우울하게 했고, 심지어 조금 두렵게 했다.

"글쎄요, 영감님." 그가 오랜 침묵 끝에 말했다. "바람이 점점 심해집니다. 조심하세요……. 제가 수영에는 젬병이라는 걸 아시잖아요."

"예, 예, 압니다." 노인이 건조한 목소리로 말했다.

미쿨랭 영감은 여전히 기계적인 동작으로 노를 저었다. 배가 춤을 추기 시작했고, 등성이에 작은 불꽃이 반짝이던 물결이 거친 바람에 거품이 날리는 파도가 되었다. 프레데리크는 공포를 드러내고 싶지 않았지만, 도무지 안심이 안 되었다. 지금 육지로 돌아갈 수 있다면 무엇이든 내놓으리라. 그가 초조해하며 소리 쳤다.

"도대체 그놈의 통발은 어디에다 던져두신 겁니까······? 설마 알제[1]까지 가시는 건 아니겠죠?"

그러나 미쿨랭 영감은 서두르는 기색 없이 다시 대답했다.

"다 왔어요, 다 왔습니다."

갑자기 그가 노를 내려놓고 일어서더니, 저 멀리 해안에서 지표가 되는 두 지점을 눈으로 찾았다. 그러고서 5분 더 노를 저었고, 마침내 통발의 위치를 나타내는 코르크 부표들이 떠 있는 곳에 도착했다. 거기서 통발을 끌어 올리기 전에, 그는 블랑카르드를 힐끗 쳐다보았다. 노인의 눈길을 좇은 프레데리크에게 소나무 아래 서 있는 하얀 얼룩이 선명히 보였다. 나이스였다. 그녀는 테라스의 난간에 팔꿈치를 괸 채 여전히 그들을 바라보고 있었는데, 밝은색 드레스가 두드러지게 눈에 띄었다.

"통발이 몇 개죠?" 프레데리크가 물었다.

"서른다섯 개······. 게으름 피울 시간이 없소."

미쿨랭 영감은 가장 가까운 부표를 손에 쥐었고, 첫 번째 통발을 당기기 시작했다. 물이 엄청나게 깊어서 동아줄이 끝없이 올라왔다. 이윽고 통발을 바다 밑바닥에 고정하는 굵은 돌멩이와 함께 통발이 나타났다. 통발을 물 밖으로 끌어냈을 때, 세 마리의 물고기가 새장 속의 새처럼 파닥거리기 시작했다. 마치 날갯짓 소리처럼 들렸다. 두 번째 통발에는 아무것도 없었다. 그러나 세 번째 통발에는, 아주 드문 경우로서 꼬리를 세차게 흔드는 작

1 알제Alger는 북아프리카의 항구 도시로서 알제리의 수도이다.

은 바닷가재 한 마리가 들어 있었다. 그때부터, 신이 난 프레데리크는 근심을 잊고 뱃전에 몸을 기울인 채 두근거리는 가슴으로 통발을 기다렸다. 물고기들이 파닥거리는 소리가 들리면, 그는 마치 사냥감을 쓰러뜨린 사냥꾼처럼 설레는 감흥을 느꼈다. 차례대로 하나씩 통발이 배로 되돌아왔다. 바닷물이 출렁거렸고, 서른다섯 개의 통발이 모두 올라왔다. 적어도 15파운드의 물고기가 잡혔다. 이 정도면 마르세유 만의 어황으로는 무척 훌륭했는데, 여러 원인이 있었으나 특히 어부들이 너무나 작은 그물코를 사용한 까닭에 물고기가 대폭 줄어들었기 때문이다.

"드디어 끝이 났소." 미쿨랭 영감이 말했다. "이제 돌아갑시다."

그는 모든 통발을 뱃고물에 조심스럽게 놓았다. 그러나 그가 돛을 달려고 하자, 다시 불안을 느낀 프레데리크는 이처럼 바람이 세찰 땐 노를 젓는 게 낫지 않느냐고 말했다. 노인은 어깨를 으쓱했다. 자신이 무엇을 어떻게 해야 하는지 잘 안다는 뜻이었다. 돛을 올리기 전에, 그는 블랑카르드 쪽으로 마지막 시선을 던졌다. 밝은색 드레스를 입은 나이스가 여전히 거기에 서 있었다.

바로 그때, 갑자기 재앙이 벼락처럼 닥쳤다. 나중에 프레데리크가 상황을 이해한 바에 따르면, 바람이 갑자기 돛을 덮치면서 모든 게 뒤집힌 것이었다. 얼음장 같은 추위와 엄청난 공포 외에는 아무것도 기억나지 않았다. 그가 목숨을 구한 건 기적이었다. 그는 돛 위로 넘어졌으나 오히려 널따란 돛이 그를 떠받쳐 주었다. 다행히 사고를 목격한 근처의 어부들이 황급히 다가와서 그를 건져 올렸고, 벌써 해안 쪽으로 헤엄치고 있던 미쿨랭 영감을 구해 주었다.

로스탕 부인은 아직도 자고 있었다. 뱃사람들은 프레데리크가 방금 겪은 위험을 그녀에게는 숨겼다. 테라스 아래에서 물에 젖은 프레데리크와 미쿨랭 영감이 그 모든 드라마를 지켜본 나이스와 마주쳤다.

"젠장맞을!" 노인이 고함을 질렀다. "통발을 다 건져 올리고 막 돌아가려던 참이었는데⋯⋯. 운수가 사나웠어."

새파랗게 질린 나이스는 아버지를 빤히 쳐다보았다.

"네, 네." 그녀가 중얼거렸다. "운이 없었어요⋯⋯. 하지만 바람에 맞서 배를 돌릴 때는 엄청나게 위험하잖아요."

미쿨랭 영감이 벌컥 화를 냈다.

"게으름뱅이 같으니라고, 뭘 꾸물거리는 거야⋯⋯? 프레데리크 도련님이 떨고 있잖아⋯⋯. 자, 빨리 안으로 들어가도록 도와드려."

젊은이는 다행히 한나절만 침대에 누워 있었을 뿐이었다. 어머니에게는 뱃멀미를 앓았다고 했다. 이튿날, 나이스의 표정이 몹시 어두워 보였다. 그녀는 만남의 약속을 거부했다. 그러나 어느 날 저녁, 현관에서 마주쳤을 때 그녀는 프레데리크를 꼭 껴안으며 열정적으로 키스를 퍼부었다. 그녀는 결코 자기가 품은 의혹을 그에게 털어놓지 않았다. 다만 그날부터 그를 감시하며 지키려 했다. 일주일 후, 아버지의 행동에 의심이 들 만한 변화가 생겼다. 아버지는 여느 때처럼 집 안에서 왔다 갔다 하기를 되풀이했다. 하지만 평소보다 훨씬 부드러워졌고, 따귀를 때리는 횟수도 훨씬 줄어들었다.

해마다 로스탕 가족이 즐기는 오락 중 하나는 니올롱 쪽 바닷가 암벽 사이에서 부야베스[1]를 먹는 것이었다. 식후에는, 언덕에 자고새들이 있기에 남자들은 총으로 사냥하러 갔다. 올해에는

---

1 부야베스bouillabaisse는 남프랑스 해안 지역 요리로 지중해식 생선 스튜를 가리킨다.

로스탕 부인이 그들을 시중드는 나이스를 데려가고자 했다. 소작인이 난처해하며 다급히 만류했으나 로스탕 부인은 그의 충고를 듣지 않았다. 야만적인 노인의 얼굴에 깊은 주름이 파였다.

일행은 일찍 출발했다. 온화하고 맑은 아침이 매혹적이었다. 황금빛 태양 아래 얼음처럼 매끈한 바다가 푸른 수면을 끝없이 펼치고 있었다. 조류가 있는 곳에서는 바다에 잔물결이 일었고, 푸른색이 보랏빛 옻칠을 한 듯 짙어졌다. 반면 조류가 없는 곳에서는 푸른색이 옅어졌고, 투명한 유백색을 띠었다. 마치 맑은 수평선까지 거대한 새틴이 색조를 바꾸며 펼쳐져 있는 듯했다. 이 잠든 호수 위에서, 한 척의 배가 미끄러지듯 부드럽게 앞으로 나아갔다.

그들이 도착한 좁다란 해변은 협곡의 입구에 있었다. 일행은 바위와 돌에 둘러싸인 불에 탄 잔디밭, 그들에게 식탁으로 쓰일 잔디밭에 자리를 잡았다.

이 야외 부야베스를 설명하자면 이야기가 꽤 길어진다. 먼저, 미쿨랭 영감은 혼자서 배를 타고 어제 던져둔 통발을 건지러 갔다. 그가 돌아왔을 때, 나이스는 벌써 백리향, 라벤더, 큰불을 지필 한 무더기의 마른 덤불을 준비해 놓았다. 그날, 미쿨랭 영감이 연안 지대 어부들 사이에서 대대로 전해지는 요리법에 따라 전통적인 부야베스를 만들기로 되어 있었다. 다진 마늘과 후추를 듬뿍 넣은 탓에 향과 맛이 엄청나게 강한 생선 수프였다. 로스탕 가족은 이 수프를 요리하는 과정을 무척 즐거워하며 지켜보곤 했다.

"미쿨랭 영감님." 로스탕 부인이 이런 상황에 맞추어 농담 삼아 말했다. "올해에도 작년처럼 맛있는 부야베스를 만드실 건가요?"

미쿨랭 영감은 매우 즐거워 보였다. 먼저 그가 생선을 바닷물에 깨끗이 씻는 동안, 나이스는 배에서 커다란 주방용 팬을 꺼내왔다. 모든 일이 척척 진행되었다. 팬 바닥에 생선을 놓고 그 위에 양파, 마늘, 한 줌의 후추, 토마토, 반 컵의 올리브유를 곁들인 후 간단히 물을 부었다. 뒤이어 양이라도 구워낼 정도로 센불 위에 팬을 올려놓으면 그만이었다. 어부들은 부야베스의 맛이 익히기에 달려 있다고 말한다. 팬이 보이지 않을 정도로 불길이 거세게 일어야 하는 것이다. 소작인은 무척 심각한 표정으로 빵을 썰어 샐러드 그릇에 담았다. 반 시간 후에 그는 끓는 국물을 빵 조각 위에 부었고, 생선을 따로 내놓았다.

"자, 어서 드세요." 그가 말했다. "부야베스는 뜨거워야 맛있습니다."

모두가 모여 앉아 농담을 던지며 부야베스를 먹었다.

"글쎄, 미쿨랭 영감님, 부야베스 안에 화약을 넣으셨나요?"

"정말 맛있지만, 너무 매워 쇠로 만든 목구멍이 필요해요."

미쿨랭 영감은 한 입에 한 조각씩 삼키며 조용히 포식하고 있었다. 게다가 조금 떨어져 앉음으로써, 그는 자신이 주인들과 함께 식사하게 되어 얼마나 영광인지를 보여주었다.

점심 식사 후, 그들은 거기에 머무르면서 더위가 누그러지기를 기다렸다. 눈부신 햇빛이 비치고 적갈색 색조가 반짝이는 암벽들이 시커먼 그림자를 드리웠다. 초록색 떡갈나무 숲은 암벽에 어둡고 푸르스름한 얼룩을 드리웠고, 경사지에는 소나무 숲이 규칙적으로 층을 이루고 서 있어 소규모 군단의 행군을 연상케 했다. 뜨거운 공기와 함께 무거운 침묵이 깃들었다.

로스탕 부인은 늘 하던 대로 자수를 놓기 시작했다. 나이스는 옆에 앉아 바늘이 오가는 모습을 흥미롭게 지켜보는 체했다. 그러나 그녀의 시선은 아버지를 감시하고 있었다. 몇 걸음 떨어진 곳에서, 그는 낮잠을 자고 있었다. 조금 더 멀리서, 프레데리크 역시 밀짚모자로 얼굴을 가린 채 잠이 들었다.

네 시경, 그들은 잠에서 깨어났다. 미쿨랭 영감은 협곡 깊숙한 곳에 자고새 무리가 사는 장소를 안다고 장담했다. 사흘 전에도 그는 자고새 무리를 본 적이 있었다. 프레데리크는 귀가 솔깃해졌고, 둘은 사냥총을 집어 들었다.

"조심하렴, 제발……." 로스탕 부인이 아들에게 소리쳤다. "발이 미끄러울 텐데……. 다치기 십상이야."

"아! 그럴 수도 있습니다." 미쿨랭 영감이 태연히 말했다.

그들은 길을 떠났고, 바위 뒤로 사라졌다. 나이스는 벌떡 일어나더니 일정한 거리를 두고 뒤따르며 중얼거렸다.

"내가 살펴봐야 해."

협곡 안으로 들어선 그녀는 오솔길에 머무르지 않았다. 그녀는 왼쪽으로 돌았고, 돌을 피해 발걸음을 재촉하면서 덤불숲으로 뛰어 들어갔다. 이윽고 길모퉁이에서 프레데리크의 모습이 보였다. 몸을 반쯤 굽힌 채 총을 어깨에 올릴 준비를 하고 빠르게 걷는 걸로 보아, 그는 벌써 자고새들을 놀라게 해서 하늘로 날린 모양이었다. 아버지는 여전히 그녀의 눈에 띄지 않았다. 그러다가 갑자기 프레데리크가 있는 골짜기의 맞은편, 즉 그녀 자신이 서 있는 비탈길에서 아버지를 발견했다. 그는 몸을 웅크린 채 기다리고 있었다. 두 번씩이나 그는 총을 들어 올렸다. 만일 자고새들이 그와 프레데리크 사이에서 날아올랐다면, 두 사냥꾼은 서로를 맞출 수도 있었으리라. 덤불에서 덤불로 미끄러져 내려간 나이스는 불안에 떨며 노인의 뒤에 몸을 숨겼다.

몇 분이 흘렀다. 프레데리크가 한순간 흙더미 뒤로 사라졌다.

그가 다시 나타났고, 잠시 제자리에서 꼼짝하지 않았다. 그러자 미쿨랭 영감이 다시 몸을 잔뜩 웅크린 채 젊은이를 오래도록 조준했다. 바로 그때 나이스가 총신을 발로 찼고, 협곡에 메아리치는 끔찍한 총성과 함께 총알은 허공으로 날아갔다.

노인은 몸을 벌떡 일으켰다. 나이스를 보자, 개머리판으로 내리칠 듯 연기가 나는 총을 쳐들었다. 아가씨도 벌떡 일어났고, 하얗게 질린 채 불꽃이 튀는 눈으로 아버지를 노려보았다. 그는 딸을 감히 때리지 못했다. 다만 분노로 몸을 떨면서 사투리로 이렇게 더듬거렸다.

"두고 봐, 두고 보라고, 내가 그놈을 반드시 죽일 거야."

소작인의 발사로 자고새들이 날아올랐고, 프레데리크는 총으로 두 마리를 맞추었다. 여섯 시경, 로스탕 가족은 블랑카르드로 다시 떠났다. 미쿨랭 영감은 고집불통의 무뢰배 같은 표정으로 조용히 노를 저었다.

5

9월이 저물고 있었다. 사나운 폭풍우가 지나간 뒤, 공기가 사뭇 서늘해졌다. 낮이 더욱 짧아졌다. 나이스는 너무 피곤하고 땅까지 적시는 흥건한 이슬로 둘 다 병에 걸릴 거라는 핑계를 대면서, 밤에 프레데리크를 만나지 않으려 했다. 그러나 그녀가 아침마다 여섯 시경에 도착하고 로스탕 부인은 세 시간 후에나 일어나기 때문에, 그녀는 젊은이의 방으로 올라가 문을 열어둔 채 귀를 쫑긋 세우고 잠시 머물렀다.

이 무렵이 나이스가 가장 열정적으로 프레데리크를 사랑한 시기였다. 그의 목에 매달린 그녀는 눈물이 그렁그렁한 눈으로 그의 얼굴을 뜨겁게 바라보았다. 다시는 그를 만나지 말아야 할 것

같았다. 그녀는 자기가 그를 지키리라고 맹세하듯 그의 얼굴에 열렬히 키스했다.

"나이스에게 무슨 일이 있니?" 로스탕 부인이 자주 묻곤 했다. "나이스가 날마다 달라지는 것 같아."

실제로 그녀는 몸이 말라가고 있었고, 볼이 움푹 파였다. 눈빛도 점점 어두워졌다. 그녀는 오래도록 침묵에 빠졌고, 그러다가 잠 속에서 꿈을 꾸던 소녀처럼 화들짝 놀라며 불안스레 정신을 차리곤 했다.

"얘야, 몸이 아프면 쉬어야 해." 여주인이 되풀이했다.

하지만 나이스는 그때마다 미소 지었다.

"오! 아녜요, 부인. 저는 건강하고 행복해요……. 이렇게 행복한 적이 없는걸요."

어느 날 아침, 그녀는 내의를 세는 부인을 도우면서 대담하게도 이렇게 물었다.

"올해에는 블랑카르드에 늦게까지 머무르실 건가요?"

"시월 말까지." 로스탕 부인이 대답했다.

나이스는 멍한 눈으로 잠시 일어났다. 그러고서 자기도 모르게 이렇게 중얼거렸다.

"20일이나 남았잖아."

끊임없는 갈등이 그녀를 뒤흔들었다. 그녀는 프레데리크를 자기 곁에 두고 싶었지만, 동시에 매 순간 이렇게 외치려는 유혹에 빠졌다. "빨리 가!" 그녀로서는 이룰 수 없는 사랑이었다. 이 사랑의 계절은 다시 시작되지 못하리라, 그녀는 첫 번째 밀회 때부터 그렇게 되뇌었다. 심지어 우울한 슬픔에 젖었던 어느 날 저녁, 그녀는 그가 다른 여자들의 남자가 되지 않도록 차라리 아버지의 손에 죽게 내버려두는 게 낫지 않을까 생각하기도 했다.

하지만 그처럼 섬세하고, 그처럼 피부가 하얗고, 그녀보다 더 여자 같은 그가 죽는다고 생각하니 견딜 수가 없었다. 그녀는 잠시 빠진 나쁜 생각에 몸서리를 쳤다. 아냐, 꼭 구해내야 해, 그 사람이 절대로 모르게. 그러고는 더 이상 그 사람을 사랑하지 않아야 해. 단지 그 사람이 이 세상 어딘가에 살아 있다는 생각만으로도 난 행복할 거야.

종종 그녀는 아침에 그에게 이렇게 말했다.

"오늘은 외출하지 마. 바다에 가면 안 돼, 날씨가 나쁘니까."

또 어떤 때는 그에게 이곳을 떠나라고 충고했다.

"여기 있으면 지루하잖아, 내게도 싫증이 날 테고…… 그러니 며칠 동안 도시에 갔다 와."

그는 그녀의 기분이 자주 변하는 걸 보고 놀랐다. 농부 아가씨가 얼굴이 수척해진 이후 그는 그녀를 예전보다 덜 아름답게 느꼈고, 이 격정적인 사랑을 즐기는 데도 지치기 시작했다. 엑스와 마르세유 아가씨들의 향수와 분 냄새가 그리웠다.

나이스의 귓전에는 언제나 아버지의 말이 윙윙거렸다. "내가 그놈을 죽일 거야, 반드시 죽일 거야." 밤이면 누군가가 총을 쏘는 꿈을 꾸면서 퍼뜩 잠에서 깼다. 그녀는 공포에 떨었고, 발에 돌멩이 하나만 걸려도 비명을 내질렀다. 아버지가 눈에 띄지 않을 때마다, 그녀는 '프레데리크 도련님'을 걱정했다. 그녀를 공포에 질리게 하는 것은 아침부터 저녁까지 아버지의 고집스러운 침묵에서 "내가 그놈을 반드시 죽일 거야"라는 소리가 들린다는 사실이었다. 미쿨랭 영감은 암시도, 말도, 몸짓도 전혀 하지 않았다. 그렇지만 그녀가 보기에 노인의 시선, 동작 하나하나, 몸과 마음 전체가 법의 칼날을 피할 기회가 오기만 하면 곧바로 젊은 주인을 죽이리라고 말하고 있었다. 그런 다음에 나이스를 징벌

할 것이었다. 그날이 올 때까지, 그는 잘못을 저지른 짐승인 양 딸에게 발길질을 했다.

"아버지가 여전히 너를 난폭하게 대하니?" 어느 날 아침, 나이스가 이리저리 오가며 방을 정리하는 동안 침대에서 담배를 피우던 프레데리크가 물었다.

"그래." 그녀가 대답했다. "미쳐가고 있어."

그녀는 검게 멍이 든 다리를 보여주었다. 그러고서 나지막이 내뱉곤 하던 이 말을 중얼거렸다.

"곧 끝이 날 거야, 곧 끝이 날 거야."

시월 초순, 그녀는 한층 더 우울해하는 듯했다. 그녀는 정신이 나간 표정이었고, 조용히 혼잣말하듯 입술을 우물거렸다. 프레데리크는 여러 번 절벽 위에 서 있는 그녀를 보았는데, 그녀는 주변의 나무를 살피는 척했으나 실은 눈으로 심연의 깊이를 가늠하고 있었다. 그로부터 며칠 후, 그는 농지 한구석에서 투안과 함께 무화과를 따고 있는 그녀를 우연히 보았다. 투안은 농사일이 너무 많을 때 미쿨랭 영감을 도와주러 오곤 했다. 그는 무화과나무 아래 있었고, 굵은 나뭇가지 위로 올라간 나이스는 그에게 농담을 건넸다. 그리고 입을 벌리라고 소리치고는 무화과를 던졌는데, 무화과가 그의 얼굴에 맞아 으깨지고 말았다. 그 불쌍한 존재는 입을 벌린 채 황홀한 표정으로 눈을 감고 있었다. 그의 넓적한 얼굴에는 끝없는 행복이 깃들었다. 물론 프레데리크는 질투하지 않았지만, 그녀에게 농담하지 않을 수 없었다. 그러자 그녀가 간단히 이렇게 대답했다.

"투안은 우리를 위해서라면 손이라도 잘라줄 사람이야. 그를 푸대접해서는 안 돼, 우리에겐 그가 필요해."

곱사등이는 날마다 블랑카르드로 왔다. 그는 절벽 위에서 일했는데, 정원 끝에 만드는 채소밭으로 물을 끌어가기 위해 좁은 수로를 파는 중이었다. 이따금 나이스는 그를 보러 갔고, 둘이 함께 무엇인가 열심히 이야기를 나누었다. 그가 수로 작업을 어찌나 질질 끌었던지 미쿨랭 영감은 그를 게으름뱅이라고 꾸짖으면서 딸에게 하듯 그의 다리를 걷어차곤 했다.

이틀 동안 비가 내렸다. 다음 주에 엑스로 돌아가야 했던 프레데리크는 떠나기 전에 미쿨랭 영감과 함께 물고기를 잡으러 바다로 나가야겠다고 마음먹었다. 파랗게 질린 나이스 앞에서, 그는 웃음을 터뜨리며 이번에는 미스트랄이 부는 날을 선택하지 않으리라고 말했다. 이제 곧 그가 엑스로 떠날 것이기에, 그녀는 밤에 만나자는 제안에 응했다. 한 시경, 그들은 테라스 위에서 재회했다. 땅이 비에 젖어 있었고, 녹음이 더욱 짙어진 수목에서 강렬한 냄새가 스며 나왔다. 가뭄이 심한 이 들판이 비에 흥건히 젖으면, 천지사방에 화려한 색조와 향내가 진동한다. 즉 토양이 피처럼 붉게 변하고, 소나무가 짙은 에메랄드빛을 띠며, 바위는 깨끗하게 세탁한 식탁보처럼 하얗게 빛난다. 하지만 그날 밤에는, 두 연인은 엄청나게 진한 백리향과 라벤더 향기만을 맡을 수 있었다.

습관이 그들을 올리브 나무들 아래로 이끌었다. 프레데리크는 그들이 사랑을 나누었던 그 올리브 나무를 향해 앞으로 나아갔다. 그 나무는 절벽 가장자리에 있었다. 그러자 퍼뜩 정신이 든 나이스가 그의 팔을 낚아채 나락에서 멀리 떨어뜨렸고, 떨리는 목소리로 이렇게 말했다.

"안 돼, 안 돼, 거기로 가면 안 돼!"

"무슨 일이야?" 그가 물었다.

그녀는 말을 더듬었고, 어제처럼 비가 많이 내린 뒤에는 절벽이 안전하지 않다고 말했다. 그리고 이렇게 덧붙였다.

"지난겨울, 여기서 가까운 곳에서 붕괴 사고가 있었어."

그들은 뒤로 물러나 다른 올리브 나무 아래 앉았다. 이것이 그들의 마지막 사랑의 밤이었다. 나이스는 불안에 떨며 그를 받아들였다. 갑자기 그녀는 눈물을 흘렸지만, 자신이 그처럼 동요하는 이유를 털어놓으려 하지는 않았다. 그러고서 냉기가 감도는 침묵에 빠졌다. 프레데리크가 이제 그녀는 자기와 함께 있으면 권태로워한다고 농담했을 때, 그녀는 미친 듯이 그를 포옹하며 속삭였다.

"아냐, 그렇게 말하지 마, 난 너를 너무 사랑해……. 봐, 병이 났잖아. 하지만 끝났어, 네가 떠날 테니까……. 아! 하느님 맙소사, 끝났어……."

그가 가끔 돌아오겠다고, 내년 가을에 두 달을 함께 보낼 수 있다고 위로해 봐야 소용없었다. 그녀는 고개를 가로저었고, 모든 게 끝났다고 느꼈다. 그들의 만남은 곤혹스러운 침묵 속에서 마무리되고 있었다. 그들은 바다, 불빛이 반짝이는 마르세유, 고독하고 슬픈 빛을 비추는 플라니에 등대를 바라보았다. 저 드넓은 수평선으로부터 우울감이 조금씩 그들을 엄습했다. 세 시경, 그가 그녀를 떠나며 입술에 키스했을 때, 얼음장처럼 차가운 그녀가 그의 품속에서 와들와들 떨고 있는 게 느껴졌다.

프레데리크는 잠을 이룰 수 없었다. 그는 날이 밝을 때까지 책을 읽었다. 불면증에 시달리던 그는 동이 트자마자 창가로 갔다. 바로 그때, 미쿨랭 영감이 통발을 건져 올리기 위해 바다로 떠나려 했다. 테라스로 와서 그는 고개를 치켜들었다.

"이봐요, 프레데리크 도련님! 나와 함께 바다로 나가겠다는 게 오늘 아침 아니었소?" 그가 물었다.

"아! 안 되겠어요, 미쿨랭 영감님." 젊은이가 대답했다. "잠을 너무 못 잤습니다……. 내일은 꼭 갈게요."

소작인은 느릿느릿한 걸음으로 멀어져 갔다. 그는 절벽 아래, 두 연인을 목격했던 바로 그 올리브 나무 아래에 있는 배를 찾으러 가야 했다. 그가 사라지자, 프레데리크는 주위를 빙 둘러보다가 투안이 벌써 일하는 모습을 보고 깜짝 놀랐다. 올리브 나무 근처에서, 곱사등이는 곡괭이를 든 채 비로 인해 흐트러진 좁다란 수로를 손보고 있었다. 창밖의 공기가 신선했고, 날씨가 좋았다. 젊은이는 담배 한 대를 말기 위해 방으로 돌아갔다. 그러나 창문에 팔꿈치를 괴러 그가 다시 창가를 향했을 때, 엄청난 천둥이 치듯 무시무시한 굉음이 들렸다. 그는 황급히 창문으로 다가섰다.

절벽 가장자리가 무너지는 붕괴 사태였다. 황토 구름이 이는 가운데 삽을 휘두르며 도망치는 투안의 모습이 보였다. 낭떠러지 끝에서 가지가 뒤틀린 그 늙은 올리브 나무가 뿌리째 뽑혀 처참하게 바다로 떨어졌다. 거대한 물거품이 솟구쳤다. 바로 그때, 끔찍한 비명이 허공을 갈랐다. 프레데리크의 눈에 나이스가 들어왔다. 그녀는 절벽 아래에서 무슨 일이 벌어지고 있는지 보려고 테라스의 난간을 두 손으로 잡고 떨어질 듯 몸을 기울이고 있었다. 난간을 꽉 잡은 그녀는 목을 길게 내민 채 꼼짝하지 않았다. 그러나 누군가가 자신을 바라보고 있다는 느낌이 들었는지 뒤를 돌아보았고, 프레데리크가 눈에 띄자 소리를 질렀다.

"아버지! 아버지!"

한 시간 후, 끔찍하게 손상된 미쿨랭 영감의 시체가 돌무더기 아래에서 발견되었다. 신열에 들뜬 투안은 자기도 흙더미에 휩쓸릴 뻔했다고 말했다. 마을 사람들은 침윤 현상 때문에 절벽 근처에 도랑을 파서는 안 된다고 하며 안타까워했다. 미쿨랭 부인은 흐느껴 울었다. 나이스는 눈물 한 방울 흘리지 않고 불타는 눈빛으로 묘지까지 아버지를 따라갔다.

재앙의 이튿날, 로스탕 부인은 무슨 일이 있어도 엑스로 돌아가려고 했다. 프레데리크는 자신의 사랑이 이 무시무시한 드라마로 끝나는 걸 보면서 엑스로 떠나는 데 무척 만족했다. 게다가 농부 아가씨들은 도시 아가씨들에게 여러모로 뒤졌다. 그는 자기의 삶을 되찾았다. 블랑카르드에서 곁을 지켜준 데 감동한 어머니는 아들에게 훨씬 더 큰 자유를 주었다. 그 덕분에 그는 멋진 겨울을 보냈다. 즉 그가 빌린 교외의 방으로 마르세유 여자들을 불러 함께 지내곤 했다. 그는 외박을 일삼았고, 그의 존재가 꼭 필요할 때만 콜레주 가의 차디찬 저택으로 돌아왔다. 그는 자기의 삶이 언제나 이렇게 흘러가기를 진심으로 바랐다.

부활절에 로스탕 씨는 블랑카르드에 가야 할 일이 생겼다. 프레데리크는 핑계를 꾸며 함께 가지 않았다. 집으로 돌아온 소송 대리인이 점심 식사 시간에 이렇게 말했다.

"나이스가 결혼을 해."

"뭐라고요!" 프레데리크가 깜짝 놀라며 소리쳤다.

"누구와 결혼하는지는 짐작도 못 할걸." 로스탕 씨가 말을 계속했다. "나이스는 그래야만 하는 이유를 이것저것 설명했어……."

나이스가 곱사등이 투안과 결혼하면 블랑카르드는 아무것도 변하지 않으리라. 로스탕 가족은 미쿨랭 영감이 죽은 뒤부터 농지를 관리해 온 투안을 소작인으로 정하면 그만이리라.

젊은이는 어색한 미소를 지으며 아버지의 말을 유심히 들었다. 뒤이어 그는 그 결혼이 모두에게 알맞은 해결책이라고 생각했다.

"나이스는 폭삭 늙어버렸고, 보기도 흉해졌어." 로스탕 씨가 다시 말했다. "처음에는 못 알아봤으니까. 바닷가에 사는 아가씨들은 얼마나 빨리 늙어버리는지 놀라울 정도야……. 정말 아름다웠는데, 나이스는…….."

"오! 화무십일홍[1]이죠." 프레데리크가 아무 일 없다는 듯 조용히 갈빗살을 삼켰다.

---

1 화무십일홍花無十日紅은 '열흘 동안 붉은 꽃은 없다'라는 뜻으로, 젊음이나 아름다움이 한번 성하면 머잖아 반드시 쇠함을 비유적으로 이르는 말이다.

올리비에 베카유의 죽음

1

어느 토요일 아침 여섯 시, 병석에 누운 지 사흘 후에 나는 죽었다. 나의 불쌍한 아내는 조금 전부터 트렁크를 뒤져 내의를 찾고 있었다. 자리에서 일어난 그녀가 문득 뻣뻣하게 굳은 내 몸을 보았을 때, 눈이 휘둥그레지며 숨도 쉬지 못하고 달려왔다. 내가 정신을 잃고 기절한 줄 안 그녀는 내 손을 만지고 내 얼굴 위로 몸을 기울였다. 뒤이어 공포가 그녀를 엄습했다. 갑작스러운 사태에 기겁한 그녀는 말을 더듬으며 울음을 터뜨렸다.

"하느님 맙소사! 하느님 맙소사! 그이가 죽었어!"

모든 말이 들렸지만, 그 소리는 희미하기 짝이 없어 아득히 멀리서 다가오는 듯했다. 나의 왼쪽 눈만이 아직도 어슴푸레한 빛, 물체들이 서로 뒤섞이는 희끄무레한 빛을 볼 수 있었고, 오른쪽 눈은 완전히 마비되었다. 마치 정통으로 벼락을 맞은 듯, 내 존재 전체가 가사 상태에 빠졌다. 내 의지는 아무런 반응을 일으키지 못했고, 몸의 근육도 더 이상 뜻대로 움직이지 않았다. 이 절멸의 상태에서, 사지가 마비된 가운데 오직 생각만이 느리고 게을렀으나 완벽하게 또렷이 살아 있었다.

나의 불쌍한 마르그리트는 침대 앞에 무릎을 꿇은 채 울면서 가슴 아픈 목소리로 되풀이했다.

"그이가 죽었어, 하느님 맙소사! 그이가 죽었어!"

이런 게 죽음일까? 이 기이한 무감각 상태, 이 움직이지 않는 육체, 지능은 여전히 작동하고 있는데……. 아니면 이것은 하늘로 날아오르기 전에 내 두개골 속에서 지체되고 있는 영혼일까? 유년기 때부터 나는 신경쇠약을 앓았었다. 아주 어렸을 때 두 번

씩이나 급성 고열이 나를 하늘나라로 데려갈 뻔했다. 그런 다음
부터 주변 사람들은 내가 아픈 모습에 익숙해졌다. 우리가 파리
에, 도핀 가의 가구 딸린 이 남루한 호텔에 도착한 날 아침에 내
가 몸져누웠을 때, 나는 마르그리트에게 의사를 부르지 말라고
했다. 여행의 피로 때문에 여느 때처럼 기운이 빠졌을 뿐, 조금
쉬면 괜찮아질 테니까. 그렇지만 나는 극심한 불안을 느끼고 있
었다. 우리는 몹시 가난한 상태에서 갑자기 고향을 떠났었다. 수
중에는 내가 자리를 구한 행정 부서에서 첫 월급을 받을 때까지
겨우 견딜 만한 돈 외에 아무것도 없었다. 그런데 갑작스러운 와
병으로 내가 세상을 떠난 것이다!

이런 게 정말 죽음일까? 나는 더 캄캄한 어둠, 더 무거운 침묵
을 상상했었다. 아주 어렸을 때, 벌써 나는 죽는 게 두려웠다. 허
약한 탓에 어른들이 연민으로 나를 쓰다듬어 주었을 때, 나는 오
래 살지 못할 것이며 곧 땅속에 묻힐 거라고 끊임없이 생각했다.
이 땅속에 대한 생각은 밤낮으로 시달림에도 도저히 적응할 수
없는 공포를 불러일으켰다. 자라면서도 이 강박관념을 떨쳐버
리지 못했다. 때때로 며칠 동안 곰곰이 생각한 후, 나는 두려움
을 극복했다고 여기곤 했다. 그래! 사람은 죽게 마련이고, 그러
면 모두 끝이야. 모든 사람이 언젠가 죽을 것이었다. 그보다 더
편리하고 좋은 것은 아무것도 없는 듯했다. 나는 거의 쾌활한 기
분에 이르렀고, 죽음을 정면으로 직시했다. 그러나 뒤이어 돌연
얼음장 같은 오한으로 덜덜 떨었고, 거대한 손이 나를 쥐고 시커
먼 구렁텅이 위에서 흔드는 듯 엄청난 현기증에 시달렸다. 그 땅
속에 대한 생각이 되돌아왔고, 내 이성을 모두 앗아갔다. 도대체
밤중에 몇 번이나 화들짝 놀라며 잠에서 깨었던가. 그럴 때면 어
떤 숨결이 나의 잠을 덮쳤는지 몰라 두려웠던 나는 절망적으로

두 손을 모은 채 이렇게 더듬거렸다. "하느님! 하느님! 이제 저는 죽어야 하나요!" 불안이 내 가슴을 조였고, 잠이 깨어 어리둥절한 상태에서 죽음의 필연성이 더욱 끔찍하게 다가왔다. 나는 다시 잠들기가 힘들었다. 잠이 나를 불안하게 했는데, 잠이 너무나 죽음과 흡사했기 때문이었다. 이러다가 영원히 잠들면 어떻게 하나! 이렇게 눈을 감고 다시 뜰 수 없다면!

다른 사람들도 이런 고통을 겪는지는 모르겠다. 어쨌든 그 고통은 내 삶을 유린했다. 죽음이 내가 사랑하는 모든 것과 나 사이에 우뚝 솟아올랐다. 나는 마르그리트와 보낸 가장 행복했던 시간을 기억한다. 신혼 초, 그녀가 내 곁에서 잠든 후 내가 그녀를 생각하며 미래를 꿈꾸었을 때, 숙명적 이별의 그림자가 끊임없이 나의 기쁨을 망가뜨렸고 희망을 짓부수었다. 우리는 서로 헤어져야 해, 어쩌면 내일, 어쩌면 한 시간 후에……. 엄청난 절망감이 나를 사로잡았고, 나는 이처럼 행복하게 살아봤자 무슨 소용이 있을까 자문했다. 어차피 이 행복도 참혹한 고통에 이르게 분명하니까. 그러자 나의 상상력은 점점 더 죽음의 슬픔으로 가득 찼다. 누가 먼저 세상을 떠날까. 그녀, 아니면 나? 누가 먼저 죽든, 나는 산산조각 난 우리의 삶을 머릿속에 그리면서 조용히 눈물을 흘렸다. 내 인생에서 가장 좋은 시기에, 나는 그처럼 아무도 이해할 수 없는 우울감에 빠지는 것이었다. 내게 행운이 찾아왔을 때, 사람들은 오히려 내가 침울해하는 모습을 보고 놀라곤 했다. 나의 죽음이라는 생각이 대번에 나의 기쁨을 망치기 때문이었다. 그 끔찍한 "무슨 소용이 있을까"라는 말이 언제나 내 귓전에 조종弔鐘처럼 울렸다. 그러나 이 고통이 지닌 최악의 단점은 사람들이 남몰래 부끄러워하면서도 그것을 견딘다는 사실에 있다. 그들은 아무에게도 자신의 아픔을 털어놓지 못하는 것이다. 흔히, 나란히 누운 남편과 아내는 불이 꺼지면 똑같은 두려움에 떨게 된다. 그러나 남편도 아내도 입을 열지 않는데, 사람들이 몇몇 음란한 단어를 입 밖으로 내뱉지 않듯 죽음에 대해서는 침묵하기 때문이다. 사람들은 죽음이라는 단어를 입에 올리지 않을 정도로 죽음을 두려워하며, 성기를 숨기듯 죽음을 숨긴다.

나의 사랑하는 마르그리트가 흐느끼는 동안, 나는 이런 문제를 곰곰이 생각하고 있었다. 내가 육체적 고통을 느끼지 않는다고 말하면서 그녀의 슬픔을 달래줄 방법이 없어 너무나 힘들었다. 만일 죽음이 이처럼 육체의 소실일 뿐이라면, 내가 죽음을 그토록 두려워한 것은 잘못이었다. 어떤 면에서 이런 죽음은 이기주의적인 안락이요, 근심을 잊게 하는 휴식이었다. 특히 나의 기억력은 평소보다 훨씬 더 활발하게 움직였다. 나의 전 생애가 이제는 나와 아무런 관계가 없는 광경처럼 빠르게 내 앞을 지나갔다. 신기하고 희한한 감각이 흥미롭기 짝이 없었다. 이를테면 저 멀리서 어떤 목소리가 내 이야기를 내게 들려주는 듯했다.

기억이 나를 데려간 곳은 게랑드 근처 피리아크 도로 주변의 전원이었다. 도로가 휘어지고, 작은 소나무 숲이 바위투성이 비탈길을 따라 빠르게 내려갔다. 일곱 살 무렵, 나는 아버지와 함께 마르그리트의 부모가 사는 반쯤 허물어진 집으로 크레프를 먹으러 가곤 했는데, 마르그리트의 부모는 염전을 일구며 힘겹게 살아가고 있었다. 그다음에는 게랑드의 광활한 수평선, 도시 아래로 까마득히 이어진 염전, 하늘 아래 드넓게 펼쳐진 바다를 보고 싶은 욕망을 억누르며 오래된 담장의 권태 속에서 내가 자란 낭트의 중학교가 생각났다. 뒤이어 암울한 기억이 선명히 떠올랐다. 아버지가 돌아가셨고, 나는 병원의 행정 사무원으로 들어가서 단조로운 생활을 시작했다. 유일한 즐거움은 일요일에 피리아크로 가는 길목에 있는 낡은 집을 방문하는 것이었다. 그 집의 상황은 점점 더 나빠지고 있었는데, 염전에서 나는 소득이 형편없었던 데다가 고장 전체가 가난에 시달리고 있었기 때문이다. 마르그리트는 아직 어린아이였다. 내가 손수레에 태우고 놀아줬기 때문에 그녀는 나를 좋아했다. 그러나 세월이 지나 청혼했던 날 아침, 나는 그녀가 기겁하는 모습을 보고 나를 몹시 싫어한다는 사실을 알아차렸다. 그녀의 부모는 즉시 결혼을 허락했다. 가난한 집에서 그녀를 치워버릴 기회였기 때문이다. 순종적인 그녀는 싫다고 말하지 못했다. 내 아내가 된다는 생각에 익숙해졌을 때, 그녀는 더 이상 심하게 곤혹스러워하지 않는 듯했다. 게랑드에서 결혼했던 날, 억수 같은 비가 내렸던 게 기억난다. 집으로 돌아왔을 때 드레스가 비에 흠뻑 젖었기에 그녀는 잠시 속치마 차림으로 지내지 않으면 안 되었다.

이것이 나의 젊은 시절이었다. 우리는 한동안 거기서 살았다. 그런데 어느 날, 집으로 돌아온 나는 아내가 서럽게 눈물을 흘리고 있어서 깜짝 놀랐다. 그녀는 권태를 느꼈고, 그곳을 떠나고 싶어 했다. 여섯 달 동안 나는 시간 외 노동으로 한푼 두푼 돈을 모았다. 우리 가족의 오랜 친구 하나가 파리에 일자리를 구해 주었기 때문에, 나는 더 이상 울지 않도록 어린 아내를 데리고 파리로 갔다. 기차 안에서 그녀는 활짝 웃었다. 삼등석의 장의자가 몹시 딱딱했으므로 나는 밤에 아내가 편하게 잘 수 있도록 아내를 내 무릎 위에 눕혔다.

이것이 바로 최근의 일이었다. 그리고 이 시각, 나는 가구 딸린 호텔의 비좁은 침대 위에서 죽어 있고, 아내는 맨바닥에 무릎을 꿇은 채 서럽게 울고 있다. 왼쪽 눈에 비치던 하얀 얼룩이 점점 흐릿해졌다. 하지만 나는 방을 똑똑히 기억했다. 왼쪽에는 서랍장이 있었다. 오른쪽에는 벽난로가 있었는데, 그 위에 추도 없는 고장 난 시계가 10시 6분을 가리켰다. 창문은 깊고 어두운 도편 가 쪽으로 나 있었다. 파리 전체가 거기로 지나가는 듯했다. 얼마나 요란했던지 창문이 흔들리는 소리가 내게도 들렸다.

우리는 파리에 아는 사람이 아무도 없었다. 우리가 서둘러 출발했기 때문에 내가 일할 행정 부서의 직원들도 다음 주 월요일에야 만날 예정이었다. 내가 침대에 누운 이후, 열다섯 시간의 철도 여행으로 지치고 거리의 소란으로 얼이 빠진 우리가 우연이 마련해 준 이 방에 이처럼 갇혀 있다는 사실이 몹시 기이하게 느껴졌다. 아내는 다정하게 미소 지으며 나를 간호했었다. 하지만 나는 그녀가 얼마나 고통스러웠을지 짐작할 수 있었다. 때때로 그녀는 창가로 가서 거리를 힐끔 보고서는, 아는 사람은커녕 아는 돌멩이조차 하나 없는 거대한 파리, 너무나 끔찍하게 으르렁거리는 거대한 파리에 질겁한 채 창백한 얼굴로 되돌아왔다. 내가 깨어나지 못한다면, 그녀는 어떻게 될까? 아무것도 모르고 의지할 사람 하나 없는 이 거대한 도시에서 혼자 무엇을 어떻게 할까?

마르그리트는 침대 가장자리에 축 늘어진 내 한쪽 손을 잡았고, 거기에 입을 맞추면서 미친 듯이 되풀이했다.

"올리비에, 대답 좀 해봐요……. 맙소사! 그이가 죽었어! 그이가 죽었어!"

내가 들을 수 있고 추론할 수 있는 이상, 죽음은 무無가 아니었다. 어린 시절부터 오직 무가 나를 두렵게 했다. 나는 내 존재의 소멸을, 내 존재의 완전한 절멸을 상상할 수 없었다. 영원히, 세월이 아무리 지나도 결코 내 존재가 다시 시작될 수 없다니……

나는 가끔 신문에서 다음 세기의 날짜를 볼 때 몸서리를 치곤했다. 나는 확실히 그 날짜에 살아 있지 않으리라. 내가 이 세상에 없을 그 미래의 날짜가 나를 더없이 고통스럽게 했다. 내가 곧 세상이 아니던가, 그러니 내가 사라지면 세상 모든 게 무너지지 않을까?

죽음 속에서도 삶을 꿈꾸는 것, 그것이 언제나 나의 희망이었다. 그러나 지금 이것은 죽음이 아니었다. 나는 분명히 잠시 후에 깨어날 것이었다. 그래, 잠시 후에 나는 몸을 숙여 마르그리트를 품에 안은 채 눈물을 닦아주리라. 우리가 서로 다시 만나면 얼마나 기쁠까! 서로를 더욱 아끼고 사랑하지 않겠는가! 나는 이틀을 더 쉰 후 직장으로 가리라. 우리에게 더 행복하고 여유로운 삶이 시작되리라. 하지만 나는 서두르지 않았다. 조금 전에 너무 짓눌려서 지금은 꼼짝할 수 없었다. 마르그리트가 그처럼 절망한 건 잘못이었는데, 왜냐하면 내가 베개 위에서 고개를 돌릴 힘조차 없어 그녀에게 미소 짓지 못했을 뿐이기 때문이었다. 잠시 후 그녀가 다시 "그이가 죽었어! 맙소사! 그이가 죽었어!"라고 말할 때, 나는 그녀가 놀라지 않도록 가만히 그녀를 안고 이렇게 속삭이리라. "아냐, 여보, 그저 잠이 들었던 것뿐이야. 봐, 이처럼 살아 있고, 당신을 사랑하잖아."

2

마르그리트가 비명을 지르자, 별안간 문이 열리며 누군가가 이렇게 소리쳤다.

"무슨 일이에요……? 또 기절했나요?"

나는 누구의 목소리인지 알았다. 우리와 같은 층계참에 사는 늙은 가뱅 부인이었다. 우리가 도착했을 때부터 우리의 처지를 동정한 그녀는 매우 친절하게 행동했다. 게다가 금세 자신의 사연을 우리에게 이야기해 주었다. 지난겨울, 상종하기 힘든 옛 집주인이 세간을 모두 팔아치우는 바람에 열 살짜리 딸 아델과 함께 이 싸구려 호텔로 이사한 것이었다. 모녀는 전등갓을 자르는 일을 했지만, 기껏해야 40수를 벌 따름이었다.

"하느님 맙소사! 숨이 끊어졌나요?" 그녀가 목소리를 낮추며 물었다.

그녀가 내게로 다가왔다. 나를 바라보고 만져보더니, 아내를 동정하며 다시 말했다.

"아, 불쌍한 사람! 불쌍한 사람!"

벌써 지칠 대로 지친 마르그리트는 어린아이처럼 흐느꼈다. 가뱅 부인은 아내를 일으켰고, 벽난로 가까이 있는 낡아 빠진 안락의자에 앉혔다. 그녀는 아내를 위로하려고 애썼다.

"그래요, 얼마나 힘들까. 그렇지만 남편이 죽었다고 부인까지 절망해서는 안 돼요. 물론 가뱅이 죽었을 때, 나도 당신과 비슷했다오. 사흘 동안 식음을 전폐하다시피 했으니까. 하지만 그런다고 뭐가 달라지겠어요, 오히려 내 몸만 상할 뿐이지……. 자, 제발! 정신을 차립시다."

마르그리트는 조금씩 울음을 삼켰다. 온몸의 기운이 다 빠졌다. 그러나 간간이 다시 울음이 터져 나왔다. 그사이에 가뱅 부인은 권위에 찬 표정으로 방을 점령했다.

"아무것도 신경 쓰지 말아요." 그녀가 되풀이했다. "때마침 데데가 전등갓을 갖다주러 밖으로 나갔어요. 이웃끼리는 서로 도와야죠……. 이런, 트렁크 짐을 아직 다 풀지 않았군요. 그런데 서랍장에도 리넨 제품이 좀 있겠죠, 안 그래요?"

서랍장을 여는 소리가 내 귀에 들렸다. 가뱅 부인이 서랍장에서 수건을 꺼내 와서 협탁 위에 펼쳐놓는 듯했다. 뒤이어 그녀가 성냥을 켰다. 아마도 장례용 촛대가 없어 벽난로 촛대 중 하나에 불을 붙인 뒤 내 곁에 갖다 두는 모양이었다. 나는 그녀의 행동 하나하나에 촉각을 곤두세웠고, 아주 작은 동작조차 그게 무엇을 뜻하는지 알아차리려고 애썼다.

"아, 불쌍한 양반!" 그녀가 중얼거렸다. "다행히 내가 당신의 비명을 들었지 뭐야."

갑자기, 나의 왼쪽 눈에 비치던 흐릿한 빛이 사라졌다. 가뱅 부인이 내 눈을 감겨준 것이었다. 눈꺼풀에 그녀의 손가락이 닿는 느낌조차 없었다. 상황을 알아차렸을 때, 가벼운 한기가 내 몸을 얼어붙게 했다.

그때 문이 다시 열렸다. 열 살짜리 말괄량이 데데가 들어오며 플루트 같은 목소리로 외쳤다.

"엄마! 엄마! 아! 엄마가 여기에 있는 줄 몰랐잖아……! 자, 돈 받아왔어, 3프랑 4수……. 내가 전등갓을 스무 다스나 갖다줬거든……."

"쉿! 쉿! 조용히 해!" 어머니가 되풀이했으나 소용없었다.

꼬마가 말을 계속하자 그녀가 침대를 가리켰다. 데데가 말을 멈추었다. 데데의 불안이 내게도 느껴졌는데, 데데는 문가로 흠칫 물러났다.

"아저씨가 주무시는 거야?" 그녀가 조그마한 소리로 물었다.

"그래, 나가서 놀아." 가뱅 부인이 대답했다.

그러나 아이는 문밖으로 나가지 않았다. 불안을 느낀 아이는 동그란 눈으로 나를 응시하는 게 틀림없었고, 무슨 일인지 어렴풋이 짐작하는 듯했다. 갑자기 아이가 미칠 듯한 공포에 휩싸인 채 의자를 넘어뜨리며 달아났다.

"아저씨가 죽었어, 오! 엄마, 아저씨가 죽었어."

깊은 침묵이 흘렀다. 안락의자에 죽은 듯이 앉은 마르그리트는 더 이상 울지 않았다. 가뱅 부인은 여전히 실내에서 여기저기 돌아다녔다. 그녀는 혼잣말처럼 중얼거리기 시작했다.

"요새는 애들도 모르는 게 없어요. 저 아이를 좀 봐요. 내가 저 애를 잘 키우고 있는지 누가 알까! 심부름을 시키거나 물건을 갖다주라고 보내면, 일분일초를 세게 된다오. 틈만 나면 거리를 쏘다니니까. 할 수 없죠, 한눈에 상황을 눈치채 버렸으니…… 데데가 본 시체라고는 프랑수아 아저씨밖에 없어요, 그땐 네 살이었고…… 어쨌든 더 이상 애 같은 애가 없다오. 그렇지만 뭐, 어쩌겠어요!"

그녀는 말을 끊었지만, 곧바로 다른 화제로 넘어갔다.

"그런데 부인, 행정 절차도 생각해야 해요. 구청에 사망 신고도 해야 하고, 또 장례 문제도 있다오. 당신이 그런 데까지 신경쓸 경황이 없죠. 나도 당신을 혼자 두고 다닐 수 없고…… 아, 그렇지! 당신이 괜찮다면, 시모노 씨가 집에 있는지 가보고 올게요."

마르그리트는 아무런 대답도 하지 않았다. 나는 먼 데서 일어나는 일처럼 느껴졌으나 이 모든 장면을 하나도 놓치지 않았다. 간간이 내가 미세한 불꽃처럼 실내의 허공을 날아다니고 있고, 침대 위에는 낯선 사람, 무정형의 물체가 누워 있는 듯했다. 그렇지만 나는 아내가 시모노의 도움을 거절하기를 바랐다. 나는 몸져누워 있는 동안 그를 서너 번 본 적이 있었다. 옆방에 사는 그는 남을 도와주기를 좋아하는 사람 같았다. 가뱅 부인에 따르면, 그는 시골에서 은퇴한 후 최근에 사망한 아버지로부터 채권을 상속받기 위해 파리에 얼마간 머무는 중이었다. 키가 크고 몸이 튼튼한 젊은 미남자였다. 그가 건강이 좋았기 때문인지 나는 그를 몹시 싫어했다. 어제도 잠시 우리 방에 들어왔는데, 나는 마르그리트 옆에 앉아 있는 그를 보는 게 괴로웠다. 그의 곁에 앉은 아내는 얼마나 예쁘고, 얼마나 눈부셨던가! 아내가 이처럼 남편의 안부를 물으러 와줘서 고맙다고 말하며 미소 짓는 동안, 그는 아내를 더없이 그윽한 눈길로 바라보았었다.

"시모노 씨가 왔어요." 가뱅 부인이 다시 방으로 들어오며 말했다.

그가 천천히 문을 열었다. 그를 보자마자, 마르그리트는 다시 울음을 터뜨렸다. 그녀가 파리에서 알고 있는 유일한 남자, 이 친절한 친구의 등장이 고통을 일깨웠다. 그는 굳이 그녀를 위로하려고 애쓰지 않았다. 나는 그를 볼 수 없었지만, 나를 둘러싼 어둠 속에서 그의 얼굴이 떠올랐다. 그리고 극도로 절망스러워하는 그녀를 보고서 괴로워하고 슬퍼하는 그의 모습이 선명히 그려졌다. 하지만 매듭을 푼 금발, 창백한 얼굴, 신열에 들뜬 어린아이처럼 가녀린 손, 지금 그녀는 얼마나 아름다울까!

"무슨 일이든 부탁하세요, 부인." 시모노가 조용히 말했다. "제게 일 처리를 모두 맡기셔도 됩니다."

그녀는 중간중간 말을 끊으며 대답했다. 그러나 젊은이가 물러났을 때, 가뱅 부인이 그를 따라갔다. 내 곁을 지나가면서 그녀가 돈 문제를 이야기하는 소리가 들렸다. 장례는 늘 비용이 상당히 들었다. 그녀는 불쌍한 젊은 부인이 동전 한 푼 없을까 봐 불안해했다. 어쨌든 망자의 부인에게 물어볼 것이었다. 그러자 시모노가 돈 문제는 이야기하지 말라고 늙은 여자에게 말했다. 그는 마르그리트가 괴로워하는 걸 원하지 않았다. 그는 구청으로 가서 장례 절차를 밟을 참이었다.

침묵이 다시 시작되었을 때, 나는 이 악몽이 오래갈까 두려웠다. 외부에서 일어나는 상황을 모두 인지하는 이상, 나는 살아 있었다. 나는 내 상태를 정확하게 파악하기 시작했다. 현재 상태는 언젠가 들은 적이 있는 강경증[1]임이 틀림없었다. 어린 시절 내가 아주 심한 신경쇠약에 걸렸을 때 나는 몇 시간씩 가사 상태에 빠지곤 했었다. 분명히 그 증세는 나를 시체처럼 뻣뻣하게 만들었기에 주변 모든 사람이 속아 넘어갔었다. 그러나 잠시 후 심장이 다시 뛰었고, 근육이 부드러워지면서 피가 다시 정상적으로 돌았다. 그러므로 나는 곧 깨어나리라, 그리고 마르그리트를 위로하리라. 그렇게 생각하면서 나는 인내심을 가지자고 스스로 격려했다.

몇 시간이 지나갔다. 가뱅 부인이 점심 식사를 가져왔다. 마르그리트는 음식을 입에 대려 하지 않았다. 오후가 흘러갔다. 열린 창문을 통해 도핀 가의 소음이 올라왔다. 협탁의 대리석 판 위에서 촛대의 구리 소리가 딸각 울리는 걸로 미루어 양초를 갈아 끼운 듯했다. 이윽고 시모노가 다시 나타났다.

"어떻게 됐어요?" 늙은 여자가 나지막이 물었다.

"모두 잘 해결되었습니다." 그가 대답했다. "장례는 내일 열한 시로 예정되었고…… 아무것도 걱정하지 마시고, 저 불쌍한 부인 앞에서는 이런 문제를 이야기하지 마세요."

그럼에도 가뱅 부인이 다시 말했다.

"'망자들의 의사'가 아직 안 왔다오."

시모노는 마르그리트 옆으로 가서 앉았고, 그녀를 위로한 후 입을 다물었다. 장례는 내일 열한 시로 예정되었다는 말이 내 머

---

1 강경증強勁症은 몸이 경직되어 의지와 상관없이 일정한 자세를 오랫동안 유지하는 증상을 가리킨다.

릿속에서 조종처럼 울려 퍼졌다. 그러나 아직 오지 않은 그 의사, 가뱅 부인이 '망자들의 의사'라고 부른 그 의사! 잠시 후면 내가 단지 마비 상태에 빠져 있음을 그 의사가 알아차리리라. 그가 필요한 조처를 취하고, 나를 깨어나게 해주리라. 나는 몹시 초조하게 그를 기다렸다.

그러는 동안, 오후가 저물었다. 가뱅 부인은 시간을 허송하지 않기 위해 전등갓을 가져왔다. 심지어 마르그리트에게 허락을 구한 후에 데데도 불러들였는데, 어린아이를 장시간 혼자 두는 것은 좋지 않은 일이기 때문이었다.

"자, 들어와." 그녀가 꼬마를 데리고 들어오면서 속삭였다. "바보 같은 짓일랑 하지 마, 저쪽은 쳐다보지 말고……. 안 그러면 내가 가만두지 않을 거야."

그녀는 꼬마가 나를 쳐다보지 못하게 했다. 그게 사리에 더 맞는 일이라고 생각하는 듯했다. 하지만 어머니가 딸의 팔을 찰싹 때리는 소리로 미루어 데데가 간간이 내가 있는 쪽을 힐끔거리는 모양이었다. 가뱅 부인은 험악한 표정으로 되풀이하곤 했다. "일은 안 하고 뭐 해, 쫓겨나고 싶어? 자꾸 쳐다보면 저 아저씨가 밤중에 너를 데려갈 거야."

어머니와 딸, 둘 다 우리 테이블 앞에 앉아 있었다. 그들이 가위로 전등갓을 자르는 소리가 내 귀에 또렷이 들렸다. 가위질이 느린 걸로 보아 아마도 섬세한 작업이어서 절단이 복잡하게 이루어지는 듯했다. 나는 점점 커지는 고통을 억누르기 위해 가위질을 하나하나 셈했다.

이제 방 안에서는 가위질 소리만 조그맣게 들렸다. 피로에 지친 마르그리트는 설핏 잠이 든 모양이었다. 시모노가 두 번이나 일어났다. 그가 그녀의 금발에 입 맞추기 위해 그녀의 선잠을 이용하고 있다는 생각이 나를 끔찍하게 괴롭혔다. 이 사내를 잘 모르지만, 그가 아내를 좋아하고 있다는 느낌이 들었다. 꼬마 데데의 웃음소리가 무척 신경에 거슬렸다.

"왜 웃는 거야, 바보처럼?" 가뱅 부인이 딸에게 물었다. "층계참으로 쫓아낼 거야……. 대답해, 무엇 때문에 웃었어?"

아이가 말을 더듬거렸다. 아이는 웃은 게 아니라 기침한 것이었다. 하지만 나는 마르그리트를 향해 몸을 기울이는 시모노를 아이가 보았고, 그게 아이를 웃게 했으리라고 상상했다.

방 안에 램프가 켜졌을 때 노크 소리가 났다.

"아! 의사 선생님이 왔구면." 가뱅 부인이 말했다.

과연 의사였다. 그는 이토록 늦게 와서 미안하다는 말조차 하지 않았다. 아마도 온종일 이 집 저 집 방문하느라 바빴으리라. 램프가 방을 너무나 흐릿하게 비추어서 그랬는지 그가 이렇게 물었다.

"시신이 여기에 있소?"

"예, 선생님." 시모노가 대답했다.

마르그리트가 몸을 부들부들 떨며 일어났다. 아이가 이런 일을 지켜볼 필요가 없다고 판단한 가뱅 부인은 데데를 층계참으로 나가게 했다. 그리고 그녀는 마르그리트도 창가로 데려가 그 광경을 보지 않도록 배려했다.

의사가 성큼성큼 침대로 다가왔다. 내가 보기에 그는 피로하고 바빠서 일을 서두르는 듯했다. 그가 내 손을 잡았을까? 그의 손을 내 가슴에 얹었을까? 온몸이 마비된 나는 알 수 없었지만, 단지 무심히 나를 향해 잠시 얼굴을 숙이는 듯했다.

"환하게 보실 수 있도록 램프를 여기로 가져올까요?" 시모노가 친절하게 제안했다.

"아니, 그럴 필요 없습니다." 의사가 태연히 대답했다.

뭐라고! 그럴 필요 없다니! 내 목숨을 손에 쥔 자가 주의 깊게 살펴볼 필요가 없다고 판단하고 있었다. 그렇지만 나는 살아 있지 않은가! 나는 살아 있다고 얼마나 소리치고 싶었던가!

"이 사람이 몇 시에 죽었소?" 그가 다시 말했다.

"오전 여섯 시입니다." 시모노가 대답했다.

나를 옴짝달싹하지 못하게 하는 끔찍한 마비 상태에서, 격노에 찬 반항심이 내 안에서 솟구쳤다. 오! 입을 열어 말할 수도 없고, 사지 하나 움직일 수 없으니!

의사가 이렇게 덧붙였다.

"요즘 날씨가 정말 습하고 나쁘단 말이야……. 초봄 날씨만큼 사람을 피곤하게 만드는 건 아무것도 없어요."

그가 내게서 멀어져 갔다. 그와 함께 내 목숨도 사라져 갔다. 비명과 눈물과 욕설이 나를 질식시키고, 경련을 일으킨 내 목구멍을 찢어놓았다. 아! 망할 놈의 인간 같으니라고, 직업적인 타성으로 기계가 되었잖아. 절차나 간단히 채우려고 망자들의 침대를 찾다니! 도대체 뭘 안다는 거야, 이 자는! 이 자의 지식이란 말짱 거짓이야. 의사가 살았는지 죽었는지조차 한눈에 구분할 수 없다니! 그러고는 떠난다고, 떠나겠다고?

"안녕히 가세요, 선생님." 시모노가 말했다.

침묵이 감돌았다. 가뱅 부인이 창문을 닫는 동안, 의사가 마르그리트에게 허리를 굽혀 인사하는 모양이었다. 그런 다음 그가 밖으로 나갔고, 계단을 내려가는 발걸음 소리가 들렸다.

맙소사, 끝장이었다. 내가 사형 선고를 받은 것이었다. 이 자와 함께 나의 마지막 희망이 사라졌다. 내일 열한 시까지 깨어나지 못하면 나는 생매장될 거야. 그렇게 생각하자 너무나 무서워서 주변의 아무것도 의식할 수 없었다. 내게 들린 마지막 소리는 가뱅 부인과 데데의 조용한 가위질 소리였다. 경야經夜가 시작된 것이었다. 더 이상 아무도 입을 열지 않았다. 마르그리트는 옆방으로 가서 잠을 자라는 가뱅 부인의 배려를 사양했다. 안락의자에 반쯤 누운 그녀는 아름다운 얼굴이 하얗게 질려 있었고, 살며시 감은 두 눈에 눈물이 맺혀 있었다. 그녀 앞에 앉은 시모노는 어둠 속에서 말없이 그녀를 바라보았다.

3

이튿날 아침, 내가 얼마나 고통스러웠는지는 말로 표현할 수 없다. 그것은 내게 끔찍한 악몽이었는데, 악몽 속에서 감각이 너무나 기이하고 혼란스러웠기에 그 감각을 정확하게 기술하기는 어렵다. 내 고통이 더욱 뼈아픈 것은 내가 여전히 불현듯 깨어나기를 바랐기 때문이다. 장례 시간이 다가옴에 따라 공포는 더욱더 내 목을 조였다.

아침이 되어서야 다시 나를 둘러싼 사람과 사물이 인식되었다. 창문 고리 돌아가는 소리가 나를 반수 상태에서 깨웠다. 가뱅 부인이 창문을 연 것이었다. 일곱 시쯤 된 듯했는데, 왜냐하면 거리에서 상인들이 외치는 소리, 예컨대 별꽃을 파는 소녀의 가냘픈 목소리, 당근을 파는 어른의 거친 목소리가 들렸기 때문이다. 잠 깨어나는 파리의 소음이 처음에는 내 마음을 조금 가라앉혔다. 이처럼 생명이 약동하는 삶의 한복판에서 나를 땅에 묻는다는 것은 불가능한 일이 아닐까. 게다가 한 가지 기억이 떠올라 나는 조금 더 큰 희망을 가졌다. 내가 게랑드의 병원에서 사무원으로 일했을 때 나와 비슷한 사례를 본 적이 있었다. 한 남자가 스물여덟 시간 동안 잠들었는데, 수면이 얼마나 깊었던지 의사들조차 확진을 내리기를 망설였다. 그러다가 이 남자가 불현듯 잠이 깨어 침대에 앉았고, 금세 자리를 털고 일어났다. 나는 마비 상태에 빠진 지 스물다섯 시간이 되었다. 만일 내가 열 시경에 깨어난다면, 정말이지 제때 일어나는 셈이리라.

나는 방 안에 누가 있으며 그들이 무엇을 하는지 알고자 애썼다. 열린 문을 통해 어린아이의 웃음소리가 들리는 걸로 보아 꼬마 데데가 층계참에서 놀고 있는 게 분명했다. 아마도 시모노는 여기에 없는 듯했다. 그의 존재를 알려주는 어떤 소리도 내게 전달되지 않았다. 방바닥을 스치는 가뱅 부인의 실내화 소리만이 귓가에 들렸다. 이윽고 가뱅 부인이 입을 열었다.

"이봐요, 제발 좀 드세요. 이거라도 마셔야 기운을 차릴 수 있다오."

그녀가 마르그리트에게 하는 말이었다. 벽난로 위 여과기에서 방울방울 떨어지는 물소리로 미루어 그녀가 커피를 만들고 있는 듯했다.

"이렇게 말해도 될지 모르겠지만." 그녀가 말을 계속했다. "난 아까부터 커피가 필요했어요, 내 나이가 되면 밤샘하는 게 너무 힘드니까……. 집에 우환이 있을 땐 특히 밤중이 괴롭다오……. 자, 커피 좀 드세요, 그래야 눈물을 흘릴 기운이라도 생기지."

그녀가 억지로 권해서 마르그리트는 커피 한 잔을 마셨다.

"어때요? 뜨거운 게 들어가니까 조금 생기가 돌잖아. 하루를 버틸 힘이 필요하다오……. 이제 제발 내 방으로 가서 좀 쉬어요."

"아녜요, 여기에 있고 싶어요." 마르그리트가 단호히 대답했다.

어젯밤부터 귀에 들리지 않았던 그녀의 목소리가 내 가슴을 뭉클하게 했다. 그녀의 목소리는 변했고, 고통에 짓눌려 있었다.

아! 얼마나 사랑스러운 아내인가! 그녀의 존재는 내게 마지막 위로였다. 그녀가 내게서 눈을 떼지 않고 있고, 가슴이 저리도록 슬피 울고 있다는 사실을 나는 알고 있었다.

몇 분이 흘렀다. 문가에서 처음에는 무슨 소리인지 이해할 수 없는 소리가 났다. 마치 비좁은 계단 벽에 부딪히는 가구 소리 같았다. 뒤이어 마르그리트가 다시 울음을 터뜨렸기에 나는 사태를 알아차렸다. 그것은 관이었다.

"너무 일찍 오셨구먼." 가뱅 부인이 언짢은 표정으로 말했다. "일단 침대 뒤에 두세요."

몇 시일까? 아마도 아홉 시. 그런데 벌써 관이 도착한 것이었다. 깊은 어둠 속에서도, 대패로 잘 다듬지는 않았으나 새로 만든 관임이 느껴졌다. 하느님 맙소사! 이렇게 모든 게 끝난단 말인가? 지금 내 발치에 있는 이 상자 속으로 내가 들어간단 말인가?

그렇지만 눈물겹도록 위로가 되는 일도 있었다. 마르그리트는 심신이 괴로웠으나 나를 마지막으로 정성스럽게 보살피고자 했다. 가뱅 부인의 도움을 받아 그녀가 누이의 사랑으로, 아내의 사랑으로 내게 옷을 입혀 주었다. 그녀가 옷가지를 하나씩 입힐 때마다 나는 그녀의 다정한 손길이 느껴졌다. 그녀가 감정이 복받쳐 올라 갑자기 동작을 멈추었다. 그녀는 나를 껴안았고, 하염없이 눈물을 흘렸다. 나는 할 수만 있다면 당장 포옹을 풀고 이렇게 소리치고 싶었다. "나는 살아 있어!" 하지만 나는 아무것도 할 수 없었고, 움직이지 않는 덩어리처럼 몸을 내맡겨야 했다.

"그러지 말아요, 어쩔 수 없는 일인걸." 가뱅 부인이 되풀이했다.

마르그리트는 흐느낌으로 겨우 말을 이었다.

"내버려두세요. 우리가 가진 가장 좋은 옷을 입혀 주고 싶어요."

나는 그녀가 결혼식 예복을 내게 입히고 있음을 알아차렸다. 파리에서 중요한 일이 있을 때만 그 정장을 입을 생각이었다. 뒤이어 내게 옷을 입히느라 지친 그녀가 다시 안락의자에 쓰러졌다.

그때, 시모노의 목소리가 들렸다. 아마도 그는 방금 방으로 들어온 듯했다.

"인부들이 밑에서 기다리고 있습니다." 그가 조용히 말했다.

"알았어요, 그러고 보니 너무 이른 시간도 아니구먼." 똑같이 목소리를 낮추며 가뱅 부인이 대답했다. "올라오라고 해요, 이제 일을 마무리해야지."

"이 불쌍한 미망인이 얼마나 슬퍼할지 걱정되어서……."

가뱅 부인은 잠시 생각에 잠겼다가 다시 말했다.

"이렇게 해요, 시모노 씨. 당신이 부인을 강제로라도 내 방으로 데리고 가요……. 그녀가 여기에 있는 건 좋지 않아. 그게 우리가 해야 할 도리이기도 하고……. 그러고서 눈 깜짝할 새 일을 끝내면 돼요."

그 말이 내 가슴을 내리쳤다. 아내와 그들이 승강이하는 소리가 들렸을 때, 아, 얼마나 미칠 듯 괴로웠던가! 시모노는 마르그리트에게 다가가서 이 방에 머무르지 말라고 간곡히 말했다.

"제발 저와 함께 옆방으로 가요. 여기에 계시면 괴로움만 더할 뿐입니다."

"아녜요, 아녜요." 아내가 되풀이했다. "저는 끝까지 여기에 있을 거예요. 생각해 보세요, 제겐 저이밖에 없잖아요. 저이가 떠나면 저는 세상천지에 외톨이가 돼요."

그러자 침대 가까이 있던 가뱅 부인이 젊은이의 귀에 소곤거렸다.

"자, 빨리, 부인을 꽉 껴안고 옆방으로 가요."

시모노가 마르그리트를 껴안고 밖으로 나간단 말인가? 곧바로 그녀가 울음을 터뜨렸다. 참을 수 없이 격분한 나는 벌떡 일어나고 싶었다. 그러나 내 몸의 용수철이 모조리 부서져 있었다. 온몸이 너무나 뻣뻣하게 굳어 있었기에, 내 앞에서 무슨 일이 일어나는지 보려 해도 눈꺼풀 하나 움직일 수 없었다. 승강이가 계속되었고, 아내가 가구를 붙잡고 버티며 이렇게 되풀이했다.

"오! 제발, 제발, 시모노 씨⋯⋯. 저를 놔줘요, 여기를 떠나고 싶지 않아요."

아내가 어린아이처럼 훌쩍이는 걸로 보아, 시모노가 아내를 품속에 꽉 껴안은 모양이었다. 그가 아내를 데려갔고, 흐느낌도 사라졌다. 나는 상상했다. 키가 크고 튼튼한 그가 아내를 가슴에 품은 채 데려가는 모습을, 자포자기 상태에서 절망으로 눈물에 젖은 아내가 어디든지 그가 이끄는 곳으로 따라가는 모습을⋯⋯.

"어휴, 겨우 내보냈어." 가뱅 부인이 중얼거렸다. "자, 어서 끝내요! 이제 방해할 사람도 없으니까!"

나를 미치게 만드는 분노와 질투 속에서, 나는 보살핌이라는 미명 아래 자행되는 가증스러운 납치를 상상했다. 어젯밤부터 마르그리트의 모습을 볼 수 없었지만, 그래도 그녀의 목소리만은 들을 수 있었다. 그런데 이제 그것조차 끝난 것이다. 그들이 방금 내게서 그녀를 빼앗아 갔다. 내가 땅속에 묻히기도 전에, 한 사내가 그녀를 홀린 것이었다. 벽 너머에 그녀와 함께 단둘이 있는 그가 위로하는 척하며 그녀에게 키스하고 있지 않을까!

문이 다시 열렸고, 무거운 발걸음 소리가 방에 울렸다.

"서둘러요, 서둘러요." 가뱅 부인이 되풀이했다. "망자의 부인이 언제 다시 들이닥칠지 모르니까."

그녀는 투덜거림으로 대답을 대신하는 낯선 일꾼들에게 말했다.

"아, 난 가족이 아니라오, 이웃일 뿐이지. 이런다고 내게 생기는 건 아무것도 없어요. 그저 순수한 선의로 돕는 거지. 벌써 좀 힘이 드는구면……. 그래요, 밤을 꼴딱 새웠지 뭐야. 네 시경엔 쌀쌀하기도 했다니까……. 난 바보 천치야, 늘 베풀기만 하니까."

바로 그때, 장례 인부들이 관을 방 한가운데로 옮기는 듯했다. 자, 온몸이 깨어나지 않은 이상, 난 이제 사형 선고를 받은 거야. 생각조차 흐릿해졌고, 모든 일이 시키면 연기 속에서 일어나는 듯했다. 나는 너무나 지쳐서 아무런 희망도 없다는 사실에 차라리 안도감을 느꼈다.

"나무를 아낌없이 썼나 보네." 장례 인부가 거친 목소리로 말했다. "관이 너무 길어."

"정말! 망자가 아주 편하겠어." 다른 인부가 쾌활하게 덧붙였다.

나는 무겁지 않았다. 세 층이나 내려가야 했기에, 내가 가볍다는 사실이 그들을 즐겁게 했다. 그들이 내 어깨와 발을 잡았을 때, 갑자기 가뱅 부인이 화를 냈다.

"망할 놈의 계집애!" 그녀가 소리쳤다. "아무 데나 얼굴을 들이밀고 있어……. 기다려, 내가 혼구멍을 내줄 테니."

데데가 문을 반쯤 연 채 호기심 어린 얼굴을 내밀고 있었다. 그녀는 아저씨를 관에 넣는 광경을 보고 싶어 했다. 따귀를 세차게 때리는 소리가 두 번 들린 후, 곧바로 흐느낌이 터졌다. 방으로 되돌아온 가뱅 부인은 나를 관에 넣는 인부들에게 자기 딸에 대해 이야기했다.

"열 살이라오. 행실은 바른데 호기심이 많아서……. 매일 때리지는 않지만, 말을 잘 듣게 하긴 해야죠."

"오!" 인부 중 하나가 말했다. "여자애들은 모두 저렇잖소…….

어딘가에 시체가 있으면 계속 주변을 맴돌아요."

나는 편안하게 눕혀졌다. 왼팔이 나무판자에 조금 끼지 않았더라면 아직도 침대에 누워 있는 느낌이었으리라. 인부들의 말처럼, 나는 몸집이 작아 관 속에서 별로 불편하지 않았다.

"잠깐 기다려요." 가뱅 부인이 소리쳤다. "망자의 머리에 베개를 받쳐 준다고 부인에게 약속했다오."

그러나 인부들은 일을 서둘렀고, 나를 거칠게 다루며 베개를 머릿밑에 아무렇게나 쑤셔 넣었다. 그들 중 하나가 망치를 찾았으나 눈에 띄지 않자 욕설을 내뱉었다. 거리에 두고 온 탓에 아래로 내려가지 않으면 안 되었다. 뚜껑이 덮였고, 첫 번째 못을 박는 두 번의 망치질로 온몸이 뒤흔들렸다. 첫 번째 못이 박혔지만, 나는 살아 있었다. 뒤이어 못이 하나씩 빠르게 박혔고, 박자를 맞춘 망치질 소리가 방 안에 울렸다. 마치 솜씨 좋은 포장 노동자가 능란하게 과일 상자에 못을 박는 듯했다. 그때부터 관이 커다란 울림판으로 변한 듯, 소리가 아득히 먼 곳에서 기이하게 울리며 귓전에 들렸다. 도핀 가의 방에서 내가 마지막으로 들은 것은 가뱅 부인의 말이었다.

"자, 이제 천천히 내려가세요. 3층 난간을 조심해야 해요, 그다지 튼튼하지 않으니까."

인부들이 나를 옮겼다. 파도가 출렁이는 바다를 떠도는 느낌이 들었다. 지금 나의 기억은 그 시점부터 분명하지 않다. 그렇지만 또렷이 떠오르는 한 가지 사실, 즉 그때 나를 사로잡은 유일한 관심사, 어리석었으나 자연스러웠던 관심사가 있는데, 그것은 묘지로 가기 위해 그들이 택하는 경로였다. 파리의 지리를 몰랐으므로, 나는 가끔 이름만 들어본 큰 묘지들의 정확한 위치를 알지 못했다. 그래서 왼쪽으로 도는지 오른쪽으로 도는지 짐작할 수 있도록 온 정신을 집중했다. 나를 태운 영구마차가 도로의 포석 위에서 이리저리 흔들렸다. 내 주변에서 마차 바퀴 구르는 소리, 행인들의 발걸음 소리가 관이 흔들리는 소리에 뒤섞여 떠들썩한 분위기를 증폭시켰다. 처음에는 여정이 꽤 분명하게 파악되었다. 뒤이어 영구마차가 잠시 멈추었고, 관을 옮기는 걸로 미루어 일행이 교회로 가는 듯했다. 그러나 영구마차가 덜컹거리며 다시 움직였을 때, 나는 우리가 지나가는 장소에 대한 구체적인 의식을 완전히 잃었다. 다만 예배당 종소리가 들려 근처에 교회가 있음을 알아차렸을 뿐이다. 영구마차가 더 부드럽고 일정하게 달리는 걸로 보아 산책로를 따라가고 있는 듯했다. 완전히 얼이 빠진 나는 최후의 일격을 기다리며 처형장으로 끌려가는 사형수 같은 신세였다.

이윽고 일행이 멈춰 섰고, 장례 인부들이 관을 영구마차에서 내렸다. 그 일은 금세 끝났다. 아무런 소리도 들리지 않았고, 하늘이 드넓게 펼쳐진 가운데 외딴곳 나무 아래 관이 놓인 듯했다. 내가 투숙했던 호텔 세입자들, 시모노, 다른 몇몇 사람이 장례 행렬을 따라온 게 분명했는데, 서로 소곤거리는 목소리가 내게도 들렸기 때문이다. 참석자들이 장례 찬송가를 불렀고, 사제가 라틴어 몇 마디를 읊조렸다. 잠시 제자리걸음 소리가 들렸다. 그러다가 별안간 내가 땅에 묻히는 느낌이 들었다. 밧줄이 현악기의 활처럼 관의 모서리를 긁는 바람에 금이 간 더블베이스 소리가 났다. 끝이었다. 대포가 터지는 소리 같은 무시무시한 충격이 내 머리 바로 왼쪽에 가해졌다. 두 번째 충격은 발치에서 느껴졌다. 훨씬 더 강력한 또 다른 충격이 내 배 위에서 얼마나 큰 소리를 냈던지 관이 둘로 쪼개지는 듯했다. 그리고 나는 정신을 잃었다.

4

얼마나 시간이 흘렀을까? 도무지 알 수 없었다. 하기야 영겁이
나 촌음이나 절멸의 무에서는 똑같은 시간이 아닐까. 나는 더 이
상 세상에 존재하지 않았다. 하지만 조금씩, 어렴풋이 의식이 돌
아왔다. 사실은 여전히 잠들어 있었지만, 꿈을 꾸기 시작했다. 나
의 지평선을 가로막은 캄캄한 심연으로부터 하나의 악몽이 떠
올랐다. 그 꿈은 기이한 상상의 산물이었다. 그것은 내가 무서운
이야기에 끌려 재미 삼아 재앙을 가상하던 시절에 떠올리곤 하
던 고통스러운 악몽이었다.

상상 속에서, 나는 어딘가에서, 아마도 게랑드에서 나를 기다
리고 있는 아내를 만나기 위해 기차를 탔다. 그런데 기차가 터널
을 관통하고 있을 때, 갑자기 천둥소리 같은 무시무시한 굉음이
들렸다. 이중의 붕괴 사고가 일어난 것이었다. 우리 열차는 바위
를 피했기에 객차가 모두 멀쩡했다. 그러나 터널의 양단, 즉 앞
쪽과 뒤쪽의 둥근 궁륭이 무너져 내렸고, 그 바람에 우리는 바윗
덩어리 사이에, 산의 뱃속에 갇혀 버렸다. 그리하여 참혹하고 기
나긴 고통이 시작되었다. 구조의 희망은 전혀 없었다. 터널을 정
상화하는 데는 한 달이 걸릴 것이었다. 게다가 그 작업에는 고도
의 주의력과 고성능 기계가 필요했다. 우리는 독 안에 든 쥐나
마찬가지였다. 우리의 죽음은 단지 시간문제일 뿐이었다.

거듭 말하지만, 나의 상상력은 흔히 이런 끔찍한 여건 속에서
전개되었다. 나는 드라마를 무한히 변조하곤 했다. 배우로는 남
자들, 여자들, 아이들, 수백 명의 인간들, 또는 새로운 에피소드
를 끊임없이 제공하는 군중이 선정되었다. 열차에는 약간의 먹
을 것이 있었지만 식량은 금세 떨어졌다. 서로를 잡아먹을 수는
없으므로, 그 굶주린 자들은 비참하게도 마지막 빵 한 조각을 두

고 극악스럽게 다투었다. 노인 하나는 주먹질을 당해 죽어가고 있었다. 어떤 어머니는 아들에게 줄 서너 입의 빵을 지키기 위해 늑대처럼 싸웠다. 내가 있는 객차에서는 신혼부부 한 쌍이 서로를 꼭 껴안은 채 숨을 몰아쉬었는데, 더 이상 희망도 품지 않았고 몸도 움직이지 않았다. 선로는 텅 비어 있었고, 기차에서 내린 사람들은 먹이를 찾는 맹수처럼 열차의 측면을 따라 어슬렁거렸다. 모든 계층이 뒤섞였다. 고위 관료로 일컬어지는 부자 하나가 어떤 노동자의 목을 끌어안은 채 너나들이로 말하며 울고 있었다. 초기에 램프의 연료가 떨어졌고, 기관차의 불도 꺼져버렸다. 객차에서 객차로 넘어가기 위해서는 손으로 기계 장치를 더듬어야 부딪히지 않았다. 그런 식으로 가다 보면 차갑게 식은 연결봉, 암흑 속에서 동력도 기적소리도 잃은 채 깊이 잠든 거대한 기관차에 도달했다. 한 사람씩 죽어가는 승객들과 함께 산 채로 땅속에 묻힌 이 열차보다 더 끔찍한 것은 세상에 아무것도 없었다.

　나는 만족감을 느꼈고, 더없이 미세한 공포에도 촉각을 곤두세웠다. 비명과 절규가 어둠을 관통했다. 갑자기, 거기에 있는 줄도 몰랐고 보이지도 않았던 옆자리 승객 하나가 내 어깨 위로 무너졌다. 그러나 이제 무엇보다 고통스러운 것은 추위와 산소 부족이었다. 나는 그토록 추위에 떤 적이 없었다. 어깨 위로 눈사태가 덮치는 느낌이었고, 무거운 습기가 내 두개골을 흥건히 적셨다. 숨이 막혔다. 마치 바위 궁륭이 내 가슴 위로 무너져 내리고 산 전체가 내 몸을 짓누르는 듯했다. 그러나 해방의 함성이 터널에 울려 퍼졌다. 오래전부터 우리는 저 멀리서 어렴풋한 소리가 들린다고 상상했고, 구조 작업이 멀지 않은 곳에서 이루어지고 있다는 희망을 품었다. 하지만 구원의 손길은 거기서 오지 않았다. 우리 가운데 누군가가 터널 위로 뚫린 구멍을 이제 막 발견했다. 우리는 모두 그 구멍을 보러 달려갔는데, 구멍 위로 샘물처럼 커다란 푸른 반점이 보였다. 오! 그 푸른 반점을 보는 순간 얼마나 기뻤던지! 그것은 하늘이었다. 우리는 숨을 쉬기 위해 하늘을 향해 발돋움했고, 이리저리 움직이는 검은 점들, 아마도 우리를 구하기 위해 굴착기를 설치하는 노동자들을 분명히 보았다. "살았어! 살았어!"라는 떠들썩한 함성이 모두의 입에서 터져 나왔고, 모든 사람이 떨리는 두 팔을 들어 창백한 푸른 점을 향해 흔들었다.

나를 깨운 것은 그 격정적인 함성이었다. 지금 여기가 어디지? 아마도 터널일 거야. 나는 길게 누워 있었고, 좌우에서 옆구리를 죄는 단단한 내벽이 느껴졌다. 몸을 일으키려 했으나 무엇인가에 두개골을 심하게 부딪쳤다. 바위가 사방에서 나를 가두고 있는 걸까? 하지만 푸른 점이 사라졌고, 저 멀리 하늘이 더 이상 보이지 않았다. 나는 숨이 막혔고, 몸을 덜덜 떨며 이를 닥닥 부딪쳤다.

갑자기, 기억이 돌아왔다. 공포가 머리칼을 쭈뼛 서게 했고, 냉혹한 진실이 얼음장처럼 머리에서 발끝까지 온몸을 관통했다. 그렇다면 오랫동안 나를 시체처럼 뻣뻣하게 경직시켰던 가사 상태에서 벗어난 걸까? 그래, 몸이 움직여지잖아. 나는 두 손으로 관의 판자를 만져보았다. 마지막으로 시험할 게 있었는데, 그것은 말이었다. 나는 입을 열어 본능적으로 마르그리트를 불렀다. 그런데 그 호명은 절규로 터져 나왔다. 전나무 상자 속에서 내쉰 목소리가 얼마나 무섭게 울렸던지 나조차 공포에 휩싸였다. 하느님 맙소사! 이게 사실일까? 내가 걸을 수 있는데, 살아 있다고 외칠 수 있는데 내 목소리가 밖으로 들리지 않는다니, 온몸이 흙에 짓눌린 채 땅속에 갇혀 있다니!

나는 마음을 가라앉히고 생각을 정리하려고 안간힘을 썼다. 여기서 벗어날 방법이 없을까? 머릿속이 아직 명료하지 않았고, 옛꿈이 다시 시작되었다. 즉 상상 속의 터널 구멍에 비친 푸른 하늘과 현실 속의 질식할 듯한 무덤이 한데 뒤섞였다. 나는 눈을 최대한 부릅뜬 채 어둠 속을 바라보았다. 어쩌면 구멍이나 틈새나 한 줄기 빛이 보일 수도 있지 않을까! 그러나 불꽃이 어둠 속을 지나갔고, 붉은빛이 커졌다가 사라졌다. 그러고는 아무것도 없었다, 오직 깊이를 알 수 없는 검은 심연뿐이었다. 잠시 후에 명료한 의식이 깃들었고, 나는 그 어리석은 악몽을 떨쳐냈다. 여기서 벗어나자면 정신을 집중하지 않으면 안 되었다.

우선, 가장 큰 위험은 점점 가중되는 질식이었다. 아마도 신체 기능이 정지된 가사 상태 덕분에 공기가 희박해도 나는 그처럼 오래 견딜 수 있었으리라. 그러나 심장이 뛰고 폐가 숨 쉬는 지금, 여기서 최대한 빨리 벗어나지 않으면 나는 질식으로 죽을 것이었다. 또한 추위도 고통스러웠다. 나는 눈밭에 쓰러져 다시 일어나지 못하는 사람처럼 치명적인 마비 상태에 돌입하지 않을까 두려웠다.

침착하게 행동해야 한다고 되뇌면서도 광기의 기운이 머릿속으로 솟구쳤다. 그래서 매장 방식에 대해 내가 알고 있는 지식을 떠올리면서 냉정을 되찾고자 애썼다. 아마도 나는 5년 임대 묘지에 묻힌 듯했는데, 그 경우라면 희망이 보였다. 예전에 낭트에서, 공동 묘혈의 경우 마지막에 묻은 관에는 흙을 아주 얇게 덮는 것을 본 적이 있었다. 그렇다면 널빤지만 부수면 밖으로 나갈 수 있을 것이었다. 반면 내가 성토盛土를 완벽하게 한 묘혈에 묻혀 있다면, 관 위에 쌓인 두터운 흙더미가 나의 탈출을 차단할 것이었다. 더욱이 파리에서는 약 2미터 깊이로 땅을 판다는 말을 듣지 않았던가? 이 엄청난 흙더미를 어떻게 뚫을까? 설사 관 뚜껑을 부수었다고 해도, 곧장 흙이 잔모래처럼 흘러들어와 내 눈과 입을 채우지 않을까? 그것은 또한 죽음, 그것도 진흙에 깔려 압사하는 끔찍한 죽음이 되리라.

그렇지만 나는 주변을 샅샅이 더듬었다. 관이 커서 두 팔을 쉽게 움직일 수 있었다. 뚜껑에는 틈새가 전혀 없었다. 좌우 널빤지는 대패질이 엉망이었으나 무척 단단하고 밀어도 꿈쩍도 하지 않았다. 나는 한쪽 팔을 가슴을 따라 접어 머리 쪽으로 올렸다. 바로 그때, 판자 끝의 한쪽 모서리가 흙더미에 짓눌려 약간 찌그러진 게 느껴졌다. 나는 안간힘을 써서 모서리의 부서진 부분을 제거하는 데 성공했다. 손가락을 살며시 넣었더니 물에 젖어 미끌미끌한 진흙이 만져졌다. 그러나 그것은 나의 탈출에 아무런 도움이 되지 않았다. 오히려 틈새를 통해 흙이 들어오지 않을까 염려되어 모서리 일부를 제거한 걸 후회하기도 했다. 또 다른 시도가 잠시 나를 사로잡았다. 관 주변에 우연히 빈 공간이 생겼을 수도 있으므로 여기저기를 두드리기 시작했다. 소리는 어디서나 똑같았다. 하지만 가볍게 발길질을 했을 때, 발끝에서 더 맑은 소리가 나는 듯했다. 어쩌면 단순히 나뭇결이 달라 맑은 소리가 났을지도 몰랐다.

나는 두 팔과 주먹을 앞으로 뻗어 가볍게 판자를 밀어 올렸다. 나무는 꿈쩍도 하지 않았다. 뒤이어 몸을 구부린 채 허리로 버티면서 무릎으로 판자를 밀어 올렸다. 이번에도 나무는 미동조차 하지 않았다. 마침내 나는 젖 먹던 힘까지 짜내어 온몸으로 판자를 밀었는데, 얼마나 안간힘을 썼던지 뼈에서 으드득거리는 소리가 났다. 그러자 내 안에서 미칠 듯한 분노가 치밀었다.

그때까지, 나는 취기처럼 간간이 내 안에서 올라오던 광기의 물결과 현기증에 저항했었다. 특히 나는 비명을 짓눌렀는데, 비명을 토하면 이성을 잃으리라고 판단했기 때문이었다. 갑자기, 나는 비명을 지르며 울부짖기 시작했다. 내 힘으로 제어할 수 없는 아우성이 꽉 막혀 있던 목구멍에서 터져 나왔다. 나도 모르는 목소리로 살려 달라고 외쳤고, 외칠 때마다 공포가 증폭되었기에 죽고 싶지 않다고 소리쳤다. 손톱으로 나무를 할퀴었고, 함정에 빠진 늑대처럼 경련을 일으키며 몸부림쳤다. 이런 발작이 얼마 동안 계속되었을까? 시간은 모르겠지만, 아직도 내게는 내가 발버둥 쳤던 관의 무자비한 단단함이 느껴지고, 네 개의 널빤지를 가득 채웠던 비명과 흐느낌의 폭풍이 들린다. 나는 마지막 이성의 힘으로 버티고 싶었으나 그럴 수 없었다.

엄청난 절망감이 몰려왔다. 나는 고통스러운 반수 상태에서 죽음을 기다렸다. 관은 돌덩어리나 매한가지였다. 나는 결코 관을 해체할 수 없으리라. 패배의 확실성이 나를 꼼짝하지 못하게 했고, 다시 탈출을 시도할 용기를 꺾었다. 또 다른 고통, 즉 굶주림이 추위와 질식에 덧보태졌다. 이성이 흐려졌다. 한순간, 나는 굶주림의 고통을 참을 수 없었다. 관의 모서리 틈새를 통해 손가락으로 흙을 조금 찍어 냈고, 그것을 입으로 가져가서 삼켰다. 하지만 그것은 고통을 배가할 뿐이었다. 나는 내 살을 먹으려는 듯 팔을 물어뜯었고, 이빨을 박으려는 욕망으로 피부를 빨았다.

아! 그때 나는 얼마나 죽음을 갈망했던가! 평생토록 나는 죽음의 무를 두려워하며 몸을 떨었었다. 그러나 이제 그것을 원했고, 그것을 간청했다. 결코 그다지 어둡지 않을 거야. 이 꿈 없는 잠, 이 영원한 침묵과 암흑을 두려워하다니 얼마나 유치한 일인가! 죽음이란 정말 좋은 것이었다. 존재의 고통을 대번에, 영원히 없애 주니까 말이다. 오! 돌처럼 잠자고, 흙으로 돌아가고, 더이상 존재하지 않는 것!

내 손은 기계적으로 계속 나무를 더듬고 있었다. 별안간, 왼쪽 엄지손가락이 무엇인가에 찔렸고, 가벼운 통증이 나를 무의식 상태에서 깨어나게 했다. 어떻게 된 걸까? 나는 다시 더듬었고, 장례 인부가 비스듬히 망치질하는 바람에 관의 가장자리에 잘못 박힌 못 하나를 찾아냈다. 매우 길고 날카로운 못이었다. 못대가리는 뚜껑에 박혀 있었으나 움직이는 게 느껴졌다. 그 순간부터 내게는 오직 한 가지 생각밖에 없었다. 못을 빼내는 것. 나는 오른손을 배 위로 옮겨 못을 이리저리 흔들기 시작했다. 못은 쉽사리 빠지지 않았다. 정말 이만저만 힘든 작업이 아니었다. 나는 수시로 손을 바꾸었는데, 왼손이 불편한 위치에 있어서 금세 저렸기 때문이다. 악착스레 작업하는 동안, 하나의 계획이 머릿속에 그려졌다. 이 못이 구원의 열쇠였다. 무슨 일이 있어도 그것을 손에 넣어야 했다. 그런데 아직 시간이 있을까? 굶주림이 너무나 고통스러웠기에 현기증이 일었고, 그로 인해 손에 힘이 빠지고 정신이 흐릿해져서 작업을 중단해야 했다. 나는 못에 찔린 엄지손가락의 상처에서 흐르는 핏방울을 빨았다. 그리고 팔을 물어뜯어 피를 마셨는데, 고통스럽기 이를 데 없었으나 입술을 적시는 따뜻하고 자극적인 그 포도주 덕분에 생기를 되찾았다. 나는 두 손으로 못을 흔드는 작업을 다시 시작했고, 마침내 못을 빼는 데 성공했다.

그때부터, 탈출의 가능성이 보였다. 내 계획은 간단했다. 나는 못으로 관 뚜껑에 최대한 길게 직선으로 홈을 팠다. 두 손을 완강하게 버티며 집요하게 직선을 긋고 또 그었다. 나무에 충분히 흠집이 났다고 여겨졌을 때, 나는 몸을 뒤집어 엎드린 채 무릎과 팔꿈치로 등을 밀어 올리고자 했다. 그러나 뚜껑이 와드득 소리를 냈을지라도 아직 쪼개지지는 않았다. 홈이 충분하게 깊지 않은 모양이었다. 나는 다시 몸을 뒤집었고, 등을 대고 누운 채 고역을 재개해야 했다. 너무나 힘들었다. 하지만 마침내 다시 격파를 시도했을 때, 이번에는 뚜껑이 위에서 아래까지 길게 쪼개졌다.

물론 아직 탈출하지 못했지만, 가슴속에서 희망이 용솟음쳤다. 붕괴가 일어나 흙더미에 묻힐까 염려되어 더 이상 뚜껑을 밀어 올리지 않았고, 몸을 움직이지 않았다. 내 계획은 뚜껑을 피난처로 삼아, 흙더미에 통풍구처럼 구멍을 뚫는 것이었다. 불행히도 이 작업은 큰 어려움에 맞닥뜨렸다. 즉 두터운 흙덩어리가 무너져 내린 탓에 내가 널빤지를 움직일 방법이 없었다. 나는 결코 지면으로 올라갈 수 없으리라. 벌써 부분적인 붕괴 사태로 흙더미가 허리와 얼굴에 쏟아져 내렸다. 나는 공포에 질렸다. 내가 지지점을 찾기 위해 몸을 길게 뻗었을 때, 발치에 닿은 널빤지가 흙더미의 압력으로 부서져 있는 듯한 느낌을 받았다. 나는 널빤지 뒤로 묘혈용 빈 구덩이가 있기를 바라면서 발꿈치로 널빤지를 힘차게 찼다.

갑자기, 내 두 발이 허공으로 나갔다. 예측이 맞은 것이었다. 새로 판 구덩이가 거기에 있었다. 그 구덩이로 나가기 위해서는 관 속에 얇게 쌓인 흙더미를 치우기만 하면 되었다. 하느님 맙소사! 이제 살았어!

잠시, 나는 텅 빈 구덩이에 누운 채 허공을 바라보았다. 밤이었다. 벨벳처럼 짙푸른 하늘에서 별들이 반짝이고 있었다. 간간이 바람이 일어 봄의 온기, 나무의 향기를 실어 왔다. 하느님 맙소사! 나는 목숨을 구했고, 숨을 쉬고 있고, 온기를 느끼고 있어. 하늘을 향해 경건하게 두 손을 뻗은 채 나는 울었고, 더듬더듬 말했다. 오! 살아 있다는 것은 얼마나 기쁜 일인가!

5

처음에는, 묘지 관리인에게로 가서 나를 집으로 데려다 달라고 부탁할까 생각했다. 그러나 어렴풋이 떠오른 또 다른 생각이 나를 가로막았다. 나를 보면 모두가 기겁할 것이었다. 내가 상황을 통제할 수 있는 지금, 서두를 이유가 어디에 있을까? 팔다리를 만져보았다. 왼팔에 내가 이빨로 가볍게 문 상처가 있을 뿐이었다. 그로 인해 생긴 신열이 나를 흥분시켰고, 내게 뜻밖의 활력을 주었다. 확실히, 나는 남의 도움 없이 혼자 걸을 수 있었다.

그래서 나는 서두르지 않고 시간을 가졌다. 온갖 혼란스러운 망상이 뇌리를 스쳐 지나갔다. 구덩이 속에서, 무덤 파는 인부들의 연장이 눈에 띄었다. 사람들이 나의 부활을 눈치채지 못하도록, 나는 내가 망가뜨린 부분을 복구하고 구멍을 다시 메울 필요성을 느꼈다. 그때 내게는 특별한 생각이 없었다. 단지 온 세상이 죽었다고 여기는 내가 살아 있다는 사실이 부끄러웠고, 따라서 내가 겪은 모험을 공개하는 게 쓸모없는 일로 여겨졌다. 반시간의 작업 끝에 흔적을 모두 지울 수 있었다. 나는 구덩이 밖으로 펄쩍 뛰어나왔다.

얼마나 아름다운 밤이었던가! 깊은 정적이 묘지를 지배했다. 검은색 나무들이 흰색 무덤들 위로 부동의 그림자를 드리웠다. 어디로 가야 할지 방향을 가늠하고 있을 때, 하늘의 절반이 화재가 난 듯 붉게 타오르는 모습이 보였다. 파리가 바로 거기에 있었다. 나는 어두운 나뭇가지 사이로 난 길을 따라 그쪽으로 걸어갔다. 그러나 오십 보쯤 걸었을 때 벌써 숨이 차서 멈춰 서야 했다. 나는 돌 벤치 위에 앉았다. 그제야 내 행색을 살펴보았다. 단지 모자가 없을 뿐, 완벽한 정장 차림에 구두까지 신고 있었다. 내게 좋은 옷을 입혀 준 사랑하는 마르그리트의 정성이 얼마나 고마웠던지! 갑자기 밀려드는 마르그리트에 대한 추억이 나를 다시 일으켜 세웠다. 그녀를 보고 싶었다.

길이 끝나는 곳에서 담장이 나를 가로막았다. 나는 무덤 위로 올라갔고, 담장 위의 반대편 갓돌에 매달렸다가 아래로 뛰어내렸다. 착지가 쉽지는 않았다. 그런 다음, 묘지를 둘러싸고 있는 쓸쓸한 길을 따라 몇 분 동안 걸었다. 나는 내가 어디에 있는지 전혀 몰랐지만, 파리로 돌아가면 도핀 가를 찾을 수 있으리라는 생각을 집요하게 되풀이했다. 사람들이 지나갔으나 그들에게 길을 묻지도 않았다. 왜냐하면 불신에 찬 나는 아무에게도 나를 맡기고 싶지 않았기 때문이다. 오늘 내 기억에 남아 있는 것은 그 당시 이미 고열이 전신을 휩쓸었고 정신이 혼미해졌다는 사실뿐이다. 이윽고 큰길에 이르렀을 때, 견딜 수 없는 현기증에 휩싸인 나는 보도 위에 쿵 하고 쓰러졌다.

여기서 내 삶, 내 기억에 큰 구멍이 생긴다. 나는 3주 동안 의식을 차리지 못했다. 마침내 깨어났을 때, 나는 낯선 방에 누워 있었다. 나를 보살피는 한 남자가 보였다. 그는 어느 날 아침에 몽파르나스 대로에서 나를 발견하고 집으로 데려왔노라고 간단히 이야기했다. 그는 더 이상 환자를 받지 않는 늙은 의사였다. 내가 감사를 표하자, 그는 내 증세에 호기심이 생겨 연구해 보고 싶었을 뿐이라고 퉁명스레 대답했다. 게다가 회복기의 첫 며칠 동안에는 내게 질문을 허용하지 않았다. 나중에는 그 자신도 내게 아무것도 물어보지 않았다. 일주일 동안 머리가 아파서 침대를 떠나지 않았고, 기억조차 피로요 슬픔이었기에 무엇인가를 기억하려고 애쓰지도 않았다. 아직도 두려웠던 나는 모든 게 조심스러웠다. 외출할 수 있을 때, 그때 이것저것 살펴보리라. 어쩌면 신열에 들떠 정신이 나갔을 때 이름이 입 밖으로 튀어 나갔을지도 모른다. 그러나 의사는 내가 무슨 말을 했는지 전혀 암시하지 않았다. 그의 자비는 매우 은밀했다.

그러는 동안 여름이 왔다. 유월의 어느 날 아침, 마침내 나는 가볍게 산책해도 좋다는 허락을 받았다. 날씨가 더없이 화창했고, 기분 좋은 햇빛이 오래된 파리의 거리에 싱싱한 젊음을 선사했다. 나는 천천히 걸으면서 네거리가 나타날 때마다 행인들에게 도팽 가가 어디에 있는지 물었다. 도팽 가에 도착한 나는 우리가 머물렀던 가구 딸린 호텔을 식별하는 데 애를 먹었다. 어린아이처럼 두려움이 엄습했다. 내가 갑자기 나타나면, 마르그리트는 틀림없이 혼절할 것이었다. 최선은 아마도 가뱅 부인에게 먼저 알리는 것이리라. 그러나 우리 사이에 누군가를 개입시키는 것이 별로 달갑지 않았다. 나는 어찌해야 할지 몰랐다. 내 마음 깊은 곳에 커다란 구멍 같은 것, 오래전에 완결된 희생 같은 것이 있었다.

건물은 햇빛으로 노랗게 물들어 있었다. 나는 1층에 있는 수상쩍은 식당, 우리에게 음식을 올려다 주던 식당으로 호텔을 알아봤다. 고개를 들어 4층의 왼쪽 마지막 창문을 바라보았다. 창문이 활짝 열려 있었다. 갑자기 머리칼이 헝클어진 젊은 여자가 캐미솔을 걸친 채 창가에 팔꿈치를 괴었다. 그녀를 뒤따라온 젊은 남자가 뒤에 서서 그녀의 목덜미에 입을 맞추었다. 마르그리트가 아니었다. 하지만 나는 전혀 놀라지 않았다. 그런 광경이나 미지의 다른 광경을 머릿속에 그려본 것 같기도 했다.

잠시 나는 결정을 내리지 못한 채 거리에 서서, 4층으로 올라가 햇살을 받으며 웃고 있는 두 연인에게 어찌 된 일인지 물어볼까 생각했다. 그러다가 1층의 식당으로 들어가기로 마음먹었다. 분명히 사람들이 나를 알아보지 못하리라. 고열에 시달리는 동안 수염이 자랐고 얼굴이 푹 파여 수척해졌으니까. 내가 테이블에 앉았을 때, 마침 가뱅 부인이 2수짜리 커피를 사려고 잔을 들고 들어왔다. 카운터 앞에 선 그녀는 식당 여주인과 함께 일상적인 잡담을 나누기 시작했다. 나는 귀를 기울였다.

"아참!" 식당 여주인이 물었다. "4층에 묵었던 그 불쌍한 여자가 마침내 결심했나 봐요?"

"달리 뭘 어쩌겠어요?" 가뱅 부인이 말했다. "그게 그녀가 할 수 있는 최상의 선택인걸……. 시모노 씨가 그녀에게 정말 친절했잖아요. 상속 문제도 잘 해결돼서 유산도 많이 받았고……. 그 사람이 자기 고향으로 가자고 했어요. 큰어머니에게 벗이 필요하니까 그 집에서 살면 된다고 하면서."

식당 여주인이 가볍게 웃었다. 신문으로 얼굴을 가리고 있던 나는 얼굴이 새하얗게 질린 채 손을 떨었다.

"결국 결혼하겠죠." 가뱅 부인이 다시 말했다. "정말이지 명예를 걸고 말하건대, 의심을 살 만한 구석은 전혀 없었다오. 그 불쌍한 여자는 남편의 죽음을 슬퍼했고, 젊은 남자는 더없이 반듯하게 처신했으니까……. 어쨌든 두 사람은 어제 떠났어요. 그 여자가 사별의 슬픔에서 벗어나면, 안 그래요? 두 사람은 바람대로 결혼할 테지."

그때 식당에서 골목길로 통하는 문이 활짝 열렸고, 데데가 들어왔다.

"엄마, 왜 안 올라와……? 내가 기다리고 있잖아. 빨리 와."

"잠시 후에 갈게, 귀찮게 굴지 마." 어머니가 대답했다.

그러나 아이는 떠나지 않았고, 파리의 거리에서 자란 꼬마답게 조숙한 표정으로 두 여자의 말을 유심히 들었다.

"글쎄! 아무튼." 가뱅 부인이 설명했다. "고인이 시모노 씨보다 나은 구석이라고는 전혀 없었다오. 도통 내 마음에 들지 않았어요, 몸도 왜소한 데다 약골이었고……. 맨날 앓는 소리를 했잖아요! 그런 데다 무일푼의 가난뱅이였으니! 아, 그래선 안 되죠, 정말! 피가 끓는 여자라면 어떻게 그런 남편을 좋아하겠어……. 반면에 시모노 씨는 돈 많은 부자이고, 튀르키예 남자처럼 힘이 세고……."

"아, 엄마!" 데데가 말을 끊었다. "내가 봤어. 어느 날 아저씨가 세수하는데 두 팔에 털이 엄청 많았어!"

"저리 가지 못해!" 어머니가 딸을 밀치며 소리쳤다. "낄 데나 안 낄 데나 불쑥불쑥 얼굴을 들이미니, 원."

그러고서 이렇게 결론지었다.

"그래! 어쩌면 죽는 게 나아요. 고인으로서도 차라리 잘된 일이야."

다시 거리로 나왔을 때, 나는 다리를 휘청이며 천천히 걸었다. 그렇지만 못 견디게 괴롭지는 않았다. 심지어 햇빛에 비낀 내 그림자를 보며 미소 짓기까지 했다. 실제로 나는 병약한 사람이었다. 그럼에도 마르그리트와 결혼하는 망발을 부렸으니. 게랑드에서 본 그녀의 권태, 조바심, 우울하고 피로한 삶이 떠올랐다. 아내는 내게 충실한 여자였지만, 나는 결코 그녀의 연인이 아니었다. 이번에 그녀가 눈물로 떠나보낸 사람은 연인이 아니라 오빠였다. 왜 내가 그녀의 삶을 또다시 방해할 것인가? 죽은 자는 질투하지 않는다. 문득 고개를 들었을 때, 뤽상부르 공원이 눈에 들어왔다. 나는 공원으로 들어갔고, 양지바른 곳에 앉아 꿈꾸듯 가만히 생각에 잠겼다. 이제 마르그리트를 떠올리면 애잔한 감정이 들었다. 나는 시골 소도시에서 사랑과 환대를 한 몸에 받는 매우 행복한 부인을 상상했다. 더욱 아름다워진 그녀에게는 세 아들과 두 딸이 있었다. 그래! 난 잘 죽은 거야. 그러니 다시 살아나는 어리석은 짓은 하지 말아야 해.

그 뒤로 나는 많은 곳을 여행했고, 여기저기서 살았다. 나는 세상 사람들처럼 평범하게 일하며 생활하는 소시민이다. 죽음은 더 이상 나를 두렵게 하지 않는다. 그러나 내가 살아갈 이유를 전혀 찾지 못하는 지금, 죽음은 나를 원하지 않는 듯하다. 나는 죽음이 나를 잊을까 두렵다.

샤
브
르
씨
의
조
개

1

샤브르 씨의 가장 큰 슬픔은 슬하에 아이가 없다는 것이었다. 그는 '데비뉴와 카티노 상점'의 딸 에스텔 카티노 양과 결혼했는데, 금발의 에스텔은 키가 크고 아름다운 열여덟 살의 아가씨였다. 4년 전부터, 그는 온갖 노력을 기울이며 애타게 기다렸으나 아이가 생기지 않아 몹시 상심했다.

샤브르 씨는 은퇴한 곡물 상인이었다. 그는 상당한 재산을 모았다. 백만장자가 되려는 일념 속에서 근면하고 성실하게 살아왔지만, 어느덧 마흔다섯 살이 된 그는 늙은이처럼 쇠약해진 다리를 무겁게 끌고 다녔다. 돈 걱정으로 지친 그의 창백한 얼굴은 도로처럼 밋밋하고 편평했다. 그는 절망하고 있었다. 왜냐하면 5만 프랑의 연금을 벌었으나 부자가 되는 것보다 아버지가 되는 것이 훨씬 더 어려웠기 때문이다.

아름다운 샤브르 부인은 이제 스물두 살이었다. 목덜미에 넘실거리는 황금빛 머리칼, 무르익은 복숭아색 피부가 돋보이는 그녀는 무척 사랑스러웠다. 그녀의 청록색 눈은 고요히 잠든 호수 같아서, 눈만 보고서는 무슨 생각을 하는지 짐작하기가 어려웠다. 남편이 잠자리에서 아이가 생기지 않음을 한탄하면 그녀는 유연한 허리를 곧추세운 채 엉덩이와 젖가슴을 더욱 풍만하게 내밀었는데, 입가를 오물거리며 짓는 미소가 이렇게 말하는 듯했다. "그게 내 잘못인가요?" 게다가 지인들 사이에서 샤브르 부인은 완벽한 교육을 받았고, 신앙심이 돈독하고, 엄격한 어머니가 부르주아적인 미풍양속에 따라 키운 흠 잡을 데 없는 여성으로 통했다. 다만 작고 가느다란 하얀색 콧방울이 이따금 신경

질적으로 씰룩거렸기에, 옛 곡물 상인보다 더 예민한 남편이라면 그 모습을 보고 불안을 느꼈으리라.

가족의 주치의인 기로 박사는 세련되게 미소 짓는 뚱보로서 벌써 여러 차례 샤브르 씨와 특별한 대화를 나누었었다. 의사는 그에게 과학의 발전이 얼마나 더딘지를 설명했다. 아이고! 떡갈나무 심듯 아기를 심을 수는 없어요. 그렇지만 그 누구도 낙담케 하고 싶지 않았던 의사는 샤브르 씨의 사례를 연구하겠다고 약속했다. 칠월의 어느 날 아침, 의사가 그를 찾아와서 이렇게 말했다.

"해수욕을 하러 가세요, 선생님……. 예, 그게 아주 좋습니다. 특히 조개류를 많이 드세요, 아니 오직 조개류만 드세요."

희망을 느낀 샤브르 씨는 다급하게 물었다.

"조개 말입니까, 선생님……? 조개가 그렇게……?"

"아주 좋아요! 벌써 성공 사례가 나왔습니다. 아시겠죠, 매일 드세요, 굴, 홍합, 무명조개, 성게, 삿갓조개, 왕새우와 바닷가재도."

뒤이어 집을 나서면서, 의사는 문턱에서 무심히 덧붙였다.

"그렇다고 외딴곳에 처박혀 조개만 드시면 안 됩니다. 샤브르 부인은 젊으니까 기분 전환이 필요해요……. 트루빌로 가세요. 공기가 아주 맑습니다."

사흘 후, 샤브르 부부는 길을 떠났다. 다만 옛 곡물 상인은 턱없이 돈이 많이 드는 트루빌로 가는 게 쓸데없는 일이라고 생각했다. 조개라면 어느 고장으로 가든 먹을 수 있기 때문이었다. 심지어 한적한 고장에서는 조개류가 훨씬 더 풍요롭고 훨씬 덜 비쌌다. 오락거리도 어디에나 널려 있지 않은가. 더욱이 그들은 즐거운 여행을 하려는 것이 아니었다.

친구 하나가 샤브르 씨에게 생나제르 근처 르폴리겡의 작은 해변을 추천했다. 열두 시간 여행한 후, 생나제르에서 한나절을 보낸 샤브르 부인은 몹시 무료했다. 생나제르는 아직도 공사장으로 가득 찬 신흥 도시로서 거리도 먹줄로 그은 듯 일직선으로 나 있었다. 부부는 항구를 구경하러 갔고, 시골형의 어두운 식료품점과 도시형의 호화로운 식료품점이 혼재하는 거리를 어슬렁거렸다. 르폴리겡에는 빌릴 수 있는 샬레[1]가 하나밖에 남아 있지 않았다. 판자와 석고로 만들고 장터 가건물처럼 눈에 튀는 색깔로 칠한 작은 집들이 만을 둘러싸고 있었는데, 그 집들은 벌써 영국인들과 낭트의 부자 상인들이 임대한 상태였다. 에스텔은 부르주아들의 속물적 예술 감각이 곳곳에서 드러나는 이 가옥들이 마음에 들지 않아 입을 삐죽거렸다.

사람들이 부부에게 게랑드로 가서 숙박하라고 권했다. 일요일이었다. 정오 무렵에 마차가 게랑드에 도착했을 때, 샤브르 씨는 시적 감각이 없었음에도 상당한 감동을 받았다. 요새화된 성벽, 돌출 회랑 아래 견고한 성문 등 무척 잘 보존된 중세의 보석 게랑드를 보자 탄성이 저절로 나왔다. 에스텔은 산책로의 거목들로 둘러싸인 조용한 도시를 바라보았다. 호수처럼 잔잔한 그녀의 눈이 몽상에 젖어 미소 지었다. 그러나 말이 성문 아래를 빠르게 지나갈 때 마차가 좁은 거리의 뾰족한 포석 위에서 덜컹거리며 춤을 추었다. 샤브르 부부는 서로 한마디도 나눌 수 없었다.

"어휴, 진짜 시골 벽촌이네!" 마침내 옛 곡물 상인이 중얼거렸다. "파리 주변의 마을들은 도로가 잘 정비되어 있는데……."

부부가 도심에 자리한 '코메르스 호텔' 앞에 내렸을 때, 바로

---

1 샬레chalet는 유럽 산악지방의 오두막 산장이나 호숫가·바닷가의 시골집을 말한다.

옆 교회에서 방금 미사를 끝낸 사람들이 밖으로 나왔다. 남편이 짐을 챙기는 동안, 에스텔은 대다수가 독특한 옷을 입은 신자들의 행렬에 이끌려 몇 걸음 나아갔다. 게랑드와 라크루아지 사이에 광활하게 펼쳐진 삭막한 염전에서 생활하는 노동자들의 흰색 가운과 우스꽝스러운 바지가 보였다. 또한 완전히 다른 종족인 소작농들은 천으로 만든 짧은 상의와 차양이 넓은 둥근 모자를 착용하고 있었다. 그러나 에스텔은 특히 어떤 아가씨가 입고 있는 화려한 의상에 매료되었다. 머리쓰개는 관자놀이를 완전히 덮었고, 끝부분이 뾰족했다. 빨간 코르셋에는 주름 잡힌 넓은 소매와 예쁜 꽃무늬로 장식된 비단 가슴받이가 달려 있었다. 금 자수와 은 자수가 반짝이는 벨트는 주름이 촘촘하게 잡힌 푸른색 삼단 치마를 단단히 조였다. 기다란 오렌지색 앞치마가 흘러내렸음에도 빨간색 모직 스타킹과 작은 노란색 신발이 환히 드러났다.

"옷차림 좀 봐!" 방금 아내의 뒤로 다가와 서 있던 샤브르 씨가 말했다. "이런 가장행렬을 보기 위해서는 브르타뉴 지방으로 와야 해."

에스텔은 아무런 대답도 하지 않았다. 스무 살가량 된 키 큰 젊은이가 노부인을 팔로 부축한 채 교회에서 나왔다. 피부가 새하얗고, 용모가 의젓했으며, 머리칼이 황갈색 금발이었다. 어깨가 넓고 팔다리가 벌써 근육으로 다져져 거인을 연상케 했지만, 거동이 너무나 다정하고 섬세했으며 털이 하나도 없는 얼굴은 아가씨처럼 홍조를 띠었다. 에스텔이 아름다움에 감탄하며 그를 빤히 바라보고 있을 때, 그도 고개를 돌려 잠시 그녀를 바라보고 서는 얼굴을 붉혔다.

"호오!" 샤브르 씨가 중얼거렸다. "그래도 사람 같은 얼굴이 하나는 있구먼. 멋진 기병이 될 상이야."

"엑토르 씨예요." 샤브르 씨의 말을 들은 호텔 하녀가 말했다. "어머니 드 플루가스텔 부인과 함께 있군요. 오! 정말 착하고 다정한 청년이랍니다."

호텔의 공동식탁에서 점심 식사를 하는 동안 샤브르 부부는 열띤 대화를 듣게 되었다. 코메르스 호텔에서 정기적으로 식사하는 등기소 직원이 게랑드의 가부장적인 생활 방식, 특히 젊은 이들의 방정한 품행을 칭찬했다. 그의 말에 따르면, 주민들의 순수성을 지켜준 것은 종교 교육이었다. 그는 사례를 들고 사실을 인용했다. 그러나 아침에 모조 보석 가방을 들고 도착한 세일즈맨이 코웃음을 쳤고, 길을 따라 오는 도중에 울타리 뒤에서 키스하는 젊은 남녀를 자주 목격했다고 말했다. 그는 이곳 청년들이 예쁜 부인과 단둘이 있게 되면 어떻게 행동할지 보고 싶다고 비아냥거렸다. 그리고 그가 마침내 종교와 사제와 수녀를 희롱했을 때, 등기소 직원은 분노로 숨이 막힌 채 냅킨을 집어 던지며 밖으로 나가 버렸다. 샤브르 부부는 한마디도 하지 않고 식사했다. 남편은 방금 들은 말에 분노를 느꼈고, 아내는 무슨 뜻인지 모르겠다는 듯 평온하게 미소 지었다.

오후를 보내기 위해 부부는 게랑드를 구경했다. 생토뱅 교회는 공기가 시원했다. 그들은 천천히 거닐다가 높다란 궁륭 천장을 올려다보았는데, 궁륭 천장 아래로는 석제 방추처럼 생긴 기둥이 즐비하게 서 있었다. 그들은 기둥머리들을 장식한 기괴한 조각 앞에 멈춰 섰다. 조각에서는 사형집행인들이 죄수들의 몸을 톱으로 잘라 석쇠로 굽고 있었고, 커다란 풀무로 불길을 세차게 올리고 있었다. 뒤이어 그들은 대여섯 개의 거리를 돌아다녔다. 샤브르 씨는 자신의 의견을 확고히 굳혔다. 정말 벽촌이야, 상업도 활성화되어 있지 않고, 이미 허물어진 중세도시, 시대에 뒤처진 중세도시야. 거리에는 인적이 없었고, 합각머리 지붕을 지닌 집들이 지친 노파처럼 옹기종기 모여 있었다. 뾰족한 지붕, 청석 돌판으로 덮인 망루, 각이 진 포탑, 세월에 닳은 조각상이 햇빛에 잠든 박물관처럼 조용히 자리를 지켰다. 결혼한 이후 비로소 소설을 읽은 에스텔은 애잔한 눈길로 짙은 납빛 유리창을 바라보았다. 그녀는 월터 스콧[1]을 생각하고 있었다.

그러나 샤브르 부부가 도시 전체를 한눈에 보기 위해 도시에서 벗어났을 때, 그들은 고개를 끄덕이며 도시가 정말로 매력적이라는 데 동의하지 않을 수 없었다. 원래 상태 그대로 빈틈없이 말끔한 화강암 성벽은 햇빛을 받아 황금빛으로 물들어 있었다. 돌출 회랑으로부터 내려와 성벽을 가린 담쟁이덩굴과 인동덩굴 휘장이 시선을 끌었다. 성벽 옆에 붙은 탑 위에서는 금작화와 십자화가 피운 꽃 무리가 맑은 하늘 속에서 불타고 있었다. 도시의 둘레에는 거목으로 그늘진 산책로가 펼쳐져 있었고, 수백 년 된 떡갈나무 아래에는 풀이 무성했다. 거기서 주민들이 옛 해자垓字를 따라 카펫 위를 걷듯 잔걸음으로 걸었는데, 옛 해자는 드문드문 흙으로 채워져 있었고 더 멀리 늪으로 변한 곳에서는 이끼에 덮인 물이 이상한 반영을 만들기도 했다. 하얀 자작나무가 성벽을 따라 줄지어 서 있었다. 각종 식물의 무성한 잎이 초록빛 머리칼처럼 이어졌다. 나무 사이로 스며든 햇빛이 무엇인가에 놀란 개구리들이 폴짝 뛰어오르는 신비스럽고 외진 땅을 수 세기에 걸친 정적 속에서 조용히 비추었다.

"탑이 열 개나 돼, 내가 세어봤어!" 그들이 출발점으로 되돌아

---

1 월터 스콧(Walter Scott, 1771-1832)은 스코틀랜드 작가로서 특히 낭만주의적 역사소설의 대가로 명성을 날렸고, 그의 소설은 프랑스에서도 널리 읽혔다.

왔을 때, 샤브르 씨가 소리쳤다.

특히 도시의 네 성문이 그를 놀라게 했는데, 성문마다 마차 한 대만이 겨우 지나갈 수 있는 좁고 깊은 출입 현관이 있었다. 벌써 19세기인데 이렇게 갇혀 살다니 우스꽝스럽지 않은가? 이건 벽이 엄청나게 두껍고 총안이 무수히 뚫린 그야말로 최후의 보루야. 나라면 성문을 모조리 철거했을 텐데. 이 자리에 7층짜리 건물 두 개는 세울 수 있을 거야!

"게다가." 그가 덧붙였다. "철거된 성채에서 나올 건자재만 해도 어마어마할 거야."

그들은 이제 동쪽 성문에서 남쪽 성문까지 부채꼴을 이루는 넓고 높은 산책로 르마유에 이르렀다. 에스텔은 변두리의 지붕 너머로 끝없이 펼쳐진 광활한 수평선 앞에서 생각에 잠겨 있었다. 바로 앞에는 해풍에 뒤틀린 소나무 숲, 이리저리 얽힌 덤불 숲, 녹음이 짙은 초목으로 가득한 순수한 자연이 보였다. 그 너머에는 거울처럼 깨끗한 사각형 수반들, 잿빛 모래사장 위에 반짝이는 새하얀 소금 더미들로 장식된 거대한 평원, 즉 황량한 염전이 보였다. 끝으로 저 멀리, 하늘 가장자리에는 깊고 푸른 바다가 무한히 펼쳐져 있었다. 그 푸른 바다 위에 가물거리는 세 개의 돛이 마치 세 마리의 흰 제비처럼 보였다.

"아침에 보았던 젊은이가 저기에 있구먼." 갑자기 샤브르 씨가 말했다. "저 친구 말이야, 라리비에르 집안 아이와 어딘가 닮지 않았어? 등에 혹이 있다면 똑같을 텐데."

에스텔은 천천히 몸을 돌렸다. 그러나 르마유 산책로 가장자리에 선 채 저 멀리 보이는 바다에 매료된 엑토르는 자기를 바라보는 시선을 느끼지 못하는 듯했다. 그때, 젊은 여자가 그곳을 벗어나려고 천천히 걸음을 옮기기 시작했다. 그녀는 양산을

145

지팡이처럼 짚으며 걸었다. 열 걸음쯤 걸었을 때, 양산의 리본이 떨어져 나갔다. 샤브르 부부는 등 뒤에서 그들을 부르는 목소리를 들었다.

"부인, 부인……."

리본을 주운 엑토르였다.

"정말 고마워요." 에스텔이 조용히 미소 지으며 말했다.

그 청년은 매우 다정하고 정직해 보였다. 금세 청년이 마음에 든 샤브르 씨는 조개를 먹으려면 어느 바닷가가 좋을지 모르겠다고 털어놓으면서 그에게 정보를 구했다. 수줍음이 많은 엑토르는 말을 더듬거렸다.

"르크루아지크나 바츠에서는 선생님이 원하시는 장소를 찾을 수 없을 듯합니다." 그는 지평선에서 그 소도시들의 종탑을 가리키며 말했다. "피리아크로 가시는 게 좋지 않을까 싶은데요……."

그는 12킬로미터 거리에 있는 피리아크를 자세히 설명했다. 피리아크 근처에는 청년의 삼촌이 살았다. 그는 거기서 조개류가 많이 난다고 장담했다.

젊은 여자는 양산 끝으로 잔풀을 톡톡 치고 있었다. 젊은이는 그녀의 존재에 압도된 듯 그녀 쪽으로 눈을 돌리지 못했다.

"게랑드보다 더 예쁜 도시이겠군요." 마침내 에스텔이 플루트 소리 같은 목소리로 말했다.

"오! 정말 예쁘죠." 엑토르가 그녀를 집어삼킬 듯한 눈초리로 더듬거리며 대답했다.

2

부부가 피리아크에 자리를 잡은 지 사흘째 되는 날 아침, 작은 항구를 보호하는 방파제 위에 선 샤브르 씨가 에스텔이 배영하는 모습을 평온하게 지켜보았다. 햇빛이 벌써 상당히 뜨거웠다. 검은색 프록코트를 단정하게 차려입고 펠트 모자를 쓴 그는 초록색 안감을 댄 관광용 양산으로 햇빛을 가리고 있었다.

"어때, 물이 차갑지 않아?" 그는 아내의 해수욕에 관심이 있는 체하기 위해 그렇게 물었다.

"아주 좋아요!" 에스텔이 배영 자세에서 다시 몸을 뒤집으며 대답했다.

샤브르 씨는 결코 물놀이하는 법이 없었다. 그는 물을 극도로 무서워했는데, 의사가 자기에게 공식적으로 해수욕을 금했다고 말하면서 그런 사실을 숨겼다. 모래사장에서 파도가 신발 바닥까지 밀려오면, 그는 이빨을 드러낸 맹수 앞에 선 것처럼 소스라치게 놀라며 뒤로 물러나곤 했다. 물은 평소의 단정한 태도를 흐트러뜨리기에, 그는 물이 불결하고 볼썽사납다고 생각했다.

"그래, 물이 차갑지 않다고?" 더위로 반쯤 정신이 나간 그는 방파제 끝에서 불안해하며 되풀이했다.

에스텔은 대답 없이 개헤엄으로 물을 힘차게 헤쳤다. 사내아이처럼 대담하게 그녀는 몇 시간이나 해수욕을 즐기곤 했다. 그때마다 그녀를 기다리는 게 품격 있는 행동이라고 생각한 남편은 곤혹스러웠다. 피리아크에서 그녀는 마음에 드는 해수욕장을 찾아냈다. 그녀는 오랫동안 내려가야 허리가 물에 잠기는 경사진 해변을 싫어했다. 흰색 플란넬 가운을 걸친 그녀는 방파제 끝으로 간 다음, 가운을 벗고 조용히 물속으로 다이빙했다. 그녀는 물속의 바위에 머리를 부딪히지 않으려면 수심이 6미터는 되어야 한다고 말했다. 원피스형 수영복은 그녀의 늘씬한 허리를 돋보이게 했고, 허리에 두른 푸른색 벨트는 그녀의 엉덩이를 더욱 율동적으로 움직이게 했다. 맑은 물속에서 고무 수영모 아래로 머리칼을 휘날리며 헤엄치는 그녀는 푸르스름한 물고기처럼 보였는데, 여자 얼굴을 가진 그 장밋빛 인어는 매우 유연했으나 왠지 모르게 남편을 불안하게 했다.

샤브르 씨는 작열하는 태양 아래 15분 전부터 그 자리에 있었다. 벌써 세 번이나 시계를 보았다. 드디어 그는 소심한 목소리로 이렇게 말했다.

"너무 오래 물속에 있잖아, 여보……. 이제 나와야 해, 그렇게 오래 물속에 있으면 피곤해서 안 돼."

"이제 막 들어왔는걸요!" 젊은 여자가 소리쳤다. "우유 속에 있는 것처럼 편안해요."

그러고서 그녀는 다시 배영 자세를 취했다.

"지루하면 그만 가세요……. 당신이 없어도 별일 없을 테니까……."

그는 머리를 가로저었고, 불행이란 한순간에 닥치는 거라고 말했다. 에스텔은 경련이 일어나면 남편이 자기에게 무슨 도움을 줄 수 있을까 생각하며 미소 지었다. 그러다가 문득 방파제 맞은편, 즉 마을의 왼쪽에 동그랗게 파인 만을 바라보았다.

"어라!" 그녀가 말했다. "저기에 있는 게 뭐지? 한번 가봐야겠어."

그녀가 팔다리를 쭉쭉 뻗으며 평영으로 빠르게 헤엄쳤다.

"에스텔! 에스텔!" 샤브르 씨가 소리쳤다. "그렇게 멀리 가면 안 돼……! 내가 무분별한 짓을 싫어한다는 거 알잖아."

그러나 에스텔이 그의 말을 듣지 않았기에 그는 체념해야 했다. 아내의 밀짚모자가 만드는 물 위의 하얀 반점을 놓치지 않으려고 발뒤꿈치를 높이 세운 채, 그는 양산을 다른 손으로 옮겨 들었다. 양산을 쓰고 있어도 과열된 공기가 점점 더 그를 숨 막

히게 했다.

"도대체 뭘 본 거지?" 그가 중얼거렸다. "아! 그래, 저기 뭔가가 떠돌고 있네……. 쓰레기? 해초 다발일 거야, 틀림없이. 아니면 작은 통이거나……. 저런! 그게 아냐, 움직이고 있잖아."

갑자기, 그는 그 물체가 무엇인지 알아보았다.

"헤엄을 치고 있는 남자였군그래!"

몇 차례 물살을 가른 에스텔도 그것이 헤엄치는 남자라는 걸 알아차렸다. 그래서 따라가기를 멈췄는데, 그쪽으로 가는 게 적절하지 않은 행동이라고 느꼈기 때문이었다. 하지만 대담성을 과시하는 게 재미있었기에, 그녀는 방파제로 돌아가지 않고 계속해서 넓은 바다를 향해 헤엄쳤다. 그녀는 수영하는 남자를 보지 않은 채 평온하게 앞으로 나아갔다. 수영하는 남자는 해류에 밀린 듯 그녀에게로 조금씩 비스듬히 다가왔다. 뒤이어 그녀가 방파제로 돌아가려고 몸을 돌렸을 때, 그야말로 우연한 재회가 이루어졌다.

"부인, 건강은 좀 어떠세요?" 남자가 정중하게 물었다.

"어머나! 당신이었군요!" 에스텔이 명랑하게 말했다.

그녀가 가볍게 웃으며 덧붙였다.

"이렇게 다시 만나게 되었네요!"

그 남자는 바로 젊은 엑토르 드 플루가스텔이었다. 얼굴에 홍조를 띤 그는 물속에서도 여전히 소심했으나 매우 힘차 보였다. 잠시, 그들은 적당한 거리를 두고 말없이 헤엄쳤다. 그들은 서로의 말을 알아듣기 위해 목소리를 높이지 않으면 안 되었다. 그렇지만 에스텔은 예의 바르게 보여야 한다고 생각했다.

"피리아크를 추천해 주셔서 고마워요……. 남편이 무척 좋아한답니다."

"저기 방파제에 서 계시는 분이 부군이세요?" 엑토르가 물었다.

"예, 그래요." 그녀가 대답했다.

그들은 다시 입을 다물었다. 그들은 바다 저 멀리 시커먼 곤충처럼 보이는 키 큰 남자를 바라보았다. 샤브르 씨는 당혹스러운 태도로 몸을 더욱 곧추세우며 아내가 바다 한가운데서 어떤 지인을 만났을까 궁금해했다. 의심할 여지 없이, 아내는 그 남자와 대화를 나누고 있었다. 두 남녀가 서로를 향해 얼굴을 돌리고 있는 게 보였다. 부부가 알고 있는 파리의 친구 중 하나임이 틀림 없었다. 그러나 아무리 떠올려 봐도 파리의 지기들 가운데 저런 모험을 감행할 만한 사람이 없었다. 그는 심심풀이 삼아 양산을 팽이처럼 돌리며 기다렸다.

"예, 삼촌 댁에서 며칠 보내려고 왔습니다." 엑토르가 아름다운 샤브르 부인에게 설명했다. "저기 해안 중간쯤에 보이는 성이 삼촌 댁입니다. 날마다 해수욕을 하기 위해, 테라스 앞 저 지점에서 출발해서 방파제까지 헤엄쳐 가죠. 그런 다음 다시 출발점으로 되돌아갑니다. 도합 2킬로미터 정도 돼요. 상당한 운동이죠……. 하지만 부인, 부인은 정말 용감하시군요. 저는 이렇게 용감한 부인을 본 적이 없습니다."

"오!" 에스텔이 말했다. "아주 어렸을 때부터 물에서 풍덩거렸어요……. 그래서 물이 나를 잘 알죠. 우리는 오랜 친구예요."

그들은 목청을 높여 소리치지 않아도 되도록 조금씩 서로에게 다가갔다. 태양이 뜨거운 아침나절, 드넓은 물결무늬 천을 닮은 바다는 조용히 잠들어 있었다. 새틴이 끝없이 펼쳐졌고, 물결이 주름진 직물처럼 길게 퍼져 나가면서 먼 곳까지 해류의 떨림을 실어 날랐다. 그들이 서로 가까워지자, 대화가 더욱 친밀해졌다.

얼마나 멋진 날인가! 엑토르는 해안의 여러 지점을 가리키며 에스텔에게 설명했다. 저기 보이는 마을, 피리아크에서 1킬로미터 떨어진 저 마을은 포르토루였다. 그 정면에 수채화처럼 새하얀 절벽이 선명하게 보이는 마을은 모르비앙이었다. 끝으로, 건너편 저 멀리 뒤메 섬이 푸른 바다 한복판에서 잿빛 얼룩처럼 보였다. 엑토르가 지점을 가리킬 때마다 에스텔은 그의 손가락을 좇아 잠시 그 지점을 바라보았다. 맑게 무한히 펼쳐진 수면에서 머나먼 해안을 바라보는 것이 그녀를 즐겁게 했다. 그녀가 태양을 향해 고개를 돌렸을 때, 바다가 끝없는 사하라 사막으로 변한 듯 아득히 펼쳐진 황금빛 모래 위에서 별 하나가 눈앞이 캄캄할 정도로 눈부시게 빛났다.

"정말 아름다워요!" 그녀가 나직이 말했다. "정말 아름다워요!"

그녀는 잠시 쉬기 위해 몸을 돌려 하늘을 보고 누웠다. 두 팔을 좌우로 벌리고 머리를 뒤로 젖힌 채 더 이상 움직이지 않았다. 그녀의 새하얀 팔다리가 물에 둥둥 떠 있었다.

"당신은 게랑드에서 태어난 모양이군요?" 그녀가 물었다.

더 손쉽게 대화를 나눌 수 있도록, 엑토르도 몸을 돌려 하늘을 보고 누웠다.

"예, 그렇습니다, 부인." 그가 대답했다. "낭트에 한 번 갔을 뿐, 여기를 떠난 적이 없습니다."

그는 자기가 받은 교육을 상세히 설명했다. 그는 신앙심이 두텁고 옛 귀족의 전통을 순수하게 지키는 어머니 슬하에서 자랐다. 그의 가정교사인 사제는 그에게 중학교에서 배우는 것과 흡사한 내용을 가르쳤으나 거기에 교리문답과 문장학紋章學을 추가했다. 그는 승마와 검술을 익혔고, 신체 단련에 힘썼다. 그는 마치 처녀처럼 순수해 보였는데, 왜냐하면 매일 영성체를 했고, 소설을 읽는 법이 없었으며, 성년이 되면 얼굴이 못생긴 사촌과 결혼하기로 되어 있었기 때문이다.

"뭐라고요! 스무 살이 채 안 됐다니!" 에스텔이 탄성을 지르며 그 거대한 아이에게 놀란 시선을 던졌다.

그녀의 가슴속에서 모성애가 일었다. 이 강한 브르타뉴 종족의 순결한 꽃이 그녀의 관심을 끌었다. 둘 다 투명한 하늘만 바라보며 더 이상 육지의 남자에게 신경 쓰지 않았기에, 그들은 자기도 모르게 서로에게 너무나 가까워졌고, 한순간 그의 몸이 그녀의 몸에 가볍게 닿았다.

"오! 죄송합니다!" 그가 말했다.

그는 물속으로 잠수하더니 4미터 떨어진 곳에서 다시 나타났다. 그녀도 헤엄치기 시작했고 웃음을 터뜨렸다.

"충돌이 있었군요." 그녀가 소리쳤다.

그는 얼굴이 새빨개졌다. 드러나지 않게 그녀를 바라보면서 그는 다시 다가왔다. 푹 눌러쓴 밀짚모자 아래로 보이는 그녀의 모습은 너무나 매혹적이었다. 입가의 보조개까지 물에 잠겨 있어서 얼굴만 눈에 들어왔다. 모자에서 빠져나온 황금빛 머리칼을 따라 흘러내리는 물방울이 뺨의 솜털에 진주처럼 맺혔다. 찰랑거리는 소리와 함께 은빛 물거품만을 남기며 앞으로 나아가는 이 예쁜 여자의 머리처럼, 미소처럼 매력적인 것은 이 세상에 아무것도 없었다.

에스텔이 그의 시선을 느끼고 있고 또 그가 짓는 어색한 표정을 보며 즐거워하고 있다는 사실을 알아차렸을 때, 엑토르는 얼굴이 더욱 빨개졌다.

"부군께서 불안해하시는 듯합니다." 그가 대화를 잇기 위해 말했다.

"오! 아녜요." 그녀가 태연히 대답했다. "저이는 내가 해수욕할 때마다 그냥 저렇게 기다려요."

과연 샤브르 씨는 안절부절못하고 있었다. 그는 몇 걸음 앞으로 갔다가 되돌아왔다가 다시 앞으로 나아가고, 공기를 쐴 요량으로 우산을 더욱 힘차게 돌렸다. 아내와 미지의 남자가 대화를 나누는 모습이 그를 몹시 불안하게 만들기 시작했다.

남편이 엑토르를 알아보지 못했으리라는 생각이 불현듯 에스텔의 뇌리에 떠올랐다.

"남편에게 소리를 질러서 당신이 누구인지 알려줘야겠어요." 그녀가 말했다.

방파제까지 소리가 미칠 만한 거리에 이르자, 그녀가 목청을 높였다.

"알죠, 여보, 일전에 친절하게 이 지방을 설명해 주신 게랑드의 신사분이에요."

"아! 그래, 그래." 이번에는 샤브르 씨가 소리쳤다.

그는 모자를 벗으며 인사했다.

"물이 차갑지 않습니까?" 그가 예의를 갖추어 물었다.

"아주 좋습니다." 엑토르가 대답했다.

햇빛에 타오르는 돌 때문에 발이 따가워도 더 이상 불평하지 못하는 남편이 보는 가운데 해수욕은 계속되었다. 방파제 끝에서 바다는 놀라울 정도로 맑았다. 수심 5~6미터의 해저에서 고운 모래, 검거나 흰 조약돌, 긴 머리칼을 풀어헤친 해초가 어른어른 보였다. 그 투명한 밑바닥이 에스텔을 무척 즐겁게 했다. 그녀는 수면을 너무 흐트러뜨리지 않도록 부드럽게 헤엄쳤다. 뒤이어 코까지 물에 담근 채, 깊고 신비로운 바닷속에서 아른거리는 모래와 조약돌을 바라보았다. 특히 해초 위를 지날 때 그녀는 가볍게 몸을 떨었다.

해초밭은 전지된 나뭇잎을 이리저리 흔드는 살아 있는 녹음 또는 무수히 많은 게의 발이 우글거리는 광경을 연상케 했다. 어떤 것들은 짧고 통통한 해초로서 바위틈에 웅크리고 있었고, 또 어떤 것들은 길고 홀쭉한 해초로서 뱀처럼 유연하게 흐느적거리고 있었다. 에스텔은 가볍게 탄성을 지르며 자기가 본 것을 말해 주었다.

"오! 이 커다란 돌 좀 봐! 마치 살아 움직이는 것 같아……. 오! 저 나무, 잔가지가 무성한 진짜 나무 같아……! 오! 요건 물고기야! 잽싸게 달아나 버리네."

뒤이어 그녀가 갑자기 소리쳤다.

"저게 도대체 뭘까? 신부의 부케잖아……! 어머나! 신부의 부케가 바닷속에 있다니……! 봐요, 하얀 꽃 같지 않아요? 정말 예뻐, 정말 예뻐……."

즉시 엑토르가 물속으로 들어갔다. 그가 손에 한 줌의 하얀 해초를 들고 다시 나타났는데, 물 밖으로 나온 해초는 금세 생기를 잃었다.

"정말 고마워요." 에스텔이 말했다. "당신에게 폐를 끼치면 안 되는데……. 자! 여보, 이것 좀 가지고 계세요."

그녀는 한 줌의 해초를 샤브르 씨의 발밑에 던졌다. 젊은 남자와 젊은 여자는 물 밖으로 나오지 않고 조금 더 헤엄쳤다. 그들은 물거품을 일으키며 끊어질 듯 이어지는 평영으로 전진했다. 그러다가 문득 그들의 수영이 잠든 듯 부드러워졌다. 그들은 단지 그들의 주변에 생겼다가 사라지는 둥근 물결을 남기며 천천히 미끄러져 갔다. 그처럼 똑같은 물결 속에서 헤엄치는 모습은 은밀하고 관능적인 친밀성을 느끼게 했다. 앞서가는 에스텔이 그녀의 몸 뒤로 물결을 남기면, 엑토르가 그녀의 온기를 찾으려는 듯 그 물결을 가르며 앞으로 나아갔다. 그들의 주변에서 바다는 더욱 고요해졌고, 아까보다 희미해진 푸른빛은 장밋빛으로 변해 가고 있었다.

"여보, 그러다가 감기 들겠어." 땀을 뻘뻘 흘리고 있던 샤브르 씨가 나직이 말했다.

"이제 나갈게요." 그녀가 대답했다.

물 밖으로 나오자, 그녀는 재빨리 사슬을 잡고 방파제의 경사면을 따라 올라왔다. 엑토르는 그녀가 언제 나갈지 살피고 있었다. 하지만 그녀가 일으키는 물거품 소리에 고개를 들었을 때, 그녀는 이미 방파제 위로 올라가서 가운으로 몸을 감싸고 있었다. 그가 너무나 놀라고 난감한 표정을 짓고 있어서 그녀는 몸을 약간 떨면서 미소 지었다. 그녀가 몸을 떤 것은 푸른 하늘에 드러난 자신의 우아한 자태가 그처럼 소스라칠 때 더욱 매력적이라는 사실을 알고 있었기 때문이다.

젊은이는 작별 인사를 해야 했다.

"다시 만나서 반가웠습니다." 남편이 말했다.

방파제 위를 뛰어가면서 에스텔이 바다를 다시 가로지르는 엑토르의 머리를 확인하는 동안, 샤브르 씨는 젊은이가 꺾어준 해초를 들고 프록코트가 젖을까 봐 두 팔을 뻗은 채 조심스레 그녀를 뒤따라갔다.

3

샤브르 부부는 피리아크에서 창문이 바다를 면한 큰 집의 2층을 빌렸었다. 마을에는 수상쩍은 선술집 외에 식당이 없었기 때문에, 그들은 마을의 아낙네를 요리사로 고용해야 했다. 그러나 그녀가 이상한 요리, 예컨대 까맣게 타버린 소고기구이와 음산

155

한 색깔의 소스를 내놓아서 에스텔은 빵으로 끼니를 때우곤 했다. 샤브르 씨는 어차피 식도락을 위해 여기에 온 건 아니지 않느냐고 아내를 위로했다. 그는 소고기구이에도 소스에도 거의 손을 대지 않았다. 병을 치료하는 약이라고 생각하면서, 아침부터 저녁까지 오직 조개류만으로 배를 채웠다. 최악은 깔끔하고 싱거운 부르주아 가정요리를 먹고 자란 탓에 아직도 어린아이의 입맛으로 단것을 좋아한다는 사실, 그래서 이처럼 낯설고 기이한 생물들을 끔찍하게 싫어한다는 사실이었다. 조개류 요리는 짜고 매워 입안을 얼얼하게 했고, 맛이 너무나 이상하고 자극적이어서 삼킬 때마다 얼굴을 찌푸리지 않을 수 없었다. 하지만 필요하다면 조개껍데기라도 삼켰으리라. 그만큼 아버지가 되고 싶은 욕망이 크고 강렬했다.

"여보, 당신은 먹지 않는구려!" 그가 종종 에스텔에게 소리쳤다.

그는 그녀도 자기만큼 먹어야 한다고 고집했다. 원하는 결과를 얻기 위해서는 꼭 필요한 일이었다. 입씨름이 시작되었다. 에스텔은 기로 박사가 아내도 먹어야 한다고 말하지 않았다고 주장했다. 하지만 샤브르 씨는 부부가 모두 치료법에 따르는 게 논리적이라고 대답했다. 그러자 젊은 여자는 입을 삐죽거렸고, 남편의 허여멀겋게 비만한 몸을 흘깃 바라보았다. 미소를 참을 수 없는 그녀의 얼굴에 가볍게 보조개가 파였다. 그녀는 남편에게 상처를 주고 싶지 않아 아무 말도 덧붙이지 않았다. 심지어 굴 양식장을 찾아낸 후로, 그녀는 식사할 때마다 여남은 개의 굴을 먹기에 이르렀다. 그녀의 경우, 의학적으로는 전혀 굴이 필요하지 않았으나 실제로는 굴을 무척 좋아했다.

피리아크 생활은 단조롭기 이를 데 없었다. 해수욕객으로는 단지 세 가족, 즉 낭트에서 온 식료품 도매상인, 청각 장애가 있으나 매우 순박한 게랑드의 옛 공증인, 허리까지 물속에 담근 채 온종일 낚시에 전념하는 앙제의 부부밖에 없었다. 이 작은 집단은 매우 조용했다. 서로 마주치면 인사를 나눌 뿐, 관계가 더 멀리 나아가지는 않았다. 인적 없는 부두에서 간간이 두 마리의 개가 서로 싸우는 장면이 그나마 감성을 자극했다.

파리의 떠들썩한 소음에 익숙한 에스텔은 엑토르가 매일 방문해 주지 않았더라면 권태를 견디지 못했으리라. 엑토르는 샤브르 씨와 함께 해안을 산책한 뒤부터 그의 절친한 친구가 되었다. 우정이 깊어지자, 샤브르 씨는 이 천진난만한 청년의 순수성을 해치지 않기 위해 최대한 정숙한 언어를 사용하면서 이번 여행의 동기를 젊은이에게 털어놓았다. 왜 그가 그토록 많은 조개를 먹어야 하는지 과학적으로 설명했을 때, 남자가 그런 식단을 가져야 한다는 사실에 깜짝 놀란 엑토르는 얼굴을 붉히는 것조차 잊은 채 그를 머리에서 발끝까지 훑어보았다. 그렇지만 이튿날 젊은이는 무명조개로 가득 찬 작은 바구니를 들고 나타났고, 옛 곡물 상인은 무척 고마워하며 그것을 받아들였다. 그날부터 온갖 종류의 낚시에 능하고 만의 바위를 속속들이 알고 있는 엑토르는 방문할 때마다 조개류를 가지고 왔다. 썰물 때 채취한 최상품 홍합, 손가락을 찔리면서도 깨끗하게 손질한 성게, 칼끝으로 바위에서 따낸 삿갓조개, 천박한 이름으로 불리고 그 자신도 먹어본 적이 없는 온갖 종류의 생물이 그것이었다. 돈을 치르지 않아도 되었기에, 샤브르 씨는 흐뭇한 표정으로 감사를 표하기에 바빴다.

이제 엑토르는 매일 이 집을 방문하기 위한 핑계를 어렵지 않게 찾아냈다. 작은 바구니를 들고 와서 에스텔을 만날 때마다, 그는 한결같이 이렇게 말했다.

"샤브르 씨에게 드릴 조개를 가지고 왔습니다."

그러면 둘 다 가늘게 뜬 눈을 반짝이며 미소 지었다. 샤브르 씨의 조개가 그만큼 그들을 재미있게 했다.

그때부터, 피리아크가 에스텔에게 매력적으로 보였다. 날마다 해수욕이 끝나면 그녀는 엑토르와 함께 산책했다. 그녀의 남편은 다리가 시원찮았기에 조금 떨어진 채 걸었다. 더욱이 젊은 남녀는 대개 그가 따라가기에는 너무 빠른 속도로 걸었다. 엑토르는 젊은 여자에게 피리아크가 화려했던 시절의 유적, 즉 남아 있는 조각상, 당초문이 섬세하게 새겨진 성문과 창문을 보여주었다. 옛 도시는 오늘날 외진 마을이 되었고, 쓰레기로 더럽혀진 거리는 초라한 집들로 비좁기 짝이 없었다. 그러나 고적한 분위기가 너무나 애잔해서 에스텔은 쓰레기를 성큼 뛰어넘으며 조그마한 성터에도 관심을 보였고, 너절한 잡동사니가 굴러다니는 주민들의 집에도 호기심이 가득한 눈길을 던졌다. 엑토르는 넓은 잎이 털가죽처럼 생긴 멋진 무화과나무들 앞에 그녀를 멈춰 세웠는데, 정원에 서 있는 무화과나무들은 낮은 담장 너머로 가지를 뻗고 있었다. 그들은 더없이 좁은 골목길에도 들어갔고, 우물 위로 몸을 기울인 채 거울처럼 맑은 물에 비치는 그들의 미소를 바라보았다. 그러는 동안 샤브르 씨는 절대로 손에서 놓지 않는 초록색 퍼컬린 양산 아래에서 조개를 소화하고 있었다.

에스텔을 매우 즐겁게 한 것 중 하나는 떼를 지어 자유롭게 쏘다니는 거위와 돼지였다. 처음에 그녀는 돼지를 무서워했는데, 가냘픈 다리 위의 육중한 비곗덩어리가 갑작스럽게 뛰어다니는 바람에 부딪혀서 넘어질까 몹시 불안했다. 게다가 진흙이 잔뜩 묻어 시커먼 배, 오물로 뒤범벅이 된 주둥이, 흙을 훔치며 쿵쿵거리는 코가 더럽기 짝이 없었다. 그러나 엑토르는 돼지들이 세상에서 가장 착한 아이들이라고 단언했다. 이제 에스텔도 먹이 시간에 불안스레 뛰어다니는 돼지들의 걸음걸이를 보며 즐거워했고, 비가 올 때 무도회복처럼 산뜻한 장밋빛 실크 드레스를 입는 돼지들의 변신에 감탄했다. 거위들 또한 그녀의 관심을 끌었다. 흔히 두 무리의 거위가 각기 다른 방향에서 골목길 끝에 있는 거름 더미 쪽으로 모여들곤 했다. 두 무리의 거위는 부리를 부딪쳐 서로 인사하고, 한데 뒤섞이고, 함께 채소 껍질을 뜯어먹는 듯했다. 그 가운데 노랗고 커다란 부리를 가진 거위가 공중으로 날아올라 거름 더미 위에 앉았고, 두 다리를 세차게 버티고 배의 하얀 깃털을 부풀린 채 목을 뻗고 눈을 부라리며 조용히 위엄을 뽐냈다. 다른 거위들은 목을 굽힌 채 목쉰 소리를 내며 땅바닥에서 먹이를 찾았다. 뒤이어 갑자기 그 큰 거위가 울음소리를 내지르며 거름 더미에서 내려왔다. 한 무리의 거위가 같은 방향으로 목을 내민 채 그 거위를 뒤따랐고, 모두 불구의 동물처럼 걸음을 뒤뚱거리며 어디론가 달아났다. 개라도 한 마리 지나갈라치면 거위들은 목을 더 길게 뺀 채 황급히 도망쳤다. 에스텔은 손뼉을 치며 즐거워했고, 중요한 업무로 불려 나왔다가 귀가하는 사람들처럼 떼 지어 집으로 돌아가는 두 무리의 위풍당당한 거위 행렬을 뒤따라갔다. 또한 오후가 되면, 돼지들과 거위들이 사람들처럼 해변으로 내려가서 목욕하는 모습도 볼 만한 구경거리 중 하나였다.

첫 번째 일요일, 에스텔은 미사에 참석해야 할 듯한 느낌이 들었다. 파리에서는 그렇게 하지 않았다. 하지만 시골에서는 미사가 기분을 전환해 주었고, 옷을 차려입고 사람들을 만날 기회를 제공했다. 그녀는 거기서 장정이 닳은 거대한 기도서를 읽고 있는 엑토르를 다시 보았다. 책 너머로 그는 끊임없이 그녀를 쳐다보았고, 입술은 사뭇 진지했으나 눈빛은 너무나 반짝여서 누구나 거기서 미소를 짐작할 수 있었다. 출구에서, 그는 교회를 둘러싼 작은 묘지를 가로지르기 위해 그녀에게 팔을 내밀었다. 오후에 저녁기도가 끝난 후, 마을 끝에 세워 놓은 예수 수난상으로 가는 예배 행렬은 또 다른 구경거리였다. 농부 하나가 금빛 자수로 장식된 보라색 비단 깃발을 매단 빨간 깃대를 들고 맨 앞에서 걸었다. 다음으로, 두 줄로 길게 늘어선 여성들이 서로 넓은 간격을 유지하며 따라갔다. 사제들이 가운데에 섰고, 주임신부, 보좌신부, 이웃 성의 가정교사가 큰 소리로 노래하며 뒤를 따랐다. 끝으로, 뚱뚱한 아가씨가 햇볕에 그을린 팔로 치켜든 흰색 깃발 뒤에서, 일반 신도들이 양 떼처럼 줄지어 나막신 소리를 울리며 걸어갔다. 행렬이 항구를 지나갈 때, 깃발들과 여자들의 흰색 머리쓰개가 저 멀리 짙푸른 바다에 대조되어 뚜렷이 드러났다. 노을 속에서 천천히 걸어가는 이 행렬은 더할 나위 없이 순수해 보였다.

묘지가 에스텔의 감성을 몹시 자극했다. 원래 그녀는 슬픔을 불러일으키는 대상을 좋아하지 않았다. 이 마을에 도착한 첫날, 그녀는 창문 아래로 즐비하게 서 있는 무덤을 보면서 몸서리를 쳤다. 항구에 위치한 교회는 십자가로 둘러싸여 있었는데, 십자가의 머리와 팔은 각기 드넓은 하늘과 광활한 바다를 향해 뻗어 있었다. 바람이 부는 밤이면, 바닷바람이 이 검은 십자가의 숲에서 구슬피 울었다. 그러나 에스텔은 금세 이런 죽음에 익숙해졌다. 그만큼 그 작은 묘지에는 다감하고 명랑한 구석이 있었다. 죽은 사람들이 날마다 팔꿈치를 스치며 지나가는 산 사람들에게 미소 짓는 듯했다. 묘지가 피리아크의 중심부로 가는 길을 막고 있었으나 담장이 허리 높이 정도로 낮았기에, 사람들은 주저 없이 담장을 펄쩍 뛰어넘어 무성한 풀숲 사이로 보이는 오솔길을 따라갔다. 화강암 묘비 사이로 쏘다니며 아이들이 놀고 있었다. 소관목 아래 웅크리고 있던 고양이들이 갑자기 튀어 오르더니 서로의 꽁무니를 쫓아 달려갔다. 종종 등뼈를 바짝 세우고 꼬리를 길게 흔들며 사랑을 나누는 암고양이의 울음소리가 들렸다. 묘지는 야생 초목으로 뒤덮이고 커다란 회향의 노란색 꽃으로 장식된 매력적인 장소였다. 회향 냄새가 얼마나 강렬하던지 한나절의 열기가 식으면 묘지에서 발산된 아니스 향기가 피리아크 전체에 진동했다. 그리고 밤이 오면, 들판은 또 얼마나 고요하고 온화했던가! 잠든 마을의 평화가 묘지로부터 나오는 듯했다. 어둠이 십자가를 지웠고, 마지막 산책객들은 담장 앞의 화강암 벤치에 등을 기댄 채 앉아 있었다. 그러는 동안 정면에 보이는 바다에서는 파도가 넘실거렸고, 미풍이 소금기를 머금은 물보라를 실어 날랐다.

어느 날 저녁, 엑토르의 팔짱을 긴 채 산책하던 에스텔이 들판을 가로지르고 싶어 했다. 샤브르 씨는 방파제를 따라가면서 말도 안 되는 소리라고 투덜거렸다. 그녀는 오솔길이 비좁아서 젊은이의 품을 떠나지 않으면 안 되었다. 높다랗게 자란 풀숲에 들어서자, 그녀의 치마가 풀에 스치는 소리를 냈다. 회향 냄새가 너무나 강렬해서 녹음 아래에서 사랑을 나누던 암고양이조차 향기에 취한 채 달아날 엄두를 내지 못했다. 그들이 교회의 그림자 속으로 들어갔을 때, 그녀는 허리에서 엑토르의 손길을 느꼈다. 겁에 질린 그녀가 비명을 질렀다.

"깜짝이야!" 그들이 그림자 밖으로 나왔을 때 그녀가 말했다. "유령이 나를 데려가는 줄 알았지 뭐야."

엑토르가 웃기 시작했고, 이렇게 설명했다.

"오! 부인의 치맛자락이 회향 나뭇가지에 걸렸거든요!"

그들은 발걸음을 멈추었고, 그들 주변의 십자가, 즉 그들을 감상에 젖게 하는 고요한 죽음을 둘러보았다. 그들은 몹시 흥분한 상태로, 말없이 길을 떠났다.

"겁에 질렸구먼, 비명을 들었어." 샤브르 씨가 말했다. "쌤통이야!"

썰물 때가 되면, 그들은 심심풀이 삼아 정어리잡이 배가 들어오는 광경을 보러 갔다. 배가 항구를 향해 접근할 때, 엑토르가 그 사실을 부부에게 알렸다. 그러나 남편은 여섯 번째 배를 보고서는 이 배나 저 배나 똑같다고 지겨워했다. 반면 에스텔은 지치는 법이 없이 점점 더 즐거운 마음으로 부두로 나갔다. 종종 뛰어가야만 했다. 그녀는 커다란 돌을 팔짝 뛰어넘었고, 허공에 날리는 치맛자락을 손으로 움켜쥐며 넘어지지 않도록 중심을 잡았다. 숨을 헐떡이며 부두에 도착하면, 그녀는 두 손을 허리에 댄 채 머리를 뒤로 젖혀 다시 숨을 몰아쉬었다. 헝클어진 머리칼로 대담하게 소년처럼 뛰어다니는 그녀의 모습이 엑토르에게는 매우 아름다워 보였다. 그러는 동안 배가 정박했고, 어부들이 석양에 은빛으로 반짝이는 정어리 바구니를 올렸다. 어떤 바구니는 사파이어처럼 푸른빛을 띠었고, 어떤 바구니는 루비처럼 붉은빛을 띠었다. 젊은이는 늘 똑같이 설명하곤 했다. 각각의 바구니에는 천 마리의 정어리가 들어 있었고, 가격은 어획량에 따라 매일 아침 정해졌으며, 어부들은 판매 수익금의 3분의 1을 선주에게 준 뒤에 나머지를 나누어 가졌다. 이제 정어리를 소금에 절이는 염장 과정이 남았는데, 염장은 소금물이 흘러내리도록 구멍 뚫린 나무 상자에서 진행되었다. 하지만 에스텔과 동반자는 차츰 정어리 구경이 시들해졌다. 여전히 정어리를 보러 갔으나 정어리를 눈여겨보지는 않았다. 갈 때는 달음박질을 쳤지만, 올 때는 지친 발걸음으로 잠자코 바다를 바라보면서 천천히 걸었다.

"정어리가 싱싱해요?" 그들이 돌아오면 샤브르 씨가 매번 그렇게 물었다.

"예, 아주 싱싱해요." 그들이 대답했다.

일요일 저녁, 피리아크에서 야외 무도회가 열렸다. 그 고장의 청년들과 아가씨들이 손에 손을 맞잡은 채 빙글빙글 돌면서, 강렬한 리듬과 둔중한 음색으로 똑같은 노래를 되풀이했다. 황혼이 깊어 가는 가운데 웅얼거리는 이 투박한 합창에는 야생적인 매력이 있었다. 해변에 앉아 있던 에스텔은 발치에 앉은 엑토르와 함께 그 노래를 유심히 들었고, 어느새 몽상에 잠겼다. 바닷물이 거칠게 애무하듯 출렁거리며 해변으로 밀려들었다. 파도가 모래밭에 부딪히는 소리가 마치 열정적인 남자의 목소리처럼 들렸다. 그러다가 문득 그 목소리가 잦아들었고, 파도의 외침도 온순한 사랑의 구슬픈 속삭임 속에서 썰물과 함께 사라졌다. 젊은 여자는 그녀가 온순한 소년으로 만든 거인에게서 그처럼 사랑받는 꿈을 꾸었다.

"여보, 피리아크가 지겹지 않아?" 이따금 샤브르 씨가 아내에게 그렇게 물었다.

그러면 에스텔이 황급히 대답했다.

"아뇨, 여보, 전혀 지겹지 않아요."

그녀는 이 외딴 마을에서 무척 즐거워했다. 거위, 돼지, 정어리가 더없이 재미있었다. 작은 묘지도 매우 상쾌했다. 낭트의 식료품 상인과 게랑드의 청각장애 공증인밖에 없는 이 잠자는 듯 고적한 삶이 그녀에게는 인기 있는 해변의 요란한 삶보다 더 떠들썩하게 느껴졌다. 2주일 후, 권태로워 죽을 지경이었던 샤브르 씨가 파리로 돌아가고자 했다. 그의 말로는, 그만하면 조개 효과가 틀림없이 나타날 것이었다. 하지만 에스텔이 펄쩍 뛰며 소리쳤다.

"오! 여보, 아직 충분히 섭취하지 않았어요……. 내가 잘 알아요, 조금 더 먹어야 해요."

4

어느 날 저녁, 엑토르가 부부에게 말했다.

"내일 썰물이 엄청날 텐데……. 새우를 잡으러 가면 어떨까요?"

에스텔은 그 제안에 반색했다. 그래요, 그래요, 새우를 잡으러 가요! 그녀는 오래전부터 이 놀이를 기다리고 있었다. 샤브르 씨가 이의를 제기했다. 우선 그들은 낚시를 해본 적이 없었다. 다음으로, 허리까지 물에 젖고 발에 찰과상을 입을 필요 없이, 마을 아낙네가 잡은 새우를 20수짜리 동전으로 사는 게 훨씬 더 간단했다. 하지만 그는 아내의 열정에 굴복해야 했다. 준비할 게 상당히 많았다.

엑토르가 뜰채 어망을 가져오기로 했다. 샤브르 씨는 차가운 바닷물에 대한 공포에도 불구하고 놀이에 참여하겠다고 선언했다. 그리고 이왕에 낚시하기로 한 이상, 진지하게 낚시해야 한다고 말했다. 아침에 그는 장화를 기름으로 닦았다. 뒤이어 밝은색 정장을 차려입었다. 아내가 나비넥타이를 매지 말라고 만류했음에도, 그는 결혼식장에 갈 때처럼 나비넥타이 양쪽 끝을 단정하게 펼쳤다. 나비넥타이는 차림새가 단정치 못한 바다에 대해 그가 할 수 있는 인간적인 항의였다. 에스텔은 간단히 해수욕복을 입고 그 위에 캐미솔을 걸쳤다. 엑토르도 해수욕복 차림이었다.

세 사람은 두 시경에 출발했다. 각자 어깨 위에 뜰채 어망을 올렸다. 엑토르가 새우 밀집 서식지라고 말한 바위까지 가기 위해서는 모래와 바닷말을 밟으며 2킬로미터를 걸어야 했다. 엑토르는 물구덩이를 가로질렀고, 장애물에도 아랑곳없이 똑바로 걸으며 말없이 부부를 안내했다. 에스텔은 작은 발에 밟히는 이 젖은 땅이 시원하고 상쾌해서 즐겁게 그의 뒤를 따랐다. 맨 뒤에서 가던 샤브르 씨는 낚시터에 이르기 전에 장화를 물에 적실 이유가 없다고 생각했다. 그는 조심스레 물웅덩이를 돌아갔고, 썰물이 모래밭에 파놓은 개울물을 풀쩍 뛰어넘었으며, 비비안 가가 진창으로 뒤덮인 날 디딜 만한 포석을 찾는 파리지앵처럼 신중하게 균형을 잡으며 마른 땅을 선택했다. 그는 벌써 숨을 헐떡이며 끊임없이 물었다.

"아직도 많이 남았습니까, 엑토르 씨······? 어휴! 그냥 여기서 낚시하면 안 될까요? 새우가 보이는데, 확실히······. 새우야 바다 어디에나 있잖아요, 안 그래요? 뜰채를 넣기만 하면 될 것 같은데."

"넣어 보세요, 넣어 보세요, 샤브르 씨." 엑토르가 대답했다.

샤브르 씨가 숨을 가다듬고 손바닥만 한 물웅덩이에 뜰채를 넣어 뒤졌다. 아무것도 잡히지 않았다. 물웅덩이는 몹시 맑았고, 해초 하나 없이 텅 비어 있었다. 그러자 그는 입을 삐죽이며 근엄한 표정으로 다시 걷기 시작했다. 그러나 어디에나 새우가 있다는 사실을 입증하기 위해 자꾸 멈춰 섰기에, 결국 그는 상당히 뒤처지고 말았다.

바닷물이 계속 빠져나가 이제는 해안으로부터 1킬로미터 지점까지 멀어졌다. 자갈과 바위가 드러났고, 폭풍우가 할퀴고 간 넓은 평지처럼 축축하고 울퉁불퉁한 사막이 끝없이 펼쳐졌다.

저 멀리로는 육지가 바닷물을 마셔버리는 듯 자꾸만 낮아지는 푸른 수평선만이 보였다. 반면 눈앞에서는, 촘촘하게 늘어선 시커먼 바위들이 고인 물 위에서 일종의 곶을 이루었다. 에스텔은 걸음을 멈추고 그 광대한 신천지를 바라보았다.

"아, 끝이 안 보이네!" 그녀가 중얼거렸다.

엑토르가 파도에 닳아 마루판처럼 변한 몇몇 초록빛 바위를 손가락으로 가리켰다.

"저 바위는 한 달에 단 두 번만 모습을 드러냅니다." 그가 설명했다. "어부들이 거기서 홍합을 따죠……. 저 멀리, 갈색 반점이 보이나요? 거기는 '바슈루스'라고 불리는 바닷가재 밀집 서식지입니다. 일 년에 두 번 발생하는 대조大潮 때만 드러나죠……. 자, 서두릅시다. 저기 꼭대기가 보이기 시작하는 바위까지 가야 해요."

바닷물에 발을 들이자 에스텔이 탄성을 질렀다. 그녀는 발을 높이 들어 물에 첨벙 내려놓았고, 물방울이 세차게 튀어 오를 때마다 깔깔거리며 웃었다. 뒤이어 물이 무릎까지 올라오자, 물결과 싸워야 했다. 다리를 휘감는 물살의 거친 저항을 느끼며 빠르게 걸으니 몹시 즐거웠다.

"겁내지 마세요." 엑토르가 말했다. "물이 허리까지 차오르지만, 곧 다시 내려가거든요……. 다 왔습니다."

과연 조금씩 물이 내려갔다. 일종의 작은 해협을 건넌 셈이었는데, 이제 파도가 넘치지 않는 넓은 바위 지대에 이르렀다. 뒤를 돌아본 에스텔이 가볍게 탄성을 질렀다. 해변이 너무나 멀어 보였다. 저 멀리 해안가에서, 얼룩처럼 보이는 몇몇 하얀 집, 초록색 덧창으로 장식된 사각형 교회 종탑이 늘어선 피리아크가 눈에 들어왔다. 그녀는 그처럼 광활한 공간, 즉 햇빛이 쏟아지는 가운데 모래의 금빛, 해초의 어두운 초록빛, 젖은 바위의 눈부신 색조로 그려진 광활한 공간을 본 적이 없었다. 그것은 절대적인 무無가 시작되는 지구의 끝, 폐허의 지평 같았다.

에스텔과 엑토르가 뜰채 어망을 물속에 넣을 채비를 하고 있을 때, 애처롭고 다급한 목소리가 들렸다. 샤브르 씨가 작은 해협 한가운데 서서 길을 물었다.

"도대체 어디로 가야 하는 거요?" 그가 소리쳤다. "이봐요, 똑바로 가면 돼요?"

물이 허리까지 차올랐고, 그는 물살에 휩쓸릴까 두려워 감히 한 걸음도 내딛지 못하고 있었다.

"왼쪽으로!" 엑토르가 그에게 소리쳤다.

그는 왼쪽으로 나아갔다. 하지만 여전히 몸이 가라앉았기에 다시 멈춰 섰고, 공포에 질려 뒤로 돌아갈 엄두조차 내지 못했다. 그는 울상이 되어 다급하게 말했다.

"이리 와서 손을 좀 잡아줘요. 여기저기 물구덩이가 있어요, 그게 느껴진단 말이오."

"오른쪽으로! 샤브르 씨, 오른쪽으로!" 엑토르가 외쳤다.

물속에 서서 뜰채 어망을 어깨에 짊어진 채 멋진 나비넥타이를 맨 그 불쌍한 남자의 모습이 너무나 우스꽝스러워서 에스텔과 엑토르는 웃음을 참을 수 없었다. 마침내 그가 곤경에서 벗어났다. 극도로 흥분한 상태로 두 사람이 있는 곳에 도착한 그는 화를 내며 소리쳤다.

"수영을 할 줄 모른단 말이오, 나는!"

이제 그를 불안하게 하는 것은 돌아가는 일이었다. 젊은이가 바위 위에서 밀물에 휩쓸리지 않아야 한다고 설명하자, 그는 다시 공포에 휩싸였다.

"미리 알려줘요, 반드시!"

"물론이죠, 겁내지 마세요. 제가 책임지겠습니다."

세 사람 모두 새우를 잡기 시작했다. 그들은 좁다란 뜰채 어망으로 물구덩이를 샅샅이 훑었다. 에스텔은 여성 특유의 열정을 발휘했다. 첫 번째 새우, 어망에서 팔딱팔딱 뛰는 세 마리의 붉은 새우를 잡은 것도 바로 그녀였다. 그녀는 비명을 지르며 엑토르를 불러 도움을 청했는데, 왜냐하면 너무나 세차게 팔딱거리는 새우가 갑자기 무서워졌기 때문이었다. 그러나 대가리를 잡힌 새우가 더 이상 움직이지 않는 걸 본 후, 그녀는 자신감을 되찾아 어깨에서 허리로 비스듬히 맨 작은 바구니에 새우를 솜씨 좋게 넣었다. 이따금 어망에 해초 한 다발이 들어 있기도 했다. 그럴 땐 어망 속을 헤집어야 했는데, 작은 날갯짓 소리처럼 톡톡 튀는 소리가 들리면 바닥에 새우가 있다는 신호였다. 그녀는 죽은 물고기처럼 끈적끈적하고 물렁물렁한 해초, 얽히고설킨 그 이상한 이파리가 무서워서 손가락으로 조금씩 집어 바다에 던졌다. 그리고 이따금 조바심을 내며 바구니가 찼는지 확인했다.

"거참, 이상하네." 샤브르 씨가 되풀이했다. "한 마리도 잡히질 않아."

물이 가득 찬 장화 때문에 불편해진 그는 바위틈 사이로 뜰채 어망을 넣을 엄두를 내지 못했기에, 모래 위로 뜰채 어망을 끌어 게만 한꺼번에 다섯, 여덟, 열 마리씩 잡았다. 그러나 게를 끔찍하게 무서워하는 그는 어망에서 게를 털어내기 위해 게와 다투었다. 그러다가 간간이 돌아서서 바닷물이 내려가는지 올라가는지 걱정스럽게 살폈다.

"물이 내려가는 게 확실해요?" 그가 엑토르에게 물었다.

엑토르는 고개를 끄덕일 뿐이었다. 그는 낚시 포인트를 잘 아는 전문가답게 새우를 쉽게 잡았다. 뜰채 어망을 들어 올릴 때마다 몇 줌의 새우가 팔딱거렸다. 에스텔 옆에서 뜰채 어망을 들어 올렸을 땐 그녀의 바구니에 그가 잡은 새우를 넣어주었다. 그러면 그녀는 소리 내어 웃었고, 손가락을 입술에 갖다 대며 남편에게 윙크했다. 뜰채의 긴 나무 손잡이를 잡고 어망 위로 허리를 잔뜩 구부린 채 무엇이 잡혔을까 궁금해하는 그녀의 모습이 너무나 매력적이었다. 미풍이 불었다. 그물망에서 방울져 떨어지는 물이 그녀를 이슬로 덮었고, 바람으로 해수욕복이 몸에 달라붙어 날씬한 몸매가 우아하게 드러났다.

약 두 시간 전부터 그들은 이렇게 새우를 잡고 있었다. 그러다가 황갈색 머리칼이 땀에 젖고 숨이 가빠진 에스텔이 숨을 고르기 위해 손길을 멈추고 고개를 들었다. 그녀 주변에 끝없이 펼쳐진 모래사막이 더없이 평화로워 보였다. 단지 바다만이 점점 커지는 물결 소리와 함께 전율하기 시작했다. 네 시의 태양으로 불타는 하늘은 푸른색이 옅어지면서 거의 회색으로 변했다. 용광로처럼 무색으로 타오르는 색조에도 불구하고 열기는 느껴지지 않았고, 시원한 기운이 바닷물에서 올라와 강렬한 햇빛을 씻어주고 지워주었다. 그러나 에스텔을 특히 즐겁게 한 것은 저 멀리 수평선으로 눈길을 던질 때 바위마다 선명히 보이는 수많은 까만 점들이었다. 그 점들은 그들처럼 새우를 잡는 낚시꾼들로서 믿을 수 없을 정도로 가냘프고, 개미처럼 조그맣고, 광대무변한 바다 위에서 존재감이 전혀 없는 실루엣처럼 보였다. 그들이 뜰채 어망으로 바다를 훑을 때 구부린 등의 윤곽과 아주 미세한 몸짓, 그리고 그들이 뜰채 어망을 끌어 올렸을 때 파리가 열심히 두 발을 비비듯 두 손을 내밀어 해초와 게와 다투며 새우를 선별하는 동작이 뚜렷이 눈에 들어왔다.

"물이 차오르는 게 확실해!" 샤브르 씨가 고통스럽게 소리쳤다. "봐요! 저 바위가 조금 전에는 훤히 드러나 있었다니까."

"그래요, 물이 차오르고 있습니다." 엑토르가 애써 짜증을 누르며 대답했다. "하지만 새우가 가장 많이 잡히는 게 바로 밀물이 들어올 때거든요."

그러나 샤브르 씨는 흥분을 감추지 못했다. 그가 마지막으로 뜰채 어망을 들어 올렸을 때, 괴물 같은 대가리를 가진 기괴한 물고기, 실은 아귀가 나와 그를 깜짝 놀라게 했다. 그는 역정이 치밀어 올랐다.

"빨리 나갑시다! 빨리 나갑시다!" 그가 되풀이했다. "이건 무모하고 어리석은 짓이오."

"바닷물이 차오를 때 새우가 가장 잘 잡힌다잖아요!" 그의 아내가 대답했다.

"수위가 빠르게 올라가네요." 엑토르가 악의마저 담긴 눈빛으로 나직이 덧붙였다.

과연 물결이 거칠어졌고, 철썩거리는 소리를 한층 높이며 바위를 먹어 치웠다. 갑작스레 몰아친 파도가 곶을 점령했다. 그것은 여러 세기 전부터 너울거리는 파도로 휩쓴 영토를 다시 조금씩 되찾아 가는 바다의 정복이었다. 바로 그때 에스텔은 기다란 해초가 머리칼처럼 하늘거리는 물구덩이를 발견했고, 거기서 앞으로 고랑을 파고 뒤로 예초기로 베어낸 듯 기다란 통로를 남기며 대형 왕새우를 잡았다. 그녀는 남편의 말을 외면하면서 한사코 거기를 떠나려 하지 않았다.

"어쩔 수 없군. 그래! 난 갈 거야!" 샤브르 씨가 울먹이는 목소리로 소리쳤다. "정신이 나갔어, 여기 있다가는 모두 죽을 거야."

뜰채 손잡이로 물구덩이의 깊이를 겨우 가늠하면서 그는 먼저 떠났다. 그가 이삼백 보쯤 갔을 때, 마침내 엑토르가 에스텔에게 그를 뒤따르자고 말했다.

"곧 어깨까지 물이 차오를 겁니다." 그가 미소 지으며 말했다. "샤브르 씨가 진짜 해수욕을 하시는군요……. 벌써 자꾸만 물에 빠지시는데요!"

사실 여기로 출발할 때부터 젊은이는 사랑을 고백하기로 다짐했으나 그럴 용기가 없는 연인처럼 엉큼하면서도 안절부절못하는 기색이 역력했다. 조금 전에 에스텔의 바구니에 새우를 넣으면서 그녀의 손가락을 만지려고 애썼었다. 그러나 용기가 부족했던 그는 자기 자신에게 몹시 화가 나 있었다. 샤브르 씨가 익사한다면 얼마나 좋을까 생각하기도 했는데, 왜냐하면 처음으로 샤브르 씨가 방해물로 여겨졌기 때문이었다.

"어떠세요?" 그가 갑자기 말했다. "제가 부인을 업고 가야 할 듯한데……. 그렇게 하지 않으면 물에 흠뻑 젖으시겠어요……. 어서요! 제게 업히세요."

그는 그녀에게 등을 내밀었다. 그녀는 난처한 표정으로 얼굴을 붉히며 사양했다. 그러나 그녀를 끌어당기며 그는 자기가 안전을 지킬 책임이 있다고 소리쳤다. 그녀는 그의 등에 올랐고, 두 손으로 그의 어깨를 짚었다. 바위처럼 튼튼한 그는 등을 폈는데, 마치 목 위에 새 한 마리가 앉은 듯했다. 그는 잘 잡으라고 말하며 물속에서 성큼성큼 걸어갔다.

"오른쪽으로 가야죠, 안 그래요, 엑토르 씨?" 이미 허리까지 물에 잠긴 샤브르 씨가 힘겨운 목소리로 외쳤다.

"예, 맞습니다. 오른쪽으로, 계속 오른쪽으로."

겨드랑이까지 물에 잠긴 채 공포에 질린 남편이 다시 앞을 향하며 등을 보였을 때, 엑토르는 대담하게도 자기 어깨 위에 놓인 그녀의 작은 손에 키스했다. 에스텔은 두 손을 떼려 했지만, 그가 움직이지 말라고, 움직이면 안전을 책임질 수 없다고 말했다. 그는 다시 그녀의 두 손에 키스를 퍼붓기 시작했다. 두 손은 신선하고 짭짤했다. 그는 그녀의 손을 통해 바다의 강렬한 관능을 한껏 마셨다.

"그러지 말아요, 제발." 에스텔이 짐짓 화난 표정을 지으며 되풀이했다. "이러려고 업히라고 했나요, 말도 안 돼⋯⋯. 다시 한 번 그러면 물속으로 뛰어내릴 거예요."

그가 다시 한번 키스했지만, 그녀는 뛰어내리지 않았다. 그녀의 발목을 꽉 잡은 채 그는 샤브르 씨의 동태를 살피며 말없이 그녀의 두 손에 마구 입을 맞추었다. 샤브르 씨의 불쌍한 등은 걸음을 옮길 때마다 물에 잠길 듯 말 듯 아슬아슬하게 보였다.

"오른쪽이라고 했지요?" 남편이 애원하듯 물었다.

"글쎄요, 왼쪽으로!"

왼쪽으로 한 걸음 내디딘 샤브르 씨는 비명을 질렀다. 그는 목까지 물에 잠겼고, 나비넥타이도 물속으로 가라앉았다. 엑토르는 편안한 표정으로 연정을 고백했다.

"사랑합니다, 부인⋯⋯."

"조용히 해요, 명령이에요."

"사랑해요, 죽도록 사랑합니다⋯⋯. 지금까지는 존경심으로 말하지 못했을 뿐입니다."

그녀를 쳐다보지 않은 채, 그는 물이 가슴까지 차올랐음에도 계속 성큼성큼 걸어갔다. 그녀는 상황이 너무나 재미있어서 웃음을 터뜨리지 않을 수 없었다.

"자, 조용히 해요." 그녀가 그의 어깨를 찰싹 때리며 어머니 같은 태도로 말했다. "조심해요, 물에 빠질 수도 있으니까!"

어깨를 찰싹 때리는 그녀의 손길이 엑토르를 황홀하게 했다. 그것은 허락이나 매한가지였다. 남편은 여전히 고통스러워했다.

"이제 앞으로 직진하세요!" 젊은이가 그에게 쾌활한 목소리로 외쳤다.

이윽고 그들이 해변에 이르렀을 때, 샤브르 씨가 투덜거리기 시작했다.

"죽을 뻔했어, 정말!" 그가 더듬더듬 말했다. "내 장화를 좀 보라고…….''

그러나 에스텔이 자기 바구니를 열어 가득 찬 새우를 보여주었다.

"뭐라고? 당신이 이걸 다 잡았단 말이야!" 그가 깜짝 놀라며 소리쳤다. "진짜 낚시꾼이네!"

"오!" 그녀가 미소 지으며 엑토르를 가리켰다. "여기 계신 낚시 선수 덕분이죠."

5

샤브르 부부가 피리아크에서 보낼 날이 이틀밖에 남지 않았다. 엑토르는 속으로 당황하고 화가 났으나 공손하게 행동했다. 샤브르 씨는 매일 아침 자신의 정력 건강을 체크했지만, 실망을 감추지 못했다.

"해안을 떠나시기 전에 카스텔리 암반은 꼭 보셔야 합니다." 어느 날 저녁, 엑토르가 말했다. "내일 그곳을 돌아보시면 어떨까요?"

그리고 그는 설명했다. 암반은 여기서 1킬로미터 지점에 있었다. 암반이 바다를 따라 2킬로미터에 걸쳐 펼쳐져 있는데, 간간이 동굴도 뚫려 있고, 파도로 무너져 내린 곳도 있다. 그의 말을 듣고 보니, 그보다 더 야생적인 광경은 어디에도 없을 듯했다.

"어머나! 내일 가요." 에스텔이 말했다. "길은 험하지 않나요?"

"전혀, 두세 군데 발을 적시는 통로가 있을 뿐입니다."

그러나 샤브르 씨는 이제 발조차 물에 적시고 싶지 않았다. 새우 낚시 이후로 그는 바다에 염증을 느끼고 있었다. 따라서 이 산책 계획에 몹시 적대적인 태도를 보였다. 이것은 위험을 자초하는 어리석기 짝이 없는 일이었다. 그는 줄지어 서 있는 암반 위로 절대로 내려가지 않을 텐데, 염소처럼 뛰어다니다가 다리를 부러뜨리고 싶지 않았기 때문이다. 꼭 산책해야 한다면, 그는 절벽 위에서 그들을 따라갈 것이었다. 그것도 그로서는 대단한 양보였다.

갑자기 엑토르에게 그를 진정시키기 위한 묘안이 떠올랐다.

"이렇게 하면 되겠네요." 그가 말했다. "카스텔리의 해안 신호소로 가세요, 선생님. 잘됐어요, 정말! 거기로 들어가시면 신호기 담당 노동자들에게서 조개를 살 수 있습니다. 거기서는 언제나 최상품을 턱없이 싸게 팔거든요."

"아, 그거 좋은 생각이오." 옛 곡물 상인은 기분이 좋아진 듯 다시 말했다. "작은 바구니를 가지고 가서 다시 한번 가득 채워야겠소……."

그는 아내 쪽으로 돌아서서 정력적인 남자처럼 말했다.

"어때, 몸에도 좋을 듯한데!"

이튿날, 길을 떠나기 위해 썰물을 기다려야 했다. 뒤이어 에스텔이 준비가 덜 되었던 탓에 출발이 늦어졌고, 오후 다섯 시가 되어서야 길을 떠났다. 하지만 엑토르는 그들이 밀물에 휩쓸리지는 않으리라고 장담했다. 에스텔은 아마포 반장화를 신고 있었다. 그녀는 대담하게 아주 짧은 회색 원피스를 입었는데, 그것도 위로 끌어올려 가느다란 발목을 드러냈다. 샤브르 씨는 흰색 바지와 알파카 반코트를 단정하게 차려입고 있었다. 그는 양산과 작은 바구니를 들었는데, 쇼핑하러 가는 파리의 부르주아처럼 의기양양한 모습이었다.

첫 번째 바위 지대까지 가는 길이 상당히 힘들었다. 그들은 발이 푹푹 빠지는 모래 해변을 걸었다. 옛 곡물 상인은 황소처럼 숨을 헐떡거렸다.

"안 되겠어! 이쯤에서 헤어지자고, 난 저 위로 올라갈게." 마침내 그가 말했다.

"그래요, 저 길로 올라가세요." 엑토르가 대답했다. "조금 더 가시면 길이 좁아지는데……. 제가 도와드릴까요?"

두 남녀는 그가 절벽 꼭대기까지 올라가는 모습을 지켜보았다. 거기에 이르자, 그는 양산을 펼치고 바구니를 흔들며 소리쳤다.

"다 왔어, 여기가 훨씬 나아……! 제발 무모한 짓은 하지 말아요, 알겠소? 내가 여기서 지켜보고 있을 테니까."

엑토르와 에스텔은 바위 지대 한가운데로 나아갔다. 긴 장화를 신은 젊은이가 먼저 걸어갔고, 사냥꾼처럼 맵시 있고 능란하게 이 돌에서 저 돌로 펄쩍펄쩍 뛰었다. 에스텔은 용감하게 엑토르가 짚고 간 돌을 똑같이 밟았다. 그가 돌아서서 그녀에게 물었다.

"제가 손을 잡아드릴까요?"

"아뇨." 그녀가 대답했다. "나를 할머니 취급하지 말아요!"

그들은 거대한 화강암 암반 위를 걸었는데, 파도가 얼마나 때렸던지 군데군데 깊은 고랑이 파여 있었다. 마치 모래에 새겨진 괴어怪魚의 척추, 해체된 가시들을 지면에 길게 뿌린 괴어의 척추 같았다. 구덩이에서는 물이 흐르고, 검은 해초가 머리 타래를 풀어 헤치고 있었다. 둘 다 계속 균형을 잡으며 펄쩍펄쩍 뛰었고,

간혹 조약돌이 굴러떨어지면 웃음을 터뜨렸다.

"집에 있는 듯 편해요." 에스텔이 명랑하게 되풀이했다. "거실에 갖다 놔도 되겠어요, 이 바위들은!"

"잠깐, 잠깐만요!" 엑토르가 말했다. "조심하세요."

그들은 두 개의 커다란 바위 사이에 파인 일종의 틈새 앞에 도착했다. 거기에는 물웅덩이가 있어 길을 가로막았다.

"난 절대로 건널 수 없을 것 같아." 젊은 여자가 소리쳤다.

그는 그녀를 업고 가겠다고 했다. 그녀는 고개를 가로저으며 완강히 거부했다. 그녀는 더 이상 업히고 싶지 않았다. 그러자 그는 여기저기서 큰 돌을 가져와 징검다리를 만들려고 했다. 돌이 물속으로 미끄러져 들어갔다.

"내 손을 좀 잡아줘요, 펄쩍 뛰어볼 테니까." 마침내 조바심이 난 그녀가 말했다.

그렇지만 그녀가 너무 짧게 뛰는 바람에 한쪽 발이 물구덩이에 빠졌다. 그들은 함께 웃음을 터뜨렸다. 그들이 두 암벽 사이의 비좁은 통로를 빠져나왔을 때, 그녀는 탄성을 내질렀다.

무너져 내린 거대한 바위로 가득 찬 만이 눈에 들어왔다. 커다란 바위들이 파도 한가운데 배치된 보초처럼 서 있었다. 절벽을 따라 기나긴 세월이 흙을 휩쓸어 간 탓에 이제는 헐벗은 화강암 덩어리들만 남은 것이었다. 곳들 사이사이에 만이 파여 있었고, 갑작스럽게 돌아가는 우회로가 내실內室을 보여주었으며, 모래밭 위에 길게 누운 검은 대리석 벤치들이 파도에 휩쓸린 커다란 물고기처럼 보였다. 그것은 흡사 바다의 공격으로 성채가 전복되고, 탑들이 반쯤 무너지고, 건물들이 붕괴해 서로 포개진 고대 미케네의 폐허 같았다. 엑토르는 젊은 여자에게 폭풍우로 초토화된 도시의 구석구석을 보여주었다. 그녀는 황금 가루처럼 고운 노란색 모래밭 위를, 햇빛을 받아 운모 조각이 반짝이는 자갈밭 위를, 간간이 물구덩이로 떨어지지 않도록 두 손으로 짚어야 했던 무너진 바위 위를 걸었다. 그리고 로마네스크 양식의 반원형 아치와 고딕 양식의 뾰족한 아치가 혼재된 개선문 아래로, 즉 자연이 만든 주랑 아래로 지나갔다. 또한 냉기로 가득 찬 구덩이 속으로, 10제곱미터 넓이의 황무지 바닥으로 내려가면서 그녀는 양쪽의 잿빛 절벽 면을 얼룩지게 만든 푸르스름한 엉겅퀴와 짙은 초록색 다육 식물에 시선을 빼앗겼고, 일정한 박자로 계속 울며 손에 잡힐 듯 가까이 날아다니는 조그마한 갈색 새들과 친숙한 바닷새들에게 관심이 끌렸다. 그러나 무엇보다 그녀를 감탄하게 한 것은 암반 한복판에서 뒤돌아서면 바위 사이사이로 끝없이 보이는 고요하고 푸르고 광활한 바다였다.

"아! 드디어 찾았네!" 절벽 위에서 샤브르 씨가 외쳤다. "불안했지 뭐요, 두 사람이 안 보여서……. 글쎄, 무시무시하군요, 이 구렁텅이는!"

양산을 펴고 바구니를 한쪽 팔에 걸친 채, 그는 신중하게 절벽 가장자리에서 여섯 걸음가량 떨어져 있었다.

"물이 정말 빨리 차오르네, 조심해요!"

"아직 시간이 있어요, 걱정하지 마세요." 엑토르가 대답했다.

암반 위에 앉은 에스텔은 끝없는 수평선 앞에서 할 말을 잃었다. 그녀의 얼굴 앞에, 파도를 맞아 둥글게 깎인 세 개의 화강암 기둥이 폐허가 된 신전의 거대한 주랑처럼 서 있었다. 그 뒤로, 오후 여섯 시의 황금빛 햇살에 반짝이는 아름다운 푸른빛 바다가 펼쳐져 있었다. 두 개의 화강암 기둥 사이로 저 멀리 보이는 돛단배가 수면 위를 스치는 갈매기 날개처럼 눈부시게 하얀 반점을 이루었다. 창백한 하늘에서는 벌써 황혼의 고요한 기운이 쏟아지고 있었다. 에스텔은 결코 이토록 광활하고 부드러운 관능에 젖은 적이 없었다.

"이리 와요." 엑토르가 손으로 그녀를 가볍게 건드리며 다정하게 말했다.

그녀는 몸을 떨었고, 무기력한 자포자기의 심정으로 일어났다. "저게 신호소 맞지요, 저기 돛이 걸린 작은 집?" 샤브르 씨가 소리쳤다. "조개를 좀 사야겠소. 곧 따라가리다."

그러자 에스텔은 그녀를 사로잡은 나른한 무력감을 떨쳐버리기 위해 어린아이처럼 달리기 시작했다. 밀물이 들어오면 일종의 섬이 되는 암반 지대 꼭대기까지 오르고 싶은 욕망에 사로잡힌 채, 그녀는 물웅덩이 위로 팔짝팔짝 뛰어 바다를 향해 앞으로 나아갔다. 틈새를 가로질러 올라간 끝에 마침내 꼭대기에 이르렀을 때, 가장 높은 돌 위에 서서 초토화된 해안의 비극을 내려다보니 가슴이 벅찼다. 그녀의 날씬한 몸매가 맑은 공기 속에서 뚜렷이 드러났고, 그녀의 치마가 바람에 깃발처럼 휘날렸다.

꼭대기에서 내려오는 길에, 그녀는 마주친 모든 물구덩이 위로 몸을 기울였다. 아주 작은 구멍에도 고요히 잠자는 작은 호수, 투명한 거울로 하늘을 반사하는 맑디맑은 물이 있었다. 밑바닥에서는 에메랄드빛 해초가 낭만적인 숲을 이루었다. 그때, 시커먼 게 몇 마리가 개구리처럼 폴짝 뛰더니 물을 흐리지도 않고 자취를 감추었다. 젊은 여자는 꿈꾸는 듯한 시선으로 신비의 나라, 낯설고 광활한 행복의 고장을 살펴보았다.

그들이 절벽의 발치로 되돌아왔을 때, 그녀는 동반자의 손수건에 삿갓조개가 가득 담겨 있는 걸 보았다.

"샤브르 씨를 위해 잡았습니다." 그가 말했다. "제가 가져다드리고 올게요."

바로 그때, 샤브르 씨가 유감스러운 표정으로 도착했다.

"신호소에서는 홍합만이 아니라 온갖 잡동사니를 팔더군요." 그가 소리쳤다. "애초에 가고 싶지 않았어, 내 생각이 맞았소."

그러나 젊은이가 멀리서 삿갓조개를 보여주자, 그는 흥분을 가라앉혔다. 그는 젊은이가 자기만이 아는 길로, 즉 성벽처럼 매끈매끈해 보이는 바위를 따라 더없이 민첩하게 올라오는 모습을 보고 깜짝 놀랐다. 하강은 더욱 대담했다.

"아무것도 아녜요, 계단 같은 게 있거든요." 엑토르가 말했다. "계단이 어디에 있는지만 알면 됩니다."

샤브르 씨는 돌아가고 싶어 했다. 바닷물이 차오르고 있어서 불안했다. 그는 아내에게 올라오라고, 쉬운 길을 찾아보라고 안절부절 말했다. 젊은이는 웃으며 부인들을 위한 길은 없다고, 이제 바닷가를 따라 끝까지 걸어야 한다고 대답했다. 게다가 그들은 아직 동굴을 구경하지 못했다는 것이었다. 그래서 샤브르 씨는 다시 절벽의 능선을 따라가지 않으면 안 되었다. 해가 지고 있었기에, 그는 양산을 지팡이처럼 사용했다. 다른 손으로는 삿갓조개 바구니를 들었다.

"피곤하지 않으세요?" 엑토르가 다정하게 물었다.

"조금." 에스텔이 대답했다.

그녀는 엑토르가 내미는 팔을 붙잡았다. 그녀는 피곤한 게 아니라 점점 더 감미로운 무력감에 사로잡혔다. 조금 전에, 바위를 타고 오르던 젊은이의 민첩하고 힘센 동작이 그녀의 가슴을 설레게 했었다. 그들은 모래톱을 향해 천천히 나아갔다. 그들의 발 밑에서, 조가비가 섞인 자갈이 정원길에 밟히는 조약돌 같은 소리를 냈다. 그들은 더 이상 아무 말도 하지 않았다. 그는 그녀에게 두 개의 넓은 동굴, 르무안푸 동굴과 르샤 동굴을 보여주었다. 그녀는 동굴 안으로 들어갔고, 고개를 들어 살피더니 가볍게 몸서리를 쳤다. 그들은 다시 아름답고 보드라운 모래밭을 따라 걸었고, 서로를 바라보았으며, 여전히 아무 말 없이 미소 지었다. 바닷물이 철썩거리는 파도 소리와 함께 차올랐지만, 그들의 귀에는 들리지 않았다. 샤브르 씨가 절벽 위에서 소리쳤으나 그것 역시 그들에게는 들리지 않았다.

"정신 나갔구먼!" 옛 곡물 상인이 양산과 삿갓조개 바구니를 흔들며 되풀이했다. "에스텔……! 엑토르 씨……. 이봐요! 곧 물이 덮칠 거요! 벌써 발목까지 물에 잠겼잖소!"

그들은 잔물결의 냉기조차 느끼지 못했다.

"뭐지? 무슨 일이지?" 젊은 여자가 나직이 말했다.

"아! 거기 계셨군요, 샤브르 씨!" 젊은이가 말했다. "괜찮아요, 걱정하지 마세요……. 이제 마담 동굴만 보면 됩니다."

샤브르 씨는 절망적인 몸짓으로 이렇게 덧붙였다.

"이건 미친 짓이오! 그러다가 익사할 수도 있어요."

그들은 더 이상 그의 말을 듣지 않았다. 불어나는 물을 피하려고 암반을 따라 나아갔고, 마침내 마담 동굴에 도착했다. 그것은 곶을 이룬 거대한 화강암 덩어리에 뚫린 동굴이었다. 아주 높다란 천장이 넓은 아치를 그리며 둥글게 땅으로 이어졌다. 폭풍우가 몰아칠 때마다 파도에 시달린 탓에 벽이 매끈매끈하고 반짝반짝 윤이 났다. 시커먼 바위에 새겨진 장밋빛 암맥과 푸른빛 암맥이 마치 야만족 예술가가 바다 여왕의 욕실을 장식한 듯 야성적인 취향의 멋진 아라베스크 무늬를 형성했다. 아직도 젖어 있는 땅바닥의 조약돌들은 너무나 곱고 투명해서 일종의 보석 침대를 이루었다. 동굴 안쪽에는 건조하고 부드러운 모래, 거의 흰색으로 보이는 연노란색 모래가 만든 기다란 벤치가 있었다.

에스텔은 모래 위에 앉았다. 그녀는 눈으로 동굴을 둘러보았다. "사람이 살아도 되겠는걸." 그녀가 나직이 말했다.

그러나 조금 전부터 바다를 살피던 엑토르가 별안간 깜짝 놀라는 척했다.

"아! 맙소사! 꼼짝없이 갇혀버렸네! 물이 들어와서 길이 없어졌어요⋯⋯. 두 시간은 기다려야 할 텐데, 정말 큰일 났네!"

그는 동굴 밖으로 나갔고, 고개를 들어 샤브르 씨를 찾았다. 샤브르 씨는 동굴 바로 위 절벽 가장자리에 있었다. 젊은이는 그들이 동굴에 갇혀버렸다고 그에게 알렸다.

"그러니까 내가 뭐라고 말했소?" 샤브르 씨는 의기양양하게 소리쳤다. "내 말을 그렇게 안 듣더니⋯⋯. 위험하지는 않아요?"

"전혀." 젊은이가 대답했다. "바닷물은 동굴 안으로 오륙 미터 밖에 들어오지 않아요. 어쨌든 걱정하지 마세요, 이제 꼼짝하지 않고 동굴에 있을 테니까. 두 시간쯤 지나야 나갈 수 있을 겁니다."

샤브르 씨는 화를 냈다. 그렇다면 식사를 안 할 거야? 벌써 배가 고픈데! 정말 이상한 소풍이야! 뒤이어 투덜거리면서 그는 풀밭에 앉았고, 양산을 왼쪽에, 삿갓조개 바구니를 오른쪽에 놓았다.

"기다릴 수밖에, 방법이 없으니!" 그가 소리쳤다. "빨리 아내 곁으로 돌아가요, 아내가 춥지 않게 해줘요."

동굴 안에서, 엑토르는 에스텔 옆에 앉았다. 잠시 침묵이 흐른 뒤 그가 그녀의 손을 잡았지만, 그녀는 그 손을 빼지 않았다. 그녀는 먼 곳을 바라보았다. 노을이 지고 있었다. 어두운 기운이 조금씩 석양을 희미하게 만들었다. 수평선에서는 하늘이 연보랏빛으로 부드럽게 물들었고, 드넓게 펼쳐진 바다는 돛단배 하나 없이 천천히 어두워지고 있었다. 조금씩 바닷물이 투명한 조약돌을 부드럽게 스치며 동굴 안으로 들어왔다. 물은 먼바다의 관능, 애무하는 듯한 목소리, 욕망으로 가득 찬 자극적인 냄새를 실어 왔다.

"에스텔, 사랑해요." 엑토르가 그녀의 손에 키스를 퍼부으며 되풀이했다.

밀물에 휩쓸린 듯 숨이 막힌 그녀는 아무런 대답도 하지 않았다. 이제 바다의 딸처럼 고운 모래 위에 반쯤 누운 채, 그녀는 다소 놀란 표정으로 무방비 상태에 빠졌다.

그때, 갑자기 샤브르 씨의 가벼운 목소리가 공기를 가르며 들렸다.

"배고프지 않소? 죽을 지경이오, 나는! 다행히 칼이 있더라고……. 아무튼 죽으란 법은 없나 봐요, 난 조개를 먹고 있소."

"사랑해요, 에스텔." 그녀를 품에 안은 엑토르가 되풀이했다.

땅거미가 짙어졌고 하얀 바다가 하늘을 비추었다. 동굴 입구에서 물이 더 길게 신음했고, 동굴의 아치 아래로 마지막 석양이 꺼졌다. 번식력이 넘치는 비옥한 냄새가 살아 움직이는 파도로부터 올라왔다. 그러자 에스텔이 머리를 천천히 엑토르의 어깨 위에 올려놓았다. 밤바람이 한숨을 실어 갔다.

절벽 위에서는, 샤브르 씨가 달빛 속에서 느긋하게 조개를 먹고 있었다. 그는 빵도 없이 배가 터지도록 조개를 모두 삼켰다.

6

파리로 돌아온 지 아홉 달 후, 아름다운 샤브르 부인은 사내아이를 낳았다. 샤브르 씨는 기뻐서 어쩔 줄 몰랐고, 기로 박사를 따로 불러 자랑스럽게 되풀이했다.

"조개 덕분이에요, 확실히……! 그럼요, 어느 날 저녁에 먹은 조개 한 바구니, 오! 정말 이상한 상황에서……. 아무려면 어때요, 박사님, 저는 조개가 그런 효능을 가진 줄 꿈에도 몰랐습니다."

수르디 부인

1

매주 토요일, 페르디낭 수르디는 정기적으로 모랑 영감의 가게로 와서 물감과 붓을 새것으로 교체했다. 모랑 영감의 가게는 메르쾨르의 협소한 광장을 면한 습하고 어두운 건물 1층으로서 공립 중학교로 개조된 옛 수도원 옆에 있었다. 릴에서 왔다고 알려진 페르디낭은 1년 전부터 중학교에서 '자습 감독'으로 일했는데, 대부분의 자유 시간 동안 집에 틀어박힌 채 열정적으로 그림을 그렸으나 습작을 남에게 보여주지는 않았다.

그가 가게에 들를 땐 대개 모랑 영감의 딸 아델이 가게를 지키고 있었다. 아델 또한 세련된 수채화를 그렸고, 그 수채화는 종종 메르쾨르 주민들의 입에 오르내리곤 했다. 그는 재료를 주문했다.

"물감 좀 주세요. 흰색 셋, 노란 황토색 하나, 에메랄드그린 둘."

아버지의 가게를 훤히 꿰뚫고 있는 아델은 젊은이의 주문에 응하며 매번 이렇게 물었다.

"그리고요?"

"오늘은 이게 전부입니다, 아가씨."

페르디낭은 작은 봉지를 호주머니에 넣었고, 늘 창피당할까 두려워하는 가난뱅이처럼 우물쭈물 셈을 치른 후 가게를 떠났다. 1년 전부터 별다른 변화 없이 그런 상황이 반복되었다.

모랑 영감에게는 열 명 남짓한 고객이 있었다. 인구 8천 명을 헤아리는 메르쾨르는 가죽 제품으로 명성이 자자했다. 그러나 미술은 겨우 명맥을 유지하는 상태였다. 고객 중에는, 옆모습이 병든 새처럼 생긴 폴란드 남자가 메마르고 창백한 눈으로 지켜보는 가운데 괴발개발 서투르게 그리는 네댓 명의 개구쟁이들이 있었다. 공증인의 딸 레베크 자매는 보란 듯 '유화'를 그렸는데, 그에 대해 이러쿵저러쿵 말이 많았다. 중요한 고객은 단 한 명밖에 없었다. 이 지역 출신으로 파리에서 대성공을 거둔 유명 화가 렌캥은 각종 메달을 거머쥐었고, 작품 주문을 빈번히 받았으며, 정부 훈장까지 수여받았다. 날씨가 화창한 계절에 그가 고향에서 한 달을 보내러 오자, 콜레주 광장의 비좁은 가게가 발칵 뒤집혔다. 모랑 영감은 일부러 파리로부터 물감을 들여왔고, 그의 비위를 맞추려고 무던히 애썼으며, 가게에 나타났을 때 정중하게 그를 맞이하면서 새로운 성공에 대해 질문했다. 살집이 있고 성격이 좋은 화가는 결국 저녁 식사 초대를 받아들였고, 어린 아델의 수채화를 보면서 핏기가 조금 모자라지만 장미처럼 싱그럽다고 평가했다.

"태피스트리로 사용해도 되겠어." 그녀의 귀를 살짝 꼬집으며 그가 말했다. "나쁘지 않아, 그림 속에 일종의 냉기와 고집이 있어. 그런 게 있어야 스타일이 생기거든……. 자! 열심히 그려봐, 움츠러들지 말고. 네가 느끼는 대로 그리면 되는 거야."

물론 화구상이 모랑 영감의 생계에 도움이 되지는 않았다. 하지만 화구상은 그의 내면에 깃든 오랜 편집증, 비록 결실을 거두지는 못했으나 지금 딸에게서 다시 나타나는 그의 예술적 기질을 표현하고 있었다. 건물은 그의 소유였고, 잇따른 유산 덕분에 그에게는 6천 프랑에서 8천 프랑에 달하는 연금이 있었다. 그럼에도 그는 1층의 작은 살롱에서 물감을 팔았다. 창문을 진열창으로 활용했는데, 그 비좁은 진열대에는 튜브 물감, 동양화용 먹, 붓이 놓였고, 이따금 폴란드 남자가 그린 작은 성화들 틈에 아델의 수채화가 놓였다. 며칠 동안 손님이 전혀 없는 경우도 적지 않았다. 그렇지만 모랑 영감은 정유 냄새 속에서 행복하게 살았고, 몸이 허약해서 노상 누워 있는 모랑 부인이 '상점'을 닫으라고 충고하면 어렴풋한 소명 의식으로 화를 벌컥 내곤 했다. 부르주아적이고 보수 반동적인 성향, 경직된 기독교적 신앙심, 충족되지 못한 예술가적 본능이 그를 화구와 캔버스 한가운데 못 박았다. 여기가 아니라면 주민들이 어디서 물감을 사겠는가? 실제로 아무도 물감을 사지 않는다 해도, 사람들은 내심 그림을 그리고 싶을 수 있으리라. 그래서 그는 가게를 포기하지 않았다.

아델 양이 자란 것은 이런 환경 속에서였다. 그녀는 이제 막 스물두 살이 되었다. 키가 작고 약간 억센 그녀는 상냥해 보이는 동그란 얼굴, 가느다란 두 눈을 지니고 있었다. 하지만 안색이 너무나 노랗고 창백해서 예쁘다고 여겨지지는 않았다. 어쩌면 작은 노파처럼 보이기도 했다. 그녀의 얼굴에는 벌써 독신 생활의 은근한 신경질과 함께 늙어가는 여교사의 피로한 표정 같은 것이 나타났다. 하지만 아델은 결혼을 갈망하지 않았다. 구혼자들이 나타났으나 그녀가 거절했다. 사람들은 그녀가 오만해서 왕자를 기다린다고 생각했다. 그리고 늙은 탕아 렌캥이 그녀를 데리고 부성애적 교제를 즐겼다는 추잡한 이야기도 항간에 떠돌았다. 몹시 폐쇄적이고 조용하고 통상 사려 깊은 아델은 이런 험담을 무시하는 듯했다. 콜레주 광장의 은근한 습기에 익숙해진 그녀는 어린 시절부터 지금까지 늘 이끼 낀 거리의 포석, 아무도 지나가지 않는 어두운 네거리를 보면서 별다른 저항감 없이 살았다. 하루에 단 두 번, 도시의 개구쟁이들이 중학교 정문에서 떠들썩하게 북적였다. 그것이 그녀의 유일한 파적거리였다. 하지만 그녀는 전혀 권태로워하지 않았고, 마치 오래전에 마음속으로 세운 삶의 계획을 빈틈없이 실천하는 사람처럼 보였다. 그녀는 의지가 강했고 야망이 컸지만, 무슨 일이 생겨도 끄떡하지 않는 인내심 때문에 사람들이 그녀의 진정한 성격을 오해했다. 차츰 그녀는 노처녀로 취급되었다. 그녀는 언제나 그저 수채화에 몰두하는 듯했다. 그러나 유명한 렌캥이 와서 파리 이야기를 꺼내면 그녀는 귀를 쫑긋 세운 채 말없이 해쓱한 표정으로 들었고, 가느다란 검은 눈에서 불길이 타올랐다.

"왜 살롱전[1]에 출품하지 않는 거지?" 나이 많은 친구로서 그녀에게 반말을 사용하는 화가가 어느 날 그렇게 물었다. "내가 선정되도록 도와줄게."

그렇지만 그녀는 어깨를 으쓱했고, 지극히 겸손하나 씁쓸함이 묻어 나는 목소리로 말했다.

"오! 여자들이 그린 그림이 무슨 가치가 있을까요."

페르디낭 수르디의 출현은 모랑 영감에게 대단한 사건이었다. 손님, 그것도 매우 중요한 손님이 생긴 것이었다. 메르쾨르에서는 아무도 그처럼 빈번히 물감을 소비하지 않았다. 첫 한 달 동안 모랑 영감은 '자습 감독' 나부랭이에게 그처럼 아름다운 예술적 열정이 있다는 게 놀라워서 젊은이를 유심히 살펴보았다. 약 50년 전부터 자기 가게 앞을 지나다니던 '자습 감독'들은 행색이 단정하지 못하고 일없이 빈둥거리기 일쑤여서 그로서는 경멸해 마지않던 터였다. 그러나 소문에 의하면, 페르디낭은 몰락한 명

---

1 살롱전Le Salon은 17세기 말에 프랑스 왕립 미술 아카데미 후원으로 개최된 국가 차원의 전시회로서 18세기 계몽시대에 본격화되었고, 19세기 중반에 백만 명이 관람할 정도로 인기와 권위가 절정에 이르렀다. 그러나 19세기 후반 살롱전에서 거부당한 마네, 모네, 피사로 등 인상파 화가들을 중심으로 '낙선자 전람회Le Salon des refusés'가 열리면서 살롱전은 몰락의 길을 걸었고, 1881년에 정부가 공식적으로 후원을 철회했다.

문 집안 출신이었다. 부모님이 돌아가셨을 때, 그는 굶어 죽지 않기 위해 이런 상황을 받아들일 수밖에 없었다. 그러나 그는 계속 그림을 그렸고, 여유가 생기면 파리로 가서 성공하기를 꿈꾸었다. 1년이 흘렀다. 페르디낭은 하루하루 먹고살기 위해 메르쾨르에 못 박힌 채 모든 걸 체념한 듯했다. 모랑 영감도 마침내 그를 습관적으로 대했고, 그에게 특별한 관심을 보이지는 않았다.

그렇지만 어느 날 저녁, 딸의 질문이 모랑 영감을 놀라게 했다. 램프 불빛 아래에서 사진을 보며 라파엘로의 그림을 수학적으로 재현하려고 애쓰던 그녀가 긴 침묵 끝에, 고개를 들지도 않고 이렇게 말했다.

"아빠, 수르디 씨에게 그림 한 점을 가져오라고 부탁하면 어떨까요? 진열창에 두면 좋을 듯한데……."

"호오! 그래." 모랑 영감이 소리쳤다. "좋은 생각이야…… 페르디낭의 그림을 볼 생각을 전혀 하지 못했어. 그 사람이 너한테 보여준 게 있니?"

"아뇨." 그녀가 대답했다. "그냥 그런 생각이 들어서요…… 물감을 팔았으니 적어도 그림의 색깔은 짐작할 수 있죠."

사실 페르디낭은 아델의 관심을 사로잡고 있었다. 신선한 금발의 아름다움은 그녀에게 강렬한 인상을 남겼다. 그는 머리칼을 짧게 깎았지만 기다란 턱수염, 장밋빛 피부를 돋보이게 하는 가늘고 가벼운 황금빛 턱수염을 지니고 있었다. 그의 푸른 눈은 매우 부드러웠고, 작고 유연한 손, 다정한 탕아처럼 생긴 용모는 상당히 관능적인 분위기를 자아냈다. 그의 의지가 시든 게 틀림없었다. 실제로 두 번이나 그는 3주 동안 모습을 드러내지 않았다. 미술을 포기한 듯했다. 젊은이가 메르쾨르의 수치로 불리는 홍등가에서 개탄할 만한 행위에 탐닉한다는 소문이 돌았다.

어느 날 저녁, 이틀 밤을 외박한 후 술에 만취해서 귀가한 그를 중학교에서 해고해야 한다는 여론이 잠시 형성되었다. 그러나 낮에 술이 깬 그의 모습은 너무나 매력적이어서 방탕에도 불구하고 해고 주장은 자취를 감추었다. 모랑 영감은 딸 앞에서는 이런 일을 언급하지 않았다. 확실히 '자습 감독'들은 모두 엇비슷했고, 도덕성이라고는 전혀 없는 존재들이었다. 페르디낭 앞에서 그는 예술가에 대한 은근한 애정을 내비치면서도 화가 난 부르주아처럼 못마땅한 표정을 지었다.

아델도 하녀의 수다 덕분에 페르디낭의 방탕한 행위를 모르지 않았다. 그녀 또한 입을 다물었다. 그러나 그녀는 이 일을 곰곰이 생각해 보았고, 3주 동안 화가 치밀어 젊은이가 가게로 오는 게 보일 때면 마주치지 않으려고 집 안으로 들어가 버렸다. 그런데 바로 그때부터 끊임없이 그의 모습이 그녀에게 떠올랐고, 온갖 막연한 생각이 내면에서 싹트기 시작했다. 그는 그녀에게 흥미로운 사람이 되었다. 그가 지나갈 때 그녀는 눈으로 그를 좇았고, 뒤이어 수채화 위로 몸을 숙인 채 아침부터 저녁까지 생각을 거듭했다.

"아참!" 그녀가 아버지에게 물었다. "그 사람이 그림을 가지고 올까요?"

그 전날, 그녀는 페르디낭이 나타날 때 아버지가 가게를 지키도록 일을 꾸몄었다.

"그럼." 모랑 영감이 말했다. "하지만 한사코 손사래를 치더구나……. 잘난 체하는 건지 겸손하게 구는 건지 모르겠어. 죄송하다고, 남들에게 보여줄 만한 그림이 아니라고 하더군……. 어쨌든 내일 그림이 가게로 올 거야."

이튿날, 메르퀴르 성의 폐허에서 크로키를 그린 후 저녁에 돌아온 아델은 가게 한복판에 놓인 이젤을 발견했고, 액자 없는 그림 앞에 멈춰 서서 말없이 바라보았다. 페르디낭 수르디의 그림이었다. 넓은 초록빛 경사지와 함께 도랑 밑바닥을 재현한 그림이었는데, 지평선이 푸른 하늘을 가로지르고 있었다. 밖으로 놀러 나온 한 무리의 중학생이 거기서 장난치고 있었고, '자습 감독'은 풀밭에 누워 책을 읽고 있었다. 일상생활에서 얻은 소재였다. 아델은 자기라면 감히 시도하지 못했을 색채의 진동과 대담한 터치를 보고 깜짝 놀랐다. 그녀는 렝캥과 자기가 좋아하는 예술가들의 복잡한 기교를 따라할 정도로 자신의 습작에서 비범한 재능을 보여주었다. 하지만 그녀가 모르고 있던 이 새로운 기질 속에는 그녀를 탄복하게 하는 번뜩이는 개성이 있었다.

"잘 보렴!" 뒤에 서서 그녀의 평가를 기다리던 모랑 영감이 물었다. "어떻게 생각하니?"

그녀는 여전히 그림을 응시하고 있었다. 이윽고 그녀는 망설이면서도 그림에 사로잡힌 채 중얼거렸다.

"흥미로워요……. 정말 근사해요…….

그녀는 심각한 표정으로 여러 번 그림 앞으로 되돌아왔다. 이튿날, 그녀가 다시 그림을 살피고 있을 때 마침 메르퀴르에 있던 렝캥이 가게 안으로 들어오며 탄성을 질렀다.

"아니! 이게 뭐야?"

그는 그림을 보고 깜짝 놀랐다. 뒤이어 의자를 끌어당겨 캔버스 앞에 앉은 그는 그림을 요모조모 뜯어보았고, 차츰 열광하기 시작했다.

"이거 진짜 희한하네……! 색조가 세련되면서도 진실해……. 초록색 위에서 환히 드러나는 셔츠의 흰색이라니……. 정말 독창적이야! 진짜 색다른 그림이야! 그런데 아가씨, 누가 이걸 그렸을까. 아가씨겠지?"

마치 자기가 칭찬을 받는 듯 얼굴을 붉히며 유심히 듣던 아델이 서둘러 대답했다.

"아녜요, 아녜요. 선생님도 아시는 그 젊은 남자, 중학교에서 일하는 그 젊은 남자가 그렸어요."

"정말? 네 그림과 흡사한데……." 화가가 말을 계속했다. "네 그림에 힘을 덧보탠 것 같아. 아! 그 젊은이가 그렸다고……. 거참! 재능이 있어, 대단해. 이런 그림은 살롱전에서도 큰 성공을 거둘 거야."

렌캥은 모랑 가족과 함께 저녁 식사를 했는데, 그것은 고향을 방문할 때마다 모랑 영감에게 베푸는 특전이었다. 저녁 내내 미술 이야기를 하면서 여러 차례 페르디낭 수르디를 언급한 그는 곧 젊은이를 만나 격려하겠다고 약속했다. 아델은 그가 파리에서 영위하는 삶, 그가 파리에서 거둔 성공 등 파리에 관한 이야기를 조용히 들었다. 생각이 많은 아가씨의 창백한 이마에는 깊은 주름이 잡혔고, 그 깊은 주름 사이로 여러 생각이 들어가 다시는 밖으로 나오지 않을 듯했다. 페르디낭의 그림은 액자에 넣어져 진열되었다. 그것을 보러 온 레베크 자매는 그림이 아직 완성되지 않았다고 여겼고, 폴란드 남자는 몹시 불안한 표정으로 라파엘로를 부정하는 새로운 유파의 그림이라고 동네에 소문을 퍼뜨렸다. 그렇지만 그림은 성공을 거두었다. 사람들은 그림이 예쁘다고 생각했다. 가족들이 줄지어 그림 속의 중학생들이 누구인지 확인하러 왔다. 하지만 중학교에서 페르디낭이 처한 상황은 조금도 나아지지 않았다. 교사들은 돌봐야 할 아이들을 그림의 모델로 삼을 만큼 충분히 도덕적이지 않은 '자습 감독'의 주변에 떠도는 소문에 여전히 분노했다. 그들은 그에게서 앞으로 착실하게 일하겠다는 다짐을 받고서야 자습 감독직을 계속하게 했다. 렌캥이 그를 칭찬하려고 찾아갔을 때, 그는 절망에 빠진 채 거의 울먹이면서 그림을 그만두겠다고 말했다.

"신경 쓰지 마시오." 렌캥이 더욱 호의적으로 말했다. "당신에게는 그런 엉터리들을 무시해도 좋을 만큼 훌륭한 재능이 있소…… 걱정하지 마시오, 당신의 날이 반드시 올 거요. 당신은 틀림없이 내 동료들처럼 가난에서 벗어날 거요. 나도 석공 밑에서 일했소, 지금 당신 앞에서 이야기하고 있는 나 말이오…… 성공할 때까지 끊임없이 그려야 해요. 모든 게 거기에 달려 있소."

그때부터, 페르디낭에게 새로운 생활이 시작되었다. 그는 조금씩 모랑 가족의 사생활 속으로 들어갔다. 아델은 페르디낭의 그림 〈산책〉을 모작하기 시작했다. 그녀는 수채화를 단념했고, 대담하게 유화로 돌아섰다. 모작을 본 렌캥은 매우 정확한 평가를 내렸다. 예술가로서 아델은 페르디낭만큼 타고난 자질을 가졌으나 남자다운 활력이 부족했다. 하지만 적어도 그녀는 페르디낭보다 더 능란하고 유연한 기교를 지녀서 여러 어려움을 쉽게 해결했다. 어쨌든 정성스럽게, 천천히 완성한 그 모작이 페르디낭과 아델을 더욱 가깝게 만들었다. 아델은 페르디낭을 분해했다. 말하자면 여성적인 섬세함으로 그의 그림을 똑같이 해석하고 문자 그대로 재생산하는 걸 보고 페르디낭이 깜짝 놀랐을 정도로 그녀는 그의 기법을 금세 익혔다. 강렬한 개성은 없으나 매력이 넘치는 모작이었다. 메르쾨르에서는 아델의 모작이 페르디낭의 원작보다 훨씬 더 큰 성공을 거두었다. 그러나 사람들은 가증스러운 이야기를 속삭이기 시작했다.

기실 페르디낭은 이런 험담에 신경 쓰지 않았다. 아델은 결코 그를 유혹하지 않았다. 그는 방탕한 버릇이 있었으나 그것을 다른 곳에서 폭넓게 만족시키고 있었다. 그러기에 그는 이 조그마한 여자에게 냉정했고, 심지어 그녀의 통통한 살집을 불쾌하게 여겼다. 그는 그녀를 예술가로, 동료로 대했다. 그들이 대화를 나눌 때 화제는 오로지 미술이었다. 그는 자기를 메르쾨르에 붙잡아 두는 가난을 한탄하면서 파리에 대한 열정으로 불타올랐고, 파리를 간절하게 꿈꾸었다. 아! 먹고살 수만 있다면 벌써 중학교를 떠났을 텐데! 그에게는 성공이 확실해 보였다. 하지만 돈과 생활이라는 비참한 문제가 그를 미치게 했다. 그녀는 그 문제를 고민하고 성공의 가능성을 저울질하는 표정으로 심각하게 그의 말을 들었다. 그러고서 자기 생각을 설명하지는 않았지만, 그에게 희망을 버리지 말라고 했다.

어느 날 아침, 모랑 영감이 가게에서 숨진 채 발견되었다. 물감과 붓 상자를 풀던 중에 갑자기 뇌출혈로 쓰러진 것이었다. 보름이 흘렀다. 페르디낭은 모녀의 슬픔을 방해하고 싶지 않아 가게에 드나들기를 삼갔다. 그가 다시 가게를 찾았을 때, 달라진 것은 아무것도 없었다. 아델은 검은색 옷을 입은 채 그림을 그리고 있었고, 모랑 부인은 그녀의 방에서 졸고 있었다. 예술에 관한 대화, 파리에서 성공을 거두는 꿈 등 일상생활이 다시 시작되었다. 이런 와중에 젊은 남녀의 친밀감은 더욱 깊어졌다. 그러나 그들의 순수하게 정신적인 우정 속에는 정서적인 교감이나 사랑의 언어가 끼어들 틈이 전혀 없었다.

어느 날 저녁, 페르디낭을 맑은 눈으로 오래도록 바라본 후, 아델이 평소보다 더 심각한 얼굴로 그녀의 의견을 분명하게 말했다. 그가 누구인지 이리저리 살펴온 그녀는 이제 결정지을 때가 되었다고 생각한 것이었다.

"봐요." 그녀가 말했다. "오래전부터 이야기하고 싶었던 계획이 있어요……. 이제 저는 혼자가 되었어요. 어머니는 신경 쓰지 마세요. 제가 직접 말씀드리는 걸 당신이 이해해 주신다면……."

그는 놀란 표정으로 기다렸다. 그녀는 전혀 당황하지 않고 간명하게 자기 입장을 설명했고, 그가 끊임없이 되뇌던 불평을 거론했다. 그에게 부족한 건 단지 돈이었다. 파리에서 자유롭게 일하고 활동하는 데 필요한 초기 자금만 있으면, 그는 몇 년 안에 유명 화가가 될 것이었다.

"그러니 말이에요!" 그녀가 결론지었다. "제가 당신을 돕게 해주세요. 아버지가 저한테 5천 프랑의 연금을 남겼고, 어머니의 생활도 보장되어 있으니 저는 즉시 그 돈을 쓸 수 있어요. 어머니는 제 도움 없이도 살아가실 수 있어요."

하지만 페르디낭은 손사래를 쳤다. 그런 희생은 받아들일 수 없고, 그녀를 힘들게 하고 싶지 않다는 것이었다. 그가 자기 말을 이해하지 못하자 그녀는 가만히 그를 응시했다.

"둘이 함께 파리로 가요." 그녀가 천천히 다시 말했다. "미래는 틀림없이 우리의 것이에요……."

그가 당혹스러워하자, 그녀는 미소와 함께 그의 손을 잡으며 든든한 동지처럼 말했다.

"저랑 결혼하실래요, 페르디낭……? 빚을 지는 채무자는 바로 저랍니다, 알다시피 제게는 야망이 있으니까요. 그래요, 저는 늘 영광을 꿈꾼답니다. 제게 영광을 가져다줄 사람이 바로 당신이죠."

그는 말을 더듬거렸고, 갑작스러운 제안에 정신을 차리지 못했다. 반면 그녀는 오래도록 준비한 계획을 차분하게 설명했다. 뒤이어 그녀는 모성애를 보이면서 단 한 가지만 맹세하기를 그

에게 요구했다. 올바르게 행동할 것. 천재성은 질서 없이 발휘될
수 없는 법이었다. 그녀는 자기가 그의 일탈을 알고 있다는 사
실, 그로 인해 자기의 계획을 중단할 수는 없다는 사실, 자기가
그의 비행을 바로잡겠다는 사실을 이해하게 했다. 페르디낭은
그녀가 어떤 거래를 제안하는지 완벽하게 알아차렸다. 그녀가
돈을 가져다주면 그는 영광을 가져다주어야 했다. 그는 그녀를
사랑하지 않았다. 심지어 그녀를 소유해야 한다고 생각하자 마
음속 깊이 불편함마저 느껴졌다. 그렇지만 그는 무릎을 꿇었고,
감사를 표했다. 그리고 그의 귀에 거짓되게 울리는 이 문장을 겨
우 찾아냈다.

"당신은 나의 착한 천사입니다."

그러자 평소에 냉정한 그녀도 뜨거운 감정에 사로잡혔다. 그
녀는 그를 포옹하면서 얼굴에 키스했다. 오래전부터 금발 청년
의 아름다움에 매료된 그녀는 그를 사랑하고 있었다. 그녀의 잠
든 열정이 깨어났다. 그녀는 오래도록 억눌렸던 욕망이 마침내
충족되는 거래를 한 셈이었다.

3주 후, 페르디낭 수르디는 그녀와 결혼했다. 그는 치밀한 계
산보다는 당장에 벗어나야 할 궁핍과 일련의 사건에 굴복한 것
이었다. 그들은 붓과 물감 재고를 이웃 문구점 주인에게 팔았다.
고독에 익숙한 모랑 부인은 전혀 동요하지 않았다. 젊은 부부는
즉시 〈산책〉을 트렁크에 넣고서 파리로 떠났고, 메르퀴르 주민
들은 그처럼 신속한 결말에 어리둥절해했다. 레베크 자매는 수
르디 부인이 서둘러 수도로 해산하러 간 것이라고 말했다.

2
수르디 부인은 집의 내부 설비에 신경을 썼다. 그들은 다사스

가의 아틀리에, 뤽상부르 공원 쪽으로 커다란 유리 창문이 나 있는 아틀리에에 자리를 잡았다. 부부의 재정이 여유롭지 않았기에 아델은 큰돈을 들이지 않고도 안락한 실내 공간을 마련하는 기적을 창출해야 했다. 그녀는 페르디낭의 마음에 꼭 드는 아틀리에를 만듦으로써 그를 자기 곁에 묶어 두고자 했다. 초창기에는, 이 거대한 파리에서 둘이 함께 살아가는 삶이 정녕 매력적이었다.

겨울이 끝나가고 있었다. 3월 초순의 날씨는 매우 아름답고 포근했다. 젊은 화가와 그의 아내가 파리에 도착했다는 소식을 듣자마자 렌캥은 한걸음에 달려왔다. 그들의 결혼에 놀라지는 않았으나, 통상 그는 예술가끼리 결합하는 데 반대했었다. 그에 의하면 그런 결합은 늘 잘못 굴러갔고, 결국 두 사람 중 하나가 다른 하나에 의해 먹혔다. 틀림없이 페르디낭이 아델을 먹어 치울 것이었다. 청년으로서는 돈이 필요하기에 잘된 일이었다. 싸구려 식당에서 질긴 고기를 씹는 것보다 매력 없는 여자와 잠자리를 함께하는 게 차라리 나았다.

신혼부부의 집으로 들어가면서, 렌캥은 화려한 액자를 두른 채 아틀리에 한가운데에서 이젤 위에 놓인 〈산책〉을 발견했다.

"아! 아!" 그가 유쾌하게 말했다. "걸작을 갖다 놓았군그래."

자리에 앉은 그는 그림을 보며 세련된 색조, 독창적인 발상에 다시 한번 감탄했다. 그러고서 갑자기 이렇게 말했다.

"저 그림을 살롱전에 보내면 좋겠소. 성공할 게 확실해요……. 때마침 파리에 잘 왔소."

"저도 같은 생각이에요." 아델이 반색하며 말했다. "하지만 저이가 망설이고 있어요. 더 좋은 작품, 더 완벽한 작품으로 데뷔하고 싶어 한답니다."

그러자 렌캥이 흥분했다. 청년기의 작품은 그 자체로 축복이라는 것이었다. 아마 페르디낭은 이 인상적인 꽃, 초기의 순수한 대담성을 결코 다시 만날 수 없으리라. 등에 길마를 얹은 노새가 아니라면 모두가 이 그림의 참신함을 느끼리라. 아델은 이런 단호한 의견에 살며시 미소 지었다. 물론 남편이 더 멀리 나아가고 더 크게 발전하겠지만, 그래도 막판에 남편을 엄습한 막연한 불안감을 렌캥이 단숨에 물리치는 걸 보고 그녀는 몹시 기뻤다. 이튿날 바로 살롱전에 〈산책〉을 출품하기로 했다. 마감일은 사흘 뒤였다. 선정은 확실시되었는데, 심사위원인 렌캥이 심사위원단에 상당한 영향력을 발휘할 수 있는 인물이기 때문이었다.

살롱전에서 〈산책〉은 엄청난 성공을 거두었다. 6주일 동안 관중은 그 작품 앞으로 몰려들었다. 파리에서 이따금 그런 일이 벌어지듯 페르디낭은 하루아침에 유명인이 되었다. 작품에 대한 의견이 갈렸지만, 그런 토론이 오히려 그의 성공을 배가했다. 거칠게 공격하는 사람은 없었고, 몇몇 사람이 그림의 디테일을 문제 삼았으나 그것조차 다른 사람들이 열정적으로 변호했다. 결국 〈산책〉은 걸작 소품으로 선언되었고, 당국은 즉시 6천 프랑을 지원했다. 이 그림은 권태에 빠진 대중의 취향을 자극하기에 충분한 독창성을 갖추었으면서도 화가의 기질이 사람들에게 상처를 줄 정도로 과격하지 않았다. 요컨대 대중의 기대에 부합하는 참신성과 활력이 돋보였다. 독창성과 대중성의 균형이 얼마나 잘 맞았던지, 여기저기서 거장이 탄생했다는 감탄이 들렸다.

남편이 관람객들 사이에서, 또한 언론을 통해 떠들썩하게 승리를 구가하는 동안, 메르쾨르에서 그린 세련된 수채화를 출품한 아델은 관람객들의 입이나 신문 기사 그 어디에서도 자신의 이름을 찾아볼 수 없었다. 그러나 그녀는 부러울 게 없었고, 그녀의 예술가적 자존심도 아무런 상처를 입지 않았다. 왜냐하면 아름다운 페르디낭이 그녀가 가진 자부심의 원천이기 때문이었다. 22년 동안 시골의 음습한 그늘에서 곰팡이처럼 썩었던 이 조용한 젊은 여자에게서, 표정이 차갑고 안색이 노란 이 중산층 여자에게서 가슴과 머리의 열정이 한꺼번에, 폭발적으로 터져 나왔다. 그녀는 그의 금빛 수염 때문에, 그의 장밋빛 피부 때문에, 아니 그라는 인간 전체의 매력과 재능 때문에 페르디낭을 사랑했다. 행여라도 다른 여자가 그를 빼앗아 갈까 두려워 끊임없이 감시할 정도로, 그가 잠시라도 곁에 없으면 질투와 고통을 느낄 정도로 그녀는 페르디낭을 사랑했다. 거울에 비친 자기 모습을 보았을 때 그녀는 두툼한 허리, 벌써 시든 얼굴에서 자신의 열등함을 분명히 느꼈다. 집에 아름다움이라는 활기를 불어넣는 사람은 그녀가 아니라 그였다. 그녀는 자신이 당연히 가졌어야 할 것조차 그에게 빚진 셈이었다. 모든 것이 그에게서 비롯된다는 생각에 그녀의 마음이 무거웠다. 하지만 뒤이어 그녀의 머리가 작동했고, 마침내 그를 거장으로 찬미했다. 그러자 무한한 감사의 마음이 그녀를 가득 채웠고, 그녀는 그의 재능, 그의 성공, 그녀의 내면에서 신격화의 경지에 이른 그의 유명세를 반쯤 자기 것으로 여겼다. 그녀가 꿈꾸었던 모든 것이 그녀 자신에 의해서는 아니지만, 또 다른 그녀 자신, 즉 그녀가 제자로서, 어머니로서, 아내로서 사랑하고 있었던 그녀의 분신에 의해 실현되고 있었다. 그녀의 마음 깊숙한 곳에서, 그녀의 자부심 속에서 페르디낭은 그녀의 작품이었고, 그 작품 속에는 결국 그녀만이 존재할 것이었다.

이 첫 몇 달 동안, 끝없는 환희가 다사스 가의 아틀리에를 아름답게 장식했다. 모든 것이 페르디낭에게서 비롯된다는 생각에도 불구하고 아델은 겸손할 줄 몰랐다. 왜냐하면 이런 결과를 이끌어낸 사람이 바로 그녀 자신이라고 여겼기 때문이다. 그녀는 자기가 바라고 가꾼 행복이 꽃피는 모습을 정겨운 미소로 지켜보았다. 저속하지 않은 의미에서, 오직 그녀의 재산 덕분에 이런 행복이 찾아온 거라고 되뇌었다. 따라서 그녀는 자신을 필요한 존재로 느끼면서 자신의 자리를 지켰다. 그녀의 찬미와 숭배에는 자신이 만들었다고 여기는 작품, 자기에게 삶의 이유를 주는 작품을 위해 기꺼이 헌신하는 사람이 보여주곤 하는 집요한 희생정신이 있었다. 뤽상부르 공원의 키 큰 나무들이 초록으로 물들어 갔고, 새들의 노랫소리가 아름다운 하루의 따뜻한 바람과 함께 아틀리에에까지 들어왔다. 매일 아침, 새로운 신문들이 찬사를 갖다 날랐다. 페르디낭의 초상화가 실렸고, 그의 그림이 온갖 방식과 온갖 형태로 재현되었다. 달콤한 침묵이 깃든 은신처의 작은 식탁에서 점심을 먹는 동안 젊은 부부는 이 요란한 환대에 도취했고, 거대하고 눈부신 파리가 그들을 주목한다는 사실에 어린아이처럼 설레는 기쁨을 느꼈다.

그렇지만 페르디낭은 작업을 다시 시작하지 않았다. 그의 말에 따르면, 성공으로 인한 지나친 흥분과 열기가 손의 감각을 무디게 했다. 석 달이 흘렀다. 그는 오래전부터 꿈꾸던 대작의 형상화를 항상 내일로 미루었다. 그가 〈호수〉라고 명명한 그 대작은 마치 행렬이 천천히 지나가는 황혼 무렵, 황금빛 노을에 비낀 불로뉴 숲의 산책로를 담을 예정이었다. 그는 스케치를 그리러 갔었지만, 가난했던 시절의 불꽃같은 열정을 되찾을 수 없었다. 안락한 삶이 그를 잠재우는 듯했다. 게다가 갑작스러운 승리에 취한 그는 새로운 작품으로 승리를 망치지나 않을까 몹시 두려워했다. 이제 그는 늘 집 밖에 있었다. 흔히 아침에 사라져서 저녁이 되어야 나타나곤 했다. 두세 번은 아주 늦게 귀가했다. 동료 화가의 아틀리에 방문, 동시대 거장과의 만남, 미래의 작품을 위한 자료 수집, 특히 친목과 우정의 저녁 식사 등 외출과 부재의 구실이 끝없이 이어졌다. 그는 릴에서 사귀었던 여러 동료를 다시 만났고, 벌써 몇몇 예술가 협회의 회원이 되었다. 이렇게 살다 보니 향락의 시간이 끊임없이 반복되었고, 집으로 돌아올 땐 취기가 오르고 열에 들뜬 채 반짝이는 눈으로 목소리를 높였다.

아델은 아직 잔소리라고는 한마디도 하지 않았다. 그녀는 자기에게서 남편을 빼앗아 가고 자기를 오래도록 혼자 두는 이 점증하는 일탈에 큰 고통을 느꼈다. 하지만 그녀는 질투와 염려를 물리치려고 애썼다. 페르디낭이 자기 일을 하는 것은 지극히 당연했다. 예술가는 자기 집 벽난로를 지키는 부르주아가 아니었다. 예술가는 세상을 알 필요가 있었고, 자신의 성공을 책임져야 했다. 그녀가 자기도 모르게 올라오는 반항심을 뉘우치고 있을 때, 페르디낭은 과도한 세속적 의무에 시달리는 남자의 코미디를 연출하면서 그 모든 게 '진절머리'가 난다고, 할 수만 있다면 귀여운 아내 곁을 결코 떠나고 싶지 않다고 맹세하듯 말했다. 심지어 한번은 부유한 미술 애호가와 그를 이어주는 점심 식사 모임에 가고 싶지 않은 척했기 때문에 그녀는 등을 떠밀어 그를 외출하게 해야 했다. 그런 다음 혼자 있게 되었을 때, 그녀는 눈물을 흘렸다. 그녀는 강해지려고 애썼다. 남편이 늘 다른 여자들과 함께 있는 모습을 보았고, 남편이 자기를 속이고 있다는 느낌이 들었다. 이런 상황에 얼마나 속병이 들었던지 그녀는 가끔 남편이 밖으로 나가자마자 곧바로 침대에 누울 수밖에 없었다.

종종 렌캥이 페르디낭을 데리러 왔다. 그러면 아델이 농담 삼아 말했다.

"두 분 다 점잖게 행동하실 거죠, 네? 아시다시피, 저는 선생님만 믿습니다."

"걱정하지 말라니까!" 화가가 웃으며 말했다. "아무도 그 친구를 빼앗아 가지 못하도록 내가 지키고 있을게…… 그 친구의 모자와 지팡이를 내가 직접 가져올 테니 걱정하지 마."

그녀는 렌캉을 믿었다. 그가 페르디낭을 데려가는 이상, 그렇게 믿지 않을 수도 없었다. 이런 생활에 익숙해져야 할 것이었다. 하지만 그녀는 살롱전에서 화제를 모으기 이전에 파리에서 그들이 보낸 첫 몇 주, 즉 조용한 아틀리에에서 단둘이 그토록 행복하게 보낸 첫 몇 주를 떠올리면서 한숨지었다. 이제 그녀는 거기서 혼자 작업했고, 시간을 보내기 위해 수채화를 다시 열심히 그렸다. 페르디낭이 마지막 인사를 건네며 길모퉁이를 돌자마자, 그녀는 창문을 닫고 작업을 다시 시작했다. 그는 이 거리 저 거리를 쏘다녔고, 이름 모를 곳을 들락거렸으며, 수상쩍은 장소에서 밤늦도록 시간을 보내다가 피로에 지치고 눈이 충혈된 채 집으로 돌아왔다. 그녀는 참고 또 참으며 작은 탁자 앞에서 온종일 고집스레 작업했는데, 메르쾨르에서 가져온 습작들을 계속해서 손질하는 중이었다. 그녀는 서정적인 풍경을 담은 그 습작들을 점점 더 놀라운 솜씨로 완성해 나갔다. 그녀가 희미한 미소와 함께 말하기를, 그것은 그녀의 태피스트리였다.

어느 날 밤, 페르디낭을 기다리며 흑연으로 판화를 모사하는 작업에 빠져 있었을 때 갑자기 아틀리에 문가에서 무엇인가 쿵하고 쓰러지는 소리가 들려 그녀는 소스라치게 놀랐다. 남편의 이름을 부르면서 문을 연 그녀의 눈에 킬킬거리며 몸을 일으키려는 페르디낭의 모습이 보였다. 그는 술에 취해 있었다.

새파랗게 질린 아델은 그를 일으켜 세운 뒤 부축해서 침실로 밀어 넣었다. 그는 두서없는 말을 더듬거리며 용서를 구했다. 그녀는 말없이 그가 옷을 벗는 걸 도왔다. 취기에 짓눌린 그가 침대에서 코를 골며 잠들었을 때, 그녀는 안락의자에 앉아 생각에 잠긴 채 뜬눈으로 밤을 지새웠다. 그녀의 창백한 이마에 깊은 주름이 파였다. 이튿날, 그녀는 페르디낭에게 전날의 부끄러운 장면을 상기시키지 않았다. 입맛이 씁쓸하고 두 눈이 부어오른 그는 멍한 표정으로 몹시 거북해했다. 그리고 아내의 절대적인 침묵은 그를 더욱 불편하게 했다. 그는 이틀 동안 외출하지 않았고, 매우 겸손해졌으며, 용서받아야 할 잘못을 저지른 초등학생처럼 다시 열심히 작업에 임했다. 그림의 윤곽을 잡기 위해 그는 아델에게 의견을 구했고, 자기가 얼마나 그녀를 존중하는지 보여주려고 애썼다. 처음에 그녀는 용서를 암시하는 최소한의 언행도 삼가면서 비난을 뜻하는 침묵과 냉정을 유지했다. 그렇지만 페르디낭이 뉘우치는 모습을 보이자, 그녀는 다시 자연스럽고 선량한 태도를 취했다. 암묵적으로 모든 것이 용서되고 잊혔다. 그러나 사흘째 되는 날, 렌캥이 카페 앙글레에서 유명한 미술 비평가와 함께 저녁 식사를 하기 위해 남편을 데리고 갔는데, 아델은 새벽 네 시까지 그를 기다려야 했다. 집으로 돌아왔을 때, 페르디낭이 사창가에서 붙은 시비로 술병에 맞아 왼쪽 눈 위에서 피가 흐르고 있었다. 그녀는 그를 침대에 눕히고 상처를 붕대로 감았다. 렌캥은 밤 열한 시에 아틀리에를 떠났다.

그때부터 규칙 아닌 규칙이 생겼다. 페르디낭은 저녁 식사 제안을 받아들이거나 저녁 모임에 가거나 이런저런 구실을 내세워 저녁에 외출하면 반드시 가증스러운 상태로 귀가하는 것이었다. 끔찍하게 술에 취하고 여기저기 멍이 든 그가 흐트러진 옷에 불결한 냄새, 시큼한 술 냄새, 매춘부들의 사향 냄새를 잔뜩 실은 채 돌아오곤 했다. 무기력한 기질로 인해 그는 흉측한 악습에서 헤어나지 못하고 있었다. 아델은 침묵을 지켰다. 그녀는 매번 냉정하고 엄격하게 그를 간호하면서 이유를 묻지도 않았고, 행동을 비난하지도 않았다. 그녀는 차를 만들어주었고, 대야를 갖다주었으며, 하녀를 깨우지 않고 손수 모든 걸 청소했는데, 집안의 부끄러운 모습을 밖으로 드러내고 싶지 않았기 때문이다. 게다가 물어볼 이유가 있었을까? 매번 안 봐도 훤히 짐작할 수 있는 패악의 드라마였다. 남편은 친구들과 함께 술에 취해 난동을 부렸을 것이고, 어두운 파리를 미친 듯이 쏘다녔을 것이고, 이 술집 저 술집에서 만난 낯선 사람들과 함께, 길모퉁이에서 마주친 여자들과 함께 저속한 짓거리에 탐닉했을 것이고, 더러운 빈민가에서 군인들과 싸워 얻어맞았을 것이었다. 이따금 남편의 호주머니에서 이상한 주소, 방탕의 잔재, 온갖 종류의 증거물을 발견할 때가 있었는데, 그럴 때면 이런 저속한 유희에 대해 아무것도 알고 싶지 않아 서둘러 그것을 불태우곤 했다. 그가 여자들의 손톱에 할퀴었을 때, 그가 상처를 입거나 온몸이 더럽혀진 채 돌아왔을 때 그녀의 표정은 더욱 굳어졌고, 그가 감히 깨뜨릴 수 없는 고고한 침묵 속에서 그를 씻겨 주었다. 이 방탕한 밤의 드라마가 끝난 이튿날, 그가 잠이 깨어 말 없는 그녀를 마주했을 때, 그들은 둘 다 악몽을 꾼 듯한 얼굴로 간밤의 일에 대해 일체 함구했다. 그리고 다시 일상생활이 시작되었다.

단 한 번, 잠에서 깬 페르디낭은 자기도 모르게 감정이 북받쳐 올라 그녀의 목에 매달린 채 흐느끼며 말했다.

"날 용서해 줘! 날 용서해 줘!"

하지만 그녀는 놀라는 체하며 못마땅한 표정으로 그를 밀어냈다.

"뭐라고요! 당신을 용서하라고? 당신이 뭘 잘못했기에…… 난 불만 없어요."

그의 잘못을 무시하는 듯한 이 고집스러운 태도, 결코 분노를 드러내지 않는 이 강한 여자의 우월성은 페르디낭을 더욱 작아지게 했다.

그러나 사실 아델은 자신의 태도에 혐오와 분노를 느끼며 괴로워하고 있었다. 페르디낭의 행동은 그녀의 내면에서 독실한 종교 교육, 예의와 품위의 감정을 근본적으로 훼손했다. 그가 방탕의 악취를 풍기며 귀가했을 때, 그녀가 어쩔 수 없이 그를 돌보고 그의 숨결 속에서 밤을 보내야 했을 때 그녀의 가슴은 미어져 내렸다. 그녀는 그를 경멸하고 있었다. 하지만 그 경멸 속에는 그를 타락시키고 더럽힌 채로 돌려보낸 친구들과 여자들에 대한 참혹한 질투가 있었다. 그녀는 그 여자들이 거리에서 아귀다툼을 벌이는 모습을 보고 싶었고, 그 여자들을 괴물로 취급하면서 왜 경찰이 총질로 거리를 깨끗이 청소하지 않는지 이해하지 못했다. 그녀의 사랑은 줄어들지 않았다. 밤늦게 돌아온 남편이 혐오감을 불러일으킬 때면, 그녀는 예술가에 대한 찬미 속으로 피신했다. 더욱이 이 찬미가 얼마나 깨끗하게 다듬어지고 정화되었던지, 가끔 그녀는 천재에게 필요한 방탕이라는 전설을 수없이 들은 아내로서 페르디낭의 비행을 위대한 작품을 낳는 숙명적인 거름으로 받아들이기도 했다. 게다가 여성으로서의 품위, 아내로서의 애정이 그의 무분별한 배신으로 상처받았을지라도, 그녀는 오히려 그가 작업 약속을 지키지 않았다는 사실, 즉 그녀가 물질적 삶을 보장하면 그가 영광을 실현한다는 계약을 깨뜨렸다는 사실에 더 큰 분노를 느꼈다. 약속 위반에 분개한 그녀는 남편이라는 존재는 포기할지언정 적어도 예술가라는 존재는 반드시 구해야겠다고 다짐했다. 그녀는 주인이 되어야 했기에 더욱 강해지고자 했다.

1년도 채 못 가서 페르디낭은 다시 어린아이가 되는 느낌이었다. 아델은 더없이 강고한 의지로 그를 지배했다. 이 삶의 전투에서는 그녀가 수컷이었다. 잘못을 저질렀음에도 그녀가 엄정한 연민으로 아무런 비난 없이 그를 돌볼 때마다, 그는 그녀의 경멸을 짐작하면서 겸손해졌고 고개를 숙였다. 그들 사이에서는 어떠한 거짓도 불가능했다. 그녀는 이성이었고, 정직성이었고, 힘이었다. 반면 그는 온갖 약점을 드러내며 위신이 실추되었다. 그를 가장 고통스럽게 했던 것, 그녀 앞에서 그를 절망하게 한 것은 최소한의 설명조차 집안의 품위를 훼손한다는 듯, 모든 걸 알면서도 죄인을 벌하기는커녕 경멸을 용서로 대신하는 판사와도 같은 냉정함이었다. 그녀는 높은 곳에 머무르기 위해, 낮은 곳으로 내려가 오물로 몸을 더럽히지 않기 위해 침묵을 지켰다. 만일 그녀가 화를 냈더라면, 만일 그녀가 질투에 사로잡힌 채 하룻밤의 사랑을 격렬히 비난했더라면 그는 확실히 덜 괴로웠으리라. 다시 말해 그녀가 낮은 곳으로 내려갔더라면, 그 덕분에 그는 높은 곳으로 올라갈 수 있었으리라. 하지만 그는 얼마나 작아졌던가! 잠이 깨어 그녀가 모든 걸 알면서도 조금도 불평하지 않는다는 걸 확신했을 때 그는 얼마나 큰 수치와 열등감을 느꼈던가!

그렇지만 그의 그림은 여전히 효력을 발휘했다. 페르디낭은 그의 유일한 우월성이 그의 재능에 있다는 사실을 깨달았다. 그가 작업하는 동안, 아델은 그를 향한 여자로서의 애정을 되찾았다. 그녀는 다시 작아졌고, 뒤에 서서 그의 그림을 존경스러운 눈길로 바라보았으며, 하루의 작업이 훌륭하면 그만큼 더 순종적인 태도를 보였다. 그는 그녀의 주인이었고, 부부관계에서 자기 자리를 되찾은 수컷이었다. 그러나 도저히 물리칠 수 없는 게으름이 그를 사로잡았다. 난잡한 바깥 생활로 머리가 텅 빈 듯 기진맥진한 채 집으로 돌아오면, 그는 두 손에 힘이 쭉 빠졌다. 그는 망설였고, 더 이상 작업할 엄두를 내지 못했다. 아침에 일어나면 온몸이 근본적인 무력감에 휩싸이기 일쑤였다. 그런 날엔 팔레트를 들었다 놓았다 하면서 온종일 캔버스 앞을 어슬렁거렸고, 아무 일도 끝내지 못한 데 대해 분통을 터뜨렸다. 그게 아니면 소파에 누워 깊이 잠들었다가 저녁이 되어서야 끔찍한 두통과 함께 자리에서 일어났다. 그런 날, 아델은 말없이 그를 바라보기만 했다. 그녀는 그의 신경을 자극하지 않도록, 반드시 떠오를 영감이 달아나지 않도록 살금살금 발끝으로 걸어 다녔다. 그녀는 영감이, 눈에 보이지 않는 불꽃이 열린 창문으로 들어와서 선택받은 예술가의 이마 위에 가만히 내려앉는다고 믿고 있었다. 하지만 절망감이 그녀마저 지치게 했다. 그녀는 불성실한 파트너인 페르디낭이 실패할지도 모른다는 어렴풋한 생각에 불안해지기 시작했다.

2월로 접어들었고 살롱전이 다가왔다. 〈호수〉는 아직 완성되지 못했다. 작업이 꽤 열정적으로 이루어졌고, 캔버스는 빈 곳 없이 물감으로 칠해져 있었다. 하지만 진척이 큰 몇 군데를 제외하고는 대부분 흐릿하고 불완전했다. 그런 상태의 그림을 출품할 수는 없는 일이었다. 거기에는 작품을 결정짓는 마지막 터치, 섬광, 결정타가 없었다. 페르디낭은 더 이상 나아가지 못했고, 디테일에서 길을 잃고 헤맸으며, 아침에 한 작업을 저녁에 뭉개면서 무력감에 빠진 채 제자리를 맴돌았다. 어느 날 해 질 무렵, 긴 산책을 마치고 돌아온 아델의 귀에 어두운 아틀리에에서 흐느낌 같은 소리가 들렸다. 그녀는 의자 위에 털썩 주저앉은 채 캔버스 앞에서 꼼짝하지 않고 있는 남편의 모습을 보았다.

"아니, 울고 있잖아!" 그녀가 깜짝 놀라며 말했다. "무슨 일이에요?"

"아냐, 아냐, 아무 일도 없어." 그가 더듬거리며 말했다.

한 시간 전부터, 그는 아무것도 보이지 않는 캔버스를 멍하니 바라보며 그 자리에 주저앉아 있었다. 그의 흐릿한 시선 앞에서 모든 것이 춤을 추었다. 그가 보기에 그 그림은 엉뚱하고 형편없는 졸작으로서 혼돈 그 자체였다. 어린아이처럼 심약해진 그는 절대로 이 색채의 혼란에 질서를 부여할 수 없으리라는 절망감으로 온몸이 마비되는 듯했다. 뒤이어 어둠이 그림을 조금씩 지웠을 때, 생생하게 살아 있는 색조까지 모든 것이 절멸하듯 암흑에 잠겼을 때, 그는 뼈저린 슬픔으로 숨이 막혀 죽을 것만 같았다. 그는 흐느껴 울었다.

"이런, 울고 있잖아." 젊은 여자가 뜨거운 눈물에 젖은 그의 얼굴에 손을 대며 되풀이했다. "그렇게 괴로워요?"

이번에는 대답조차 하지 못했다. 다시 흐느낌이 터져 나와 목이 멘 것이었다. 그러자 가슴속에 묻어 둔 분노마저 잊은 채 이 불쌍한 낙오자에 대한 연민으로 그녀는 어둠 속에서 어머니처럼 그에게 키스했다. 파산이었다.

3

이튿날, 페르디낭은 점심 식사 후에 외출했다. 두 시간 후에 집으로 돌아와서 습관적으로 그림 앞에 섰을 때, 그는 가볍게 탄성을 질렀다.

"어라, 누군가 내 그림에 손을 댔잖아!"

왼쪽으로 하늘 한 구석과 나뭇잎이 우거진 작은 숲이 완성되어 있었다. 탁자에 고개를 숙인 채 수채화를 그리느라 여념이 없던 아델은 곧바로 대답하지 않았다.

"누가 이렇게 했지?" 그는 화가 났다기보다 놀란 표정으로 다시 말했다. "렌캥 선생이 왔었어?"

"아뇨." 이윽고 아델이 여전히 고개를 숙인 채 말했다. "내가 그랬어요, 장난삼아…… 배경이라 중요하지 않잖아요."

페르디낭이 난처한 표정으로 웃기 시작했다.

"이제 공동 작업을 하는 거야? 색조는 아주 훌륭해. 다만 저기서 햇빛을 좀 더 부드럽게 처리하면 좋겠어."

"어디?" 그녀가 탁자를 떠나며 물었다. "아! 그래요, 여기 이 나뭇가지."

그녀는 붓을 집어 들어 수정을 가했다. 그는 그 모습을 가만히 바라보았다. 잠시 침묵이 흐른 뒤, 그녀가 하늘을 수정하는 동안 그는 다시 선생님처럼 조언하기 시작했다. 구체적인 대화는 없었지만, 그녀가 배경을 마무리하기로 암묵적인 합의가 이루어졌다. 시간이 촉박해서 서둘러야 했다. 그리고 그는 몸이 아프다고 거짓말을 했고, 그녀는 자연스럽게 그 거짓말을 받아들였다.

"몸이 아프니까." 그가 노상 되풀이했다. "당신이 좀 도와줘야겠어……. 배경이야 중요하지 않잖아."

그때부터 그는 자기 이젤 앞에서 아델이 작업하는 모습을 보는 데 익숙해졌다. 때때로 소파를 떠나 하품하면서 다가간 그는 그녀의 작업을 한마디로 평가했고, 간혹 일부분을 다시 그리게 했다. 그는 매우 엄격한 교수였다. 둘째 날엔 몸이 점점 더 아프다는 핑계로, 그는 자기가 전경을 마무리하기 전에 그녀가 배경을 완성하는 게 좋겠다고 말했다. 그에 의하면 그게 작업을 더 쉽게 하는 방법이었다. 그래야 그림이 더 분명해지고, 더 빨리 완성될 거야. 그가 일주일 내내 게으름을 피우며 소파에서 늘어지게 자는 동안, 아내는 말없이 그림 앞에 서서 하루 종일 작업했다. 드디어 그가 자리를 털고 일어나서 전경을 그리기 시작했다. 그러나 그는 여전히 그녀를 자기 곁에 두었다. 그가 조바심을 내면, 그녀가 그를 진정시키면서 그의 지시대로 디테일을 완성했다. 종종 그녀는 뤽상부르 공원으로 가서 바람을 좀 쐬라고 하면서 그를 밖으로 내보내기도 했다. 건강이 좋지 않은 이상 몸을 아껴야 했다. 골머리를 앓아 봐야 그에게 좋을 일이 없었다. 그녀는 그를 매우 다정하게 대했다. 뒤이어 혼자 남게 되자마자 그녀는 여성 특유의 집념으로 서둘러 작업을 재개했고, 주저 없이 전경을 손질하면서 최대한 빨리 끝내고자 했다. 그는 너무나 피로해서 자기가 없는 동안 무슨 작업이 이루어졌는지 알아차리지 못했거나, 아니면 그에 대해 침묵하면서 그림이 저절로 완성되어 간다고 생각하는 듯했다. 보름 만에 〈호수〉가 마무리되었다. 그러나 아델은 흡족하지 않았다. 무엇인가가 모자라는 느낌이었다. 마음이 놓인 페르디낭이 그림이 아주 좋다고 했을 때, 그녀는 냉정한 표정으로 고개를 가로저었다.

"도대체 뭘 더 원하는 거야?" 그가 화를 내며 말했다. "저 그림이라면 할 만큼 했잖아, 진절머리가 난다고."

그녀가 원하는 건 그의 개성이 들어간 그림에 그가 서명하는 것이었다. 그녀의 인내와 의지가 기적을 일으켰는지 마침내 그가 기운을 차렸다. 일주일 동안 그녀는 그를 귀찮게 조르기도 하고 아첨으로 흥분시키기도 했다. 그는 더 이상 외출하지 않았고, 그녀의 애무와 찬미에 도취했다. 그러고서 그가 마음이 동했다고 느껴졌을 때 그녀는 그의 손에 붓을 쥐여주었고, 잡담도 하고 토론도 하고 찬양으로 힘을 북돋아 주기도 하면서 그를 그림 앞에 몇 시간씩 잡아두었다. 그리하여 화필을 든 그가 아델의 작업에 생동감 넘치는 터치와 독창적인 색조를 부여함으로써 모자라는 부분을 채워 넣었다. 그것은 사소한 듯했으나 전부였다. 이제 작품이 살아났다.

젊은 여자는 무척 기뻐했다. 다시 미래가 미소 지었다. 오랜 작업이 남편을 지치게 한 이상 그를 도와야 해. 그게 아내의 도리이니까, 게다가 도리를 다함으로써 은밀한 행복이 나를 희망으로 가득 채우니까. 그렇지만 농담하듯 그녀는 자기가 그린 부분을 아무에게도 말하지 말라고 남편에게 맹세하게 했다. 그럴 필요가 없을 뿐만 아니라, 그런 일이 생기면 자기가 몹시 불편할 거라고 말했다. 페르디낭은 놀라는 표정을 지으면서도 그렇게 하겠다고 약속했다. 그는 아델에게 예술적 질투를 전혀 느끼지 않았고, 아델이 정말로 예술가라는 직업을 자기보다 훨씬 더 잘 알고 있다고 도처에서 되뇌었다.

〈호수〉를 보러 온 렌캥은 오랫동안 말문을 열지 않았다. 뒤이어 아주 진지하게 그는 젊은 친구에게 찬사를 쏟아냈다.

"이건 확실히 〈산책〉보다 완성도가 높아." 그가 말했다. "배경에는 믿을 수 없을 정도로 경쾌한 세련미가 있고, 전경이 더할 나위 없이 활기차게 부각되었어…… 그래, 그래, 아주 좋아, 아주 독창적이야……"

그는 놀라는 표정이 역력했지만 놀라움의 진정한 원인에 대해서는 아무 말도 하지 않았다. 이 고약한 페르디낭은 그를 당황하게 했는데, 왜냐하면 그는 페르디낭이 기교가 뛰어난 화가라고 생각하지는 않았고 또 이 그림에는 그가 예상하지 못했던 경박한 변화가 있기 때문이었다. 입 밖으로 말하지는 않았으나 그는 〈산책〉을 더 좋아했다. 〈산책〉은 분명히 더 거칠고 투박하지만, 더 개성적이었다. 〈호수〉에서는 재능이 더 단단해지고 넓어졌지만 진부한 균형, 예쁘게 꼬시는 듯한 시도가 그의 마음에 들지 않았다. 그는 이런 말을 되풀이하면서 자리를 떠났다.

"이보게, 정말 놀라워……. 자네는 엄청난 성공을 거둘 걸세."

그의 예상은 정확했다. 〈호수〉는 〈산책〉보다 훨씬 더 큰 성공을 거두었다. 특히 여자들이 열광했다. 그림이 정말 맛깔스러웠다. 바퀴를 번쩍이며 석양 속으로 달리는 마차들, 곱게 화장한 예쁜 얼굴들, 불로뉴 숲의 녹음 속에서 부각되는 밝은 색채들이 마치 금은 세공품을 보듯 그림을 바라보는 관람객들을 매료시켰다. 가장 엄격한 사람들, 즉 예술 작품에서 힘과 논리를 강조하는 사람들조차 숙련된 솜씨, 색채 효과에 대한 탁월한 이해, 보기 드문 예술적 역량에 탄복했다. 하지만 뭐니 뭐니 해도 대중의 취향을 대번에 사로잡은 것은 다소 아양을 떠는 듯한 간지러운 개성이었다. 어쨌든 페르디낭 수르디가 발전하고 있다는 데 모든 비평가가 동의했다. 단 한 사람, 조용히 진실을 말함으로써 빈축을 사고 있는 단 한 명의 난폭한 비평가만이 해당 화가가 개성을 헝클어뜨리고 무디게 한다면 5년도 못 가서 독창성이라는 귀중한 미덕을 잃을 거라고 예고했다.

다사스 가에서 부부는 너무나 행복했다. 그것은 더 이상 첫 번째 승리 때와 같은 놀라운 충격이 아니었다. 결정적인 공인, 동시대 거장의 반열에의 합류 비슷한 것이었다. 게다가 행운이 찾아왔다. 사방에서 주문이 들어왔고, 화가가 집에 소장하고 있던 몇몇 그림이 매입 경쟁으로 고가에 팔렸다. 다시 작업을 시작하지 않으면 안 되었다.

이런 행운을 맞이하여 아델은 머리를 잘 굴렸다. 그녀는 욕심쟁이가 아니었지만, 이른바 돈의 가치를 잘 아는 지방의 경제 학교에서 잔뼈가 굵은 여자였다. 따라서 더없이 엄격하게 행동했고, 페르디낭이 절대로 약속을 어기는 일이 없도록 주의를 기울였다. 그녀는 주문을 꼼꼼히 기록했고, 배송을 일일이 살폈으며, 돈을 차곡차곡 저금했다. 특히 그녀의 행동은 남편을 엄격하게 관리하는 데 집중되었다.

아델은 날마다 오래도록 일한 후에 여가를 가지도록 그의 생활을 조율했다. 그녀는 여전히 화를 내는 법이 없었고, 예전처럼 조용하고 품위 있는 아내로 남았다. 하지만 그는 예전에 너무나 잘못 행동했었고 그녀에게 너무나 큰 권위를 인정했었기에, 이제 그녀 앞에서라면 벌벌 떨었다. 그 당시 그녀가 그에게 가장 큰 도움이 된 건 분명한 사실이었다. 왜냐하면 그를 붙잡아 주는 그녀의 의지가 없었더라면 그는 자포자기했을 것이고, 그동안 판매한 작품들을 그릴 수 없었을 것이기 때문이다. 그녀는 그의 가장 강력한 에너지, 그의 길잡이, 그의 지원군이었다. 그러나 그녀가 불러일으킨 두려움도 그가 이따금 옛 방탕에 다시 빠져드는 걸 막지 못했다. 그녀가 그의 악습을 만족시키지 못했기에 그는 집 밖으로 빠져나가 천박한 방탕을 일삼았고, 기진맥진한 채 돌아와서 사나흘 동안 멍한 상태로 지냈다. 하지만 그런 비행은 매번 그녀에게 주는 새로운 무기와도 같았다. 그녀는 더욱 고고한 경멸을 드러냈고, 그를 냉담한 시선으로 압박했다. 그럴 때면 그는 일주일 동안 이젤을 떠나지 않았다. 결국 집으로 돌아올 때는 뉘우치고 순종했으나 다시 일탈의 욕망을 채우기 위해 그가 배신했을 때, 그녀는 여자로서 너무나 괴로웠다. 그렇지만 그의 증세가 재발하는 기미가 보이면, 눈빛이 게슴츠레해지고 열에 들떠 덤벙대는 그가 욕망에 시달리는 게 느껴지면, 그녀는 못생기고 억척스러운 여자의 통통한 손으로 마음대로 주무를 수 있는 물렁물렁한 반죽처럼 온순하고 생기 없는 남편을 거리의 여자들이 자기에게 돌려주기를 초조하게 기다렸다. 안색이 납빛이고 살결이 거칠고 뼈마디가 굵은 그녀는 자신이 매력적이지 않다는 사실을 잘 알고 있었다. 그래서 예쁜 여자들이 망가뜨린 그가 다시 자기의 것이 되었을 때, 그녀는 이 잘생긴 남자를 경멸하고 압박함으로써 암암리에 복수하곤 했다. 게다가 페르디낭은 빠르게 늙어가고 있었다. 류머티즘이 그를 덮쳤다. 마흔 살의 나이에, 온갖 종류의 방종이 벌써 그를 늙은이로 만들고 있었다. 결국 세월이 그를 진정시킬 것이었다.

〈호수〉 발표 이후, 남편과 아내의 공동 작업은 일종의 합의 사항이 되었다. 그들은 아직 그런 사실을 숨기고 있었지만, 문이 닫히면 같은 그림 앞에 서서 둘이 함께 작업했다. 남성적 재능을 지닌 페르디낭은 영감의 원천이요 건설자였다. 그가 주제를 선택했고, 큰 틀을 세웠으며, 그 틀 속에서 부분을 획정했다. 뒤이어 활력을 불어넣어야 할 몇몇 단편적 작업은 그가 맡았지만, 나머지 구체적인 디테일의 실행은 여성적 재능을 가진 아델에게 넘겼다. 초기에는 그가 굵직한 부분을 모두 그렸고, 지엽적인 부분이나 단편적인 에피소드만을 아내에게 맡김으로써 명예를 유지했다. 그러나 그의 약점이 점차 악화했고, 나날이 고된 작업에 임할 용기를 상실했으며, 결국 상당 부분을 포기하고 아델에게 넘겼다. 새로운 그림을 그릴 때마다 그녀가 더 많이 작업하게 되었는데, 의도한 계획이 아니라 어쩔 수 없이 일이 그렇게 진행되었다. 일차적으로 그녀가 원하는 건 자신의 이름이 된 이 수르디라는 이름이 영광을 놓치지 않는 것, 집에 틀어박혀 사는 못생긴 소녀 시절부터 꿈꾸었던 이 유명세를 정점에서 유지하는 것이었다. 이차적으로 그녀가 원하는 건 구매자들과의 약속을 어기지 않는 것, 약속을 지키는 정직한 화상으로서 정해진 날에 그림을 인도하는 것이었다. 그리하여 그녀는 어쩔 수 없이 작업을 서둘러 끝내야 했고, 페르디낭에 의해 뚫린 구멍을 모두 메워야 했으며, 손이 떨려 붓을 들지 못하는 남편이 무력감에 격분하는 모습을 보면서 그림을 마무리해야 했다. 그렇지만 그녀는 결코 의기양양하게 행동하지 않았고, 그의 지시에 따라 노동하는 데 불과한 제자로 남는 체했다. 그녀는 아직도 그를 예술가로서 존경했고, 권위의 실추에도 불구하고 그가 여전히 수컷이라는 사실을 본능적으로 의식하며 실제로 그를 숭배했다. 그가 없었더라면, 그녀는 그토록 큰 그림을 그릴 수 없었으리라.

부부가 다른 사람들은 물론이려니와 렌캉에게도 공동 작업을 숨겼기에, 렌캉은 영문도 모른 채 남성적 기질이 여성적 기질로 서서히 바뀌어 가는 현상을 점증하는 놀라움과 함께 지켜보았다. 그가 보기에, 작품을 발표하고 건재를 과시하는 이상 페르디낭이 잘못된 길로 들어선 것은 아니었다. 그러나 페르디낭은 처음에 보여준 참신한 기법과는 다른 방향으로 변화하고 있었다. 그의 첫 작품 〈산책〉은 활기차고 재치 있는 개성으로 가득했지만 그다음 작품들에서는 그 개성이 사라졌고, 지금은 모든 게 물렁물렁하고 매끈매끈한 반죽, 눈에는 즐거우나 점점 평범해지는 반죽 속에 빠져버렸다. 그렇지만 똑같은 손이 그린 작품들이었다. 렌캉조차 그렇게 믿을 정도로 아델은 능수능란하게 남편의 기법을 되풀이했다. 다른 사람들의 기교를 해체하고 그 속으로 들어가는 아델의 솜씨는 가히 천재적이었다. 게다가 페르디낭의 새 그림에는 청교도적인 냄새, 부르주아적인 정숙까지 깃들어 있어 늙은 거장을 언짢게 했다. 젊은 친구에게서 자유로운 감수성을 상찬했던 그는 새로운 경직성, 즉 지나치게 수줍어하고 조심스러워하는 경향에 분개했다. 어느 날 저녁, 예술가 모임에서 그는 화를 내며 소리쳤다.

"수르디란 놈이 엉터리 배우로 전락하고 있어……. 자네들 그 친구가 최근에 그린 거 봤어? 도대체 혈관에 피가 없으니, 원! 여자들이 죄다 빨아먹은 거야, 그렇고말고! 예술가가 어리석은 여자들에게 걸리면 재능을 탈탈 털리는 법이야……. 나를 짜증 나게 하는 게 뭔지 아나? 그 친구의 그림이 늘 선하다는 거야, 기가 막힐 정도로! 자네들이 웃어도 어쩔 수 없어! 예전에는 그 친구가 망가진다면, 그 친구가 끝장난다면 벼락을 맞은 듯 지극히 혼란스러운 그림을 그릴 줄 알았어. 그런데 웬걸, 전혀 그렇지 않아. 그 친구는 마침내 일상적으로 작동되는 메커니즘, 다시 말해 아주 자연스럽게 아양을 떠는 기술을 터득한 듯해……. 그건 재앙이지. 그 친구는 끝났어, 더 이상 악을 그릴 능력이 없어."

렌캉의 역설적인 비판에 익숙한 좌중은 그저 웃음을 터뜨릴 뿐이었다. 하지만 그는 비판의 의미를 정확히 알고 있었다. 페르디낭을 사랑했기 때문에, 그는 진정한 슬픔을 느꼈다.

이튿날, 그는 다사스 가로 갔다. 문에 열쇠가 꽂혀 있어 그는 무심코 노크 없이 안으로 들어갔다. 그는 깜짝 놀랐다. 페르디낭의 모습은 보이지 않았고, 아델이 이젤 앞에 서서 이미 신문에서 화제가 된 그림을 급히 마무리하고 있었다. 작업에 정신이 팔린 탓에 그녀는 문이 열리는 소리를 듣지 못했고, 더욱이 하녀가 열쇠 구멍에 열쇠를 꽂아둔 채 나갔으리라고는 상상조차 하지 못했다. 제자리에 얼어붙은 듯 멈춘 렌캉은 잠시 그녀를 바라보았다. 그녀는 많은 연습을 입증하는 확실한 손놀림으로 작업에 열중했다. 그녀는 바로 전날 그가 말했던 잘 조율된 메커니즘, 능숙하고 유려한 기법을 보여주고 있었다. 충격이 너무나 컸던 탓에 그는 이제야 무작정 들어온 무분별함을 깨달았고, 밖으로 다시 나가서 노크하려고 했다. 하지만 그때 아델이 갑자기 고개를 돌렸다.

"이런! 선생님이 오셨잖아." 그녀가 소리쳤다. "어떻게 여기에 계시지, 어떻게 들어오셨어요?"

그녀의 얼굴이 빨개졌다. 렌캥은 당황해하며 지금 막 도착했다고 대답했다. 뒤이어 자신이 방금 본 것을 이야기하지 않으면 상황이 더 난처해질 수 있으리라고 생각했다.

"아이고! 일이 바쁜 모양이야." 그가 더없이 친밀하게 말했다. "조금이나마 페르디낭을 도우려고 애쓰는군그래."

그녀는 다시 밀랍처럼 창백해졌지만, 침착하게 대답했다.

"예, 월요일에 배달되었어야 하는 그림이거든요. 페르디낭이 아픈 탓에……. 오! 대수롭지 않은 글라시[1] 칠을 도와주는 거죠."

그러나 그녀는 솔직해지고 싶었다. 누구도 렌캥 같은 화가를 속일 수는 없었다. 그럼에도 그녀는 팔레트와 붓을 손에 든 채 꼼짝하지 못했다. 그러자 어색한 분위기를 깨뜨리기 위해 그가 이렇게 말했다.

"내가 방해를 했군. 자, 작업을 계속해."

그녀는 잠시 그를 물끄러미 바라보았다. 이윽고 그녀는 결심했다. 이제 그는 모든 걸 알고 있어. 상황을 감춰봐야 무슨 소용이 있을까? 그림을 저녁까지 마무리하겠다고 약속했었기 때문에, 그녀는 매우 남성적인 자세로 다시 작업하기 시작했다. 그가 자리에 앉아 그녀의 작업을 지켜보고 있을 때 페르디낭이 돌아

---

1 글라시glacis는 유화의 밑그림이 마른 뒤 투명 물감을 엷게 칠해 화면에 윤기와 깊이를 더하는 기법을 뜻한다.

왔다. 처음에 그는 아델의 뒤에 앉은 렌캉이 그의 그림을 그리고 있는 아델을 바라보는 모습에 화들짝 놀랐다. 그러나 그는 몹시 지친 탓에 충격을 드러낼 힘조차 없었다. 그는 늙은 거장 옆에 털썩 앉으면서, 이제 좀 쉬고 싶다는 듯 긴 한숨을 내쉬었다. 뒤이어 침묵이 흘렀고, 그는 상황을 설명할 필요조차 느끼지 못했다. 그랬다, 그는 고통스럽지도 않았다. 잠시 후 아델이 두 발을 쫑긋 세운 채 석양이 드리운 하늘에 거침없이 붓질하고 있을 때, 그가 렌캉 쪽으로 몸을 기울였다. 그리고 자부심이 가득한 목소리로 이렇게 말했다.

"보세요, 선생님, 저보다 훨씬 잘 그려요…… 오! 저 솜씨! 저 기교 좀 보세요!"

집에서 나와 계단을 내려가고 있을 때, 제정신이 아닐 정도로 흥분한 렌캉은 사방이 조용한 가운데 혼자 소리를 질렀다.

"또 한 명이 죽었어……! 아델은 페르디낭이 너무 밑으로 내려가는 걸 막겠지만, 절대로 아주 높이 올라가게 하지는 못할 거야. 그는 끝났어!"

4

몇 해가 흘렀다. 수르디 부부는 메르쾨르에서 르마유 산책로를 향해 정원이 나 있는 작은 집을 샀다. 처음에 그들은 칠팔월 파리의 질식할 듯한 열기를 피해 거기서 여름 몇 달을 지냈다. 그 집은 잘 준비된 휴양지 같았다. 그러나 차츰 그들은 거기서 더 많은 시간을 보냈다. 그들이 거기에 정착함에 따라 파리는 그들에게 덜 필요한 공간이 되었다. 집이 매우 좁았기에 정원에 아틀리에를 지었는데, 아틀리에는 이내 한 채의 건물로 확장되었다. 이제 그들은 겨울에 기껏해야 두세 달 파리에서 휴가를 보낼 뿐이었다. 그들은 메르쾨르에서 살았고, 파리에 소유한 클리쉬가의 집은 임시거처로 사용되었다.

시골로의 은퇴는 이처럼 일정한 계획 없이 점진적으로 이루어졌다. 사람들이 놀라워하면, 아델은 급격하게 나빠진 페르디낭의 건강을 이야기했다. 그녀의 말로는 남편을 평화로운 분위기와 맑은 공기 속에서 살게 할 필요가 있었다. 그러나 실은 오랜 욕망을 채운 그녀가 자신의 마지막 꿈을 실현하고 있었다. 소녀 시절에 콜레주 광장의 축축한 포석을 몇 시간씩 바라보고 있을 때, 그녀는 파리에서 요란한 갈채와 함께 자신의 이름을 빛내며 영광을 누리는 모습을 머릿속에 그렸었다. 하지만 그 꿈은 언제나 메르쾨르에서, 소도시의 조용한 동네에서 주민들의 놀라운 존경과 함께 마무리되곤 했었다. 그녀는 바로 거기서 태어났고, 바로 거기서 성공의 야망을 키웠다. 인기라는 면에서, 남편의 팔짱을 낀 채 지나갈 때 집 앞에 선 여자들이 발하는 감탄이 파리의 살롱이 보내는 세련된 경의보다 더 큰 만족감을 주었다. 마음속 깊은 곳에서는, 그녀는 여전히 시골 부르주아 여성이었다. 성공을 거둘 때마다 소도시가 어떻게 생각하는지 궁금했고, 설레는 가슴으로 거기로 되돌아왔으며, 애초의 무명 시절부터 명성을 얻은 지금까지 거기서 인생의 환희를 맛보았다. 어머니는 벌써 10년 전에 죽었고, 그녀는 자신의 젊은 시절, 그녀가 잠들어 있었던 그 얼어붙은 삶을 찾아서 되돌아왔다.

그 무렵 페르디낭 수르디의 명성은 절정에 이르렀다. 50세에 화가는 온갖 상과 직위, 공식 메달, 훈장과 칭호를 획득했다. 그는 레지옹 도뇌르 훈장[1] 수훈자였고, 여러 해 전부터 아카데미

---

1 레지옹 도뇌르Légion d'honneur 훈장은 나폴레옹이 1802년에 제정한 프랑스 최고 훈장으로서 국가 발전에 지대하게 공헌한 사람에게 수여된다.

회원이었다. 언론이 침이 마르도록 찬사를 늘어놓았기 때문에 그의 재산은 계속 늘어만 갔다. 그를 찬양하기 위해 늘 쓰이는 수식어가 있었는데, 창작의 샘이 마르지 않는 거장, 영혼을 사로잡는 달콤한 유혹자가 그것이었다. 그러나 그 모든 것이 더 이상 그에게 감동을 주지 못했다. 그는 무심했고, 자신의 영광을 늘 몸에 걸치는 낡은 옷처럼 여기는 듯했다. 그가 허리를 구부린 채 멍한 시선으로 지나가는 모습을 보았을 때, 메르퀴르 사람들은 존경심이 이는 가운데서도 놀라움을 금하지 못했다. 왜냐하면 이 지치고 조용한 신사가 수도에서 그토록 큰 소동을 일으켰다는 사실을 상상하기 어려웠기 때문이다.

이제는 모두가 수르디 부인이 남편의 작업을 돕는다는 사실을 알고 있었다. 그녀는 키가 작고 몹시 뚱뚱했음에도 여성 명인으로 통했다. 그처럼 뚱뚱한 부인이 온종일 그림 앞에서 오가도 저녁에 다리가 멀쩡하다는 사실은 주민들에게 또 다른 놀라움을 안겼다. 시골 부르주아들은 아내가 남편을 돕는 건 흔한 일이라고 말하곤 했다. 게다가 이 협업은 페르디낭의 권위에 어떠한 손상도 입히지 않았다. 왜냐하면 아델이 남편을 공개적으로 제거해서는 안 된다는 사실을 직감적으로 알아챘기 때문이다. 그는 계속해서 그림에 자신의 이름을 써넣었다. 이를테면 그는 통치 없이 군림하는 입헌 군주였다. 페르디낭 수르디의 작품은 비평가와 대중에게 막강한 영향력을 행사했지만, 수르디 부인이 혼자서 작품을 발표했더라면 그 누구의 관심도 끌지 못했으리라. 그래서 그녀는 남편에게 더없이 깊은 존경심을 보였거니와 이 존경심은 진심에서 우러난 것이었다. 남편이 거의 붓질을 하지 않았음에도 그녀는 자기가 죄다 그린 작품의 진정한 창조자를 남편으로 간주했다. 사실 그림의 기질을 바꿈으로써 남편을 몰아내고 그림을 지배한 사람, 다시 말해 공동 작품을 실질적으로 점유한 사람은 그녀였다. 하지만 그녀는 그를 자신에게 병합함으로써, 즉 그의 남성성을 차지함으로써 그를 대체했음에도 여전히 최초의 감정에 종속되었고, 그 결과는 괴물의 탄생이었다. 방문객들에게 그림을 보여주면서 그녀는 언제나 이렇게 말했다. 남편이 붓질 한 번 안 했음에도 "페르디낭이 이렇게 했어요, 페르디낭이 저렇게 할 거예요"라고……. 그러고서 조금이라도 비판의 목소리가 들리면 그녀는 화를 냈고, 페르디낭의 천재성을 문제 삼는 언행을 절대로 용납하지 않았다. 그 점에 있어 그녀는 특별한 종교적 신념처럼 완강한 태도를 보였다. 배신당한 여자로서의 분노도 혐오도 경멸도 남편의 면모 중에서 그녀가 사랑했던 위대한 예술가, 그녀가 만들어낸 위대한 예술가의 고고한 얼굴을 파괴하지는 못했다. 심지어 그 예술가의 재능이 쇠락하고, 파멸을 피하려고 그녀가 그 예술가를 대신했을 때조차 마찬가지였다. 그녀의 순수한 열정, 애정과 긍지에 찬 맹목성이 페르디낭으로 하여금 무력감에서 벗어나도록 도왔다. 그는 자신의 쇠퇴를 괴로워하지 않았다. 자신의 이름을 써넣은 그림에 공헌한 게 거의 없다는 사실을 생각하지도 않은 채 그는 "내 그림, 내 작품"이라고 말하곤 했다. 이 모든 것은 그들 사이에서 너무나 자연스러웠다. 그는 자기의 개성마저 앗아간 아내를 질투하기는커녕 잠시라도 그녀를 칭찬하지 않고는 잡담조차 할 수 없었다. 언제나 그는 렌캉에게 했던 말을 되풀이했다.

"단언컨대, 아내의 재능이 나보다 더 뛰어나요……. 데생은 나를 미치도록 힘들게 하는데, 아내는 단숨에 형상을 완성해요, 아주 자연스럽게……. 오! 솜씨가 얼마나 훌륭한지! 확실히 핏속에 그게 있거나 없거나 둘 중 하나죠, 천부적 재능 말입니다."

사람들은 사랑이 넘치는 남편의 찬사라고 여기며 조심스럽게 미소 지었다. 그러나 수르디 부인이 잘 그리기는 하나 그녀에게 예술가적 재능이 있는지 의심스럽다는 의견을 들으면, 그는 불 같이 화를 내며 창작의 기질과 메커니즘에 대한 거창한 이론을 들먹였다. 그의 토론은 항상 이런 고함으로 끝났다.

　"그녀가 나보다 더 뛰어나다니까! 놀랍기 짝이 없소, 아무도 내 말을 믿지 않으니, 원!"

　부부의 결속력은 대단했다. 만년에 나이와 건강 악화가 페르디낭을 차분하게 만들었다. 조금이라도 과음하면 위가 뒤틀려서 그는 술을 마실 수 없었다. 다만 여자에 대한 욕망이 일면 아직도 이삼 일 동안 광적인 열정에 시달렸다. 그러나 부부가 메르퀴르에 완전히 정착하자, 기회가 부족한 탓에 그는 어쩔 수 없이 아내에게 매우 충실했다. 아델은 이제 하녀들과 벌이는 갑작스러운 일탈 외에는 그에 대해 걱정할 게 없었다. 그녀는 몹시 못생긴 하녀들만 고용했다. 그럼에도 페르디낭은 하녀들이 동의할 때 탈선에 빠지곤 했다. 변태적인 욕망으로 육체적 흥분을 자제할 수 없는 날이면, 그는 무슨 수를 써서라도 그 욕망을 채웠다. 하녀가 '주인 나리'와 너무 친밀하다고 여겨질 때마다 아델은 하녀를 바꾸었다. 그러면 페르디낭은 일주일가량 부끄러워했다. 늙어서도 벌이는 이런 줄다리기는 그들 사이에 사랑의 불꽃을 다시 지피는 역할을 했다. 아델은 남편 앞에서 절대로 드러내지 않는 자제된 질투심과 함께 그를 여전히 숭배했다. 아내가 하녀를 해고한 후 끔찍한 침묵을 지키고 있으면, 페르디낭은 더없이 온순한 복종으로 아내의 용서를 구하려고 애썼다. 그녀는 그렇게 남편을 어린아이처럼 소유했다. 그의 육신은 무척 피폐해져서 안색이 노랗고 얼굴에 깊은 주름이 파였다. 하지만 다소 창백하나 여전히 황금처럼 빛나는 수염 덕분에 그는 아직도 싱싱한 매력이 넘치는 늙은 선신처럼 보였다.

어느 날, 메르쾨르의 아틀리에에서 그는 불현듯 그림에 대한 염증을 느꼈다. 그것은 육체적인 구토감과 비슷했다. 휘발유 냄새, 그림에 남은 붓의 기름기가 그의 신경을 날카롭게 자극했다. 손이 떨리기 시작했고 현기증이 일었다. 아마도 그것은 심각한 수준에 도달한 무기력증의 결과, 예술가적 재능이 오래 일탈한 결과였으리라. 물리적 차원에서 그는 그림을 그릴 수 없는 단계에 이르렀다. 아델은 매우 상냥하게 그를 위로했고, 일시적인 컨디션 난조이니 곧 회복되리라고 장담했다. 그리고 그를 억지로 쉬게 했다. 이제 전혀 그림을 그릴 수 없었기 때문에 그는 불안에 빠졌고 몹시 우울해했다. 그러나 그녀는 곧바로 해결책을 찾았다. 즉 그가 연필로 대략적인 윤곽을 잡으면, 그녀가 그것을 캔버스에 옮겨 바둑판 모양으로 줄을 치고 그의 지시에 따라 그림을 그릴 것이었다. 그때부터 일이 그렇게 진행되었고, 그는 자기가 서명하는 그림에 단 한 번도 붓질하지 않았다. 물리적인 작업은 아델이 도맡았고, 그는 아이디어를 제공하거나 연필로 스케치를 했으나 그마저도 불완전하고 부정확할 때가 많아 그녀는 그에게 알리지도 않고 수정했다. 오래전부터 부부는 특히 수출을 위해 작업했다. 프랑스에서 이룬 엄청난 성공 덕분에 러시아와 미국에서 주문이 몰려들었다. 이 머나먼 나라의 미술 애호가들은 까다롭지 않았기 때문에, 다시 말해 별다른 번거로움 없이 그림을 보내고 돈을 받으면 그만이었기 때문에 수르디 부부는 점점 더 이 작업에 매달렸다. 더욱이 프랑스에서는 작품 판매가 부진했다. 페르디낭이 간간이 살롱전에 그림을 출품하면, 비평가들은 똑같은 찬사로 그를 맞이했다. 이를테면 그의 재능은 이미 분류되고 확정된 재능이어서 더 이상 갑론을박할 필요가 없었고, 그의 작품은 대중과 비평가의 관행적 취향을 뒤흔들지 않았기에 평범하나 풍요로운 작품으로 수용되었다. 대다수 관람객은 변함없이 그를 환대했다. 그가 늙은 탓에 인기가 폭발하는 화가에게 자리를 넘겨주었을 뿐이었다. 하지만 구매자들은 마침내 그의 그림에 싫증을 내고 있었다. 사람들은 그를 동시대 거장의 하나로 떠받들었지만 더 이상 작품을 구매하지는 않았다. 모든 작품을 가져간 것은 외국인들이었다.

그렇지만 그해, 페르디낭 수르디의 그림이 살롱전에서 다시 한번 상당한 반향을 일으켰다. 그것은 첫 작품 〈산책〉에 대응되는 작품이었다. 새하얀 벽으로 둘러싸인 추운 교실에서 공부하는 학생들이 파리가 날아다니는 걸 보며 몰래 킥킥거리는 동안, 소설 읽기에 푹 빠진 '자습 감독'은 온 세상을 잊은 듯했다. 그림의 제목은 〈자습 시간〉이었다. 사람들은 〈자습 시간〉을 아주 매력적인 작품으로 생각했다. 30년이라는 시차를 가진 두 작품을 비교하면서 비평가들은 화가가 걸어온 길을 회고했고, 〈산책〉의 미숙함과 〈자습 시간〉의 절묘한 기교를 언급했다. 거의 모두가 〈자습 시간〉에서 지극히 정교한 구성, 절묘한 예술적 세련미, 아무도 뛰어넘을 수 없는 완벽한 기법을 보았다. 그러나 동료 화가들은 대부분 고개를 가로저었고, 렝캥은 가장 격렬한 비판자 가운데 하나였다. 그는 몹시 늙었지만 일흔다섯 살의 나이치고는 무척 활기찼고 언제나 열정적으로 진실을 말했다.

"말도 안 돼!" 그가 소리쳤다. "난 페르디낭을 아들처럼 사랑하지만, 젊은 날의 작품보다 오늘날의 작품이 더 좋다고 떠드는 건 도무지 이해할 수가 없어! 여기에는 불꽃도, 풍미도, 독창성도 전혀 없잖아. 아! 물론 예쁘기도 하고 이해하기도 쉬워, 그건 인정해! 하지만 양심을 팔지 않고서야 어떻게 온갖 스타일, 아니 온갖 썩은 스타일로 복잡하게 버무린 이런 기법을 좋아할 수 있을까……. 이런 물건을 그리는 자는 더 이상 나의 페르디낭이 아니야……."

그렇지만 그는 비판을 멈추었다. 어디쯤에서 그쳐야 하는지 그는 알고 있었다. 그의 신랄한 비판 속에서 평소 입 밖으로 내뱉지 않는 은밀한 분노, 그가 이따금 해로운 동물이라고 부르는 여자들에 대한 은밀한 분노가 느껴졌다. 그는 화를 내며 이렇게 되풀이했다.

"아냐, 이건 그 친구가 아냐……. 이건 그 친구가 아냐……."

렌캥은 지금까지 관찰자와 분석가의 호기심으로 아델의 완만한 침입 작업을 지켜봤었다. 새로운 작품이 탄생할 때마다, 그는 미세한 변화조차 놓치지 않으면서 남편의 몫과 아내의 몫을 확인했다. 그는 규칙적으로 그리고 지속적으로 남편의 몫이 줄어들고 아내의 몫이 늘어난다는 사실을 알아차렸다. 사례가 너무나 흥미로워 그는 화를 내지도 않고 특이한 삶을 선호하는 사람으로서 이 기질의 유희에 주목했다. 작품의 더없이 가벼운 뉘앙스까지 검토한 결과, 그는 이 생리적이고 심리적인 드라마가 드디어 완성되었다고 느꼈다. 드라마의 결말, 즉 〈자습 시간〉이라는 그림이 그의 눈앞에 놓여 있었다. 그가 보기에는 아델이 페르디낭을 먹어 치웠다. 끝이었다.

여느 해처럼, 렌캥은 7월에 메르쾨르에서 며칠을 보내려고 마음먹었다. 더욱이 살롱전 이후 그는 부부를 간절하게 만나고 싶었다. 그것은 그가 옳았다는 사실을 확인할 기회였다.

태양이 불타는 여름날 오후, 렌캥이 수르디 부부의 집으로 들어섰을 때 정원은 나무 그늘 밑에서 잠들어 있었다. 집은 물론이

려니와 화단까지 깨끗하고 규칙적이어서 질서와 고요가 느껴졌다. 이 한적한 공간에서는 소도시의 소음이 전혀 들리지 않았고, 담장을 타고 오르는 장미에서는 꿀벌들이 윙윙거리는 소리가 진동했다. 하녀가 방문객에게 '마님'이 아틀리에에 있다고 전했다.

렌캉이 문을 열자 선 채로 그림을 그리는 아델의 모습이 눈에 들어왔다. 오래전에 갑자기 아틀리에로 들어선 그가 그녀를 깜짝 놀라게 했을 때 보았던 바로 그 자세였다. 그러나 오늘은 그녀가 아무것도 숨기지 않았다. 그녀는 가볍게 기쁨의 탄성을 질렀고, 팔레트를 내려놓으려 했다. 하지만 렌캉이 이렇게 소리쳤다.

"작업에 방해가 된다면 다시 나갈게……. 젠장! 날 그냥 친구로 생각하고 일을 계속해, 계속하라니까!"

시간의 가치를 잘 아는 여자로서 그녀는 사양하지 않았다.

"고마워요! 그렇게 이해해 주시니……. 글쎄, 한 시간도 쉴 틈이 없네요."

점점 나이가 들고 비만에 시달림에도, 그녀는 여전히 기막힌 손놀림으로 정력적으로 일했다. 렌캉은 그녀를 물끄러미 바라보다가 이렇게 물었다.

"페르디낭은 어디에 있지? 외출한 건가?"

"아뇨, 저기 있잖아요." 아델이 아틀리에 한쪽 구석을 붓끝으로 가리켰다.

페르디낭은 소파 위에 누운 채 선잠에 들어 있었다. 렌캉의 목소리가 그를 깨웠지만, 쇠약해진 탓에 머리가 빨리 돌아가지 않는 그는 렌캉을 단숨에 알아보지 못했다.

"아! 선생님이시군요, 정말 반갑습니다!" 마침내 그가 말했다.

그는 자리에서 일어나 앉으며 힘없이 악수했다. 그 전날, 아내는 설거지하러 온 어린 아가씨를 남편이 희롱하는 장면을 또다시 목격했었다. 그는 매우 온순해졌고, 겁에 질린 표정으로 아내에게 어떻게 용서를 구해야 할지 몰라 불안해했다. 그는 렌캥의 예상보다 훨씬 더 피폐하고 퇴락한 상태였다. 이번에는, 완전한 파멸이었다. 렌캥은 이 가련한 남자에게 깊은 연민을 느꼈다. 페르디낭의 내면에서 예전의 불꽃이 조금이라도 다시 살아나지 않을까 기대하면서 그는 살롱전에서 〈자습 시간〉이 거둔 멋진 성공을 언급했다.

"아! 이 사람아, 자네가 또 대중을 휘저어 놓았더군……. 거기서 초창기 때처럼 자네 이야기를 하고 있어."

페르디낭이 어리둥절한 표정으로 그를 바라보았다. 그러고서 아무 말이나 하기 위해서 이렇게 말했다.

"예, 알아요, 아델이 신문을 읽어줬습니다. 제 그림이 꽤 근사했죠, 안 그래요……? 오! 여전히 열심히 일하고 있습니다, 저는……. 하지만 장담할게요, 아내가 저보다 더 뛰어납니다. 솜씨가 기가 막히죠!"

그는 창백한 미소와 함께 아내를 가리키며 윙크했다. 그녀가 가까이 다가왔고, 주부의 표정으로 어깨를 으쓱하며 말했다.

"저 사람 말을 곧이곧대로 듣지 마세요! 잘 아시잖아요, 얼마나 과장이 심한지……. 저 사람 말에 따르면 저는 벌써 위대한 화가죠……. 그저 도울 뿐인데 아직도 서툴러요. 그래도 열심히 한답니다, 재미있으니까!"

렌캥은 그들이 선의로 연기하는 그 코미디 앞에서 말문을 닫았다. 그는 이 아틀리에에서 페르디낭의 존재가 완전히 지워졌음을 실감했다. 더 이상 연필 스케치조차 하지 않는 페르디낭은 거짓말로 자존심을 지킬 필요조차 느끼지 못할 정도로 무너져버렸다. 이제 남편 역할로 족했다. 아델은 그에게 조언을 구하지 않고 직접 구상하고 스케치하고 붓질했다. 게다가 대체가 얼마나 완벽하게 이루어졌던지 그녀는 화가라는 정체성에 완전히 길들여진 채 무심히 작업을 이어나갔다. 이제 그녀는 혼자 일했고, 작품의 여성적 개성 속에는 옛 남성적 개성의 흔적만이 남아 있었다.

페르디낭은 하품을 했다.

"저녁 드시고 가실 거죠?" 그가 말했다. "오! 정말 피곤하군요…… 선생님도 이해하시죠? 오늘은 한 일이 아무것도 없는데도 벌써 기진맥진입니다."

"이제 둘이 함께 그리지는 않아요. 하지만 저이는 아침부터 저녁까지 계속 작업하죠." 아델이 말했다. "내 말은 절대로 듣지 않아요. 도무지 쉬려고 하질 않으니, 원."

"그래요." 그가 말했다. "손을 놀리면 병이 나요. 뭐가 됐든 일을 계속해야 합니다."

페르디낭은 자리에서 일어나 잠시 어슬렁거리더니, 예전에 아내가 수채화를 그렸던 작은 탁자 앞에 앉았다. 그는 도화지 한 장을 살폈는데, 거기에는 이제 막 색칠하기 시작한 수채화가 그려져 있었다. 수련생의 습작처럼 보였다. 포플러 숲과 늙은 버드나무를 배경으로 개울물이 물레방아를 돌리는 그림이었다. 그의 뒤에서 몸을 기울이고 있던 렌캉이 스케치의 유치한 수준과 희극적인 색칠을 보고 미소 지었다.

"재미있군그래." 그가 나직이 말했다.

그러나 자기를 빤히 바라보는 아델의 눈길에 그는 말문을 닫았다. 팔을 고정하는 막대도 없이 시원시원한 손짓으로, 그녀는 부분들을 다듬고 전체 형상을 능수능란하게 스케치했다.

"참 예쁘지 않아요, 이 물레방아?" 수련생처럼 조심스럽게 도화지 위로 몸을 숙인 페르디낭이 흡족한 표정으로 말했다. "오! 습작으로 그려본 거죠, 그냥."

렝캥은 망연자실했다. 이제 수채화를 그리는 사람은 아델이 아니라 페르디낭이었다.

옮긴이의 말

마르크스주의의 시효가 만료된 것으로 여겨지던 1993년, 마르크스주의자가 아님에도 마르크스의 상속자를 자임한 자크 데리다는 『마르크스의 유령Spectres de Marx』에서 햄릿의 대사를 책의 제사題詞로 택했다. "시대가 제멋대로 가고 있다." 그로부터 30여 년이 지난 지금, 시대는 제대로 가고 있는가? 기후 환경 악화로 인간이 만물의 문제아인 시대, 시장 지상주의로 가격이 가치를 명료하게 대신하는 시대, 마이클 센델의 말대로 독서조차 돈으로 독려하는 시대가 바로 지금이다. 유럽 최고 명문 대학의 하나로서 550년 전통을 자랑하는 스웨덴 웁살라 대학의 대강당 현판에는 이런 경구가 쓰여 있다. "자유롭게 사고하는 것은 위대한 일이다. 그러나 더욱 위대한 일은 올바르게 사고하는 것이다." 인문학은 가치가 무엇인지, 올바름이 무엇인지 찾고자 한다. 스티브 잡스는 우리의 가슴을 설레게 하는 것이 인문학과 결합한 기술이라고 했고, 빌 게이츠는 그를 만든 것이 미국도 하버드도, 심지어 그의 어머니도 아니고 다름 아닌 고향 마을의 작은 도서관이라고 했다. 자유롭게 생각하고 올바르게 생각하기 위해, 최소한 제멋대로 생각하지 않기 위해 오늘도 조용히 책을 펼쳐야 하지 않을까.

에밀 졸라에 대하여

자연주의

에밀 졸라(Émile Zola, 1840-1902)의 전기적 삶에 관해서는 이 책의 말미에 실린 「작가 연보」를 참고하기를 바란다. 문인 에밀 졸라의 생애를 관통하는 핵심어가 자연주의, 『루공-마카르 총서 *Les Rougon-Macquart*』(1871-1893), 드레퓌스 사건(1894-1906)임에는 이 견이 없으리라. 자연주의 이론은 졸라 문학의 정수인 『루공-마 카르 총서』뿐만 아니라 그 전후의 소설 세계를 설명하는 창작이 론이고, 드레퓌스 사건은 지성인 졸라의 이름을 세계사에 영원 히 각인한 운명적 사건이라고 할 수 있다.

19세기는 프랑스 문학사에서 가장 중요한 문예사조가 풍요 롭게 탄생한 시대이다. 낭만주의, 사실주의, 자연주의, 상징주 의……. 이 가운데 소설은 사실주의와 자연주의를 통해 활짝 꽃 피었는데, 자연주의는 사실주의가 극단화한 형태로서 연구자 에 따라서는 자연주의를 따로 분류하지 않고 사실주의에 통합 시키기도 한다. 이를테면 발자크, 스탕달, 플로베르, 졸라 등으 로 대표되는 사실주의는 거대한 시대적 '운동'이었고, 졸라, 모파 상, 위스망스 등으로 대표되는 자연주의는 하나의 문학적 '유파' 였다고 할 수 있으리라. '현실 재현의 충실성'이라는 본령에서는 동일하지만, 전자에 대한 후자의 변별성은 자연과학적 성과, 즉 유전론과 환경결정론을 문학에 적용했다는 사실에 있다. 프랑스 에서는 동시대 문단을 지배했던 플로베르의 동의를 얻지 못해 금세 세력을 잃었지만, 자연주의는 일본과 한국에서 변형된 형태로 적용되어 문학사에 거대한 발자취를 남겼다.

『루공-마카르 총서』

『루공-마카르 총서』에는 「제2제정하의 한 가족의 자연적·사회적 역사」라는 부제가 붙어 있는데, 자연적 역사는 '유전'을, 사회적 역사는 '환경'을 가리킨다. 루공-마카르 가문의 정점에는 아델라이드 푸크라는 여성이 있다. 그녀는 농부 루공과 결혼하여 아들을 낳고, 루공이 죽은 후 주정뱅이 밀수꾼 마카르와 관계하여 오누이를 낳는다. 말하자면 루공 가계는 적통 혈통이고, 마카르 가계는 사생아 혈통이다. 『루공 가의 행운_La Fortune des Rougon_』부터 『의사 파스칼_Le Docteur Pascal_』까지 20권의 소설에 1,200여 명의 인물이 등장하는 『루공-마카르 총서』를 통해 졸라는 정치, 경제, 문화, 예술, 노동, 사생활 등 19세기 후반 프랑스 사회의 온갖 특징적 양상을 형상화하고자 했다.

20세기 전반 프랑스 작가 쥘 로맹은 『루공-마카르 총서』의 작가를 이렇게 회고한 바 있다. "지난 반세기 동안 그 누구도 과거 세계가 어떤 것이었는지, 현대세계에 닥친 것이 무엇인지, 현대세계의 뱃속에서 돌아가고 있는 것이 무엇인지를 보여주기 위해 소설가 졸라만큼 많은 일을 하지는 못했다."[1] 만일 발자크의 『인간극_La Comédie humaine_』이 없었더라면, 우리는 19세기 전반 프랑스 사회의 총체적 모습을 파악하는 데 어려움을 겪었으리라. 동일한 맥락에서 졸라의 『루공-마카르 총서』가 없었더라면, 우리는 돌

---

1 Marcel Girard, _L'Assommoir, Emile Zola_, Larousse, 1972, p. 150에서 재인용.

과 나무로 형성된 건축물이 철과 유리로 형성된 건축물로 바뀌는 서구 문명의 이행기를 구체적으로 알 수 없었으리라.

드레퓌스 사건과 「나는 고발한다!」

1894년 10월 31일, 독일을 위해 간첩 활동을 했다는 혐의로 프랑스 참모본부의 유태인 장교 알프레드 드레퓌스 대위가 체포되었다. 1870년 프로이센-프랑스 전쟁[2]에서 프랑스가 독일에 치욕적으로 패한 후 프랑스에서는 군국주의적 내셔널리즘이 최고조에 달해 있었다. 게다가 1890년 유태인 관련 부패 스캔들 '파나마 운하회사 사건'으로 반유태주의 감정도 일반화되어 있었다. 극우 내셔널리즘과 반유태주의의 광풍 속에서 드레퓌스 대위는 단지 진범과 필적이 유사하다는 이유로 종신 유배형을 선고받아 남아메리카 '악마도'에 갇혔다. 이후 우여곡절 끝에 진범이 누구인지 밝혀졌지만, 군부는 과오를 인정하지 않았다. 이때부터 단순한 군사재판 사건이었던 '드레퓌스 사건'은 희대의 역사적 사건이 되어 프랑스 국민을 정신적 내란 상태로 몰고 갔다. 사건 발발 4년 후 드레퓌스 진영의 열세가 확연해졌을 때, 일단의 지식인들이 당대의 대문호 에밀 졸라에게 도움을 청했다.

1898년 1월 13일, '펠릭스 포르 대통령에게 보내는 편지' 「나는 고발한다!*J'accuse!*」가 발표되자, 일간지 『로로르*L'Aurore*』는 평소 판매 부수의 10배가 넘는 30만 부를 찍었고, 전 세계에서 지지와

---

2 1870년 프로이센-프랑스 전쟁은 독일을 통일하려던 철혈재상 비스마르크가 나폴레옹 3세의 탐욕을 자극한 결과로 발발했다. 나폴레옹 3세를 폐위시킨 스당의 패전은 워털루 패전 이후 프랑스가 겪은 가장 참담한 패배였다.

경의를 표하는 편지가 3만여 통이나 날아들었다. 특히 미국 문학의 아버지라 불리는 마크 트웨인은 양심적 지식인 에밀 졸라를 구국의 영웅 잔 다르크에게 비유하기도 했다. 「나는 고발한다!」를 계기로 청년 학생들과 진보적 지식인들이 열화와 같이 일어나 사건의 재심을 요구했고, 파란만장한 여정 끝에 1906년 7월 12일, 마침내 드레퓌스의 무죄가 만천하에 선고되었다. 이튿날, 이미 1902년에 사망한 졸라의 유해를 프랑스 위인들의 안식처 팡테옹으로 이장하는 법안이 의회에서 가결되었다. 지금도 세계 곳곳에서 '사건'은 있으나 '진실'이 실종된 경우가 얼마나 많은가. '나는 고발한다!'가 동시대를 넘어 여전히 현재진행형이어야 하는 이유가 여기에 있다.

「방앗간 공격」 외 네 단편소설에 대하여

한국어 번역집에 실린 다섯 단편소설은 모두 러시아의 월간 문예지 『유럽의 메신저 Le Messager de l'Europe』에 먼저 발표되고 나중에 프랑스에 소개되었다. 1866년에 페테르부르크에서 창간된 『유럽의 메신저』는 서양 문화를 활발하게 소개하면서 러시아 제국 전체에서 독자를 확보했는데, 이반 투르게네프, 이반 곤차로프 같은 유명 작가가 참여했다. 에밀 졸라는 파리에서 활동하던 투르게네프의 소개로 『유럽의 메신저』에 1875년부터 1880년까지 64편의 텍스트를 기고했다.

「방앗간 공격」

「방앗간 공격L'Attaque du moulin」은 1877년 7월 『유럽의 메신저』에 「1870년의 침략 에피소드Un épisode de l'invasion de 1870」라는 제목으로 발표되었고, 뒤이어 『메당의 야회Les Soirées de Médan』(1880)에 실렸다. 1877년 『목로주점L'Assommoir』의 발표로 자연주의의 황금기를 연 졸라는 『목로주점』의 성공 덕분에 파리 근교 메당에 별장을 샀다. 모파상의 기억에 따르면 1880년 어느 날, 프로이센-프랑스 전쟁을 주제로 단편집을 출간하자는 생각이 졸라와 그의 후배들에게 떠올랐는데, 그 결실이 바로 『메당의 야회』이다.

졸라의 「방앗간 공격」, 모파상의 「비곗덩어리Boule de suif」, 위스망스의 「배낭Sac au dos」, 앙리 세아르의 「출혈La Saignée」, 레옹 에니크의 「그랑 7 주점 사건L'Affaire du Grand 7」, 폴 알렉시의 「전투가 끝난 뒤Après la bataille」로 이루어진 『메당의 야회』는 맹목적 애국주의 소설, 즉 무조건 프랑스 군대의 용기를 상찬하고 프로이센 군대를 악의 화신으로 만드는 소설을 비판하면서 전쟁의 어리석음을 부각하고자 했다. 『메당의 야회』에 앞서 예정되었던 단편집의 제목 『우스꽝스러운 침략L'Invasion comique』이 그 점을 잘 드러낸다. 여섯 작가가 명시적으로 의도한 바는 아니지만, 『메당의 야회』는 문단에서 자연주의 선언서처럼 받아들여졌다.

「방앗간 공격」은 전략적 요충지인 방앗간의 방어, 상실, 탈환을 다루는 가운데 승리의 영광보다 민간인의 희생에 초점을 맞춘다. 프로이센-프랑스 전쟁에서 민간인이 겪은 고통에 관한 한, 졸라의 장편 『패주La Débâcle』(1892)보다 더 핍진한 묘사를 찾기는 힘들 것이다. 『패주』가 출판되자 비평가 에밀 파게는 졸라의 "가장 위대한 소설"로 꼽으면서 특히 시민 바이스의 항전과 총살

장면을 극찬했다.[1] 이 장면의 밑그림이 「방앗간 공격」에 나타난다. 「방앗간 공격」에서 약혼녀 프랑수아즈를 보호하기 위해 총을 들었다가 처형당한 농부 도미니크는 『패주』에서 회계원 바이스와 정원사 로랑으로 양분되며, 「방앗간 공격」의 불타는 방앗간은 『패주』의 불타는 바제유로 변형된다. 「방앗간 공격」에서 민간인의 고통을 가장 아이러니하게 강조하는 것은 소설의 마지막 장면인 듯하다. 불타는 방앗간 안마당에서, 약혼자의 시체와 아버지의 시체 사이에서 얼이 빠진 프랑수아즈를 보며 프랑스 장교는 감격적으로 소리친다. "승리! 승리!" 「방앗간 공격」은 1910년과 1959년에 영화로 만들어졌다.

「나이스 미쿨랭」

1877년에 러시아 문예지 『유럽의 메신저』에 발표된 「나이스 미쿨랭Naïs Micoulin」은 1883년에 동명의 단편집 『나이스 미쿨랭』에 대표 소설로 수록된다. 단편집에는 「나이스 미쿨랭」(1877), 「낭타스Nantas」(1878), 「올리비에 베카유의 죽음La mort d'Olivier Bécaille」(1879), 「네종 부인Madame Neigeon」(1879), 「샤브르 씨의 조개Les coquillages de M. Chabre」(1876), 「자크 다무르Jacques Damour」(1880)가 실려 있는데, 이 여섯 단편은 『유럽의 메신저』에 실렸다는 공통점이 있을 뿐, 서로 연관성이 없는 독립된 이야기를 담고 있다.

한국어 번역집에서는 여섯 단편 가운데 「나이스 미쿨랭」, 「올리비에 베카유의 죽음」, 「샤브르 씨의 조개」만이 소개되었다.

---

1 Henri Guillemin, *Présentation des Rougon-Macquart*, Gallimard, 1964, p. 390에서 재인용.

「나이스 미쿨랭」은 단편집을 대표하는 소설이라는 점에서, 나머지 두 단편은 졸라의 창작 세계 전체에 비추어 주제가 새롭다는 점에서 선택되었다. 강간과 계산을 부각하는 「낭타스」와 유혹과 정치를 결합하는 「네종 부인」은 주제가 평범하다는 이유로, 파리코뮌 가담자의 인생을 다루는 「자크 다무르」는 역사 인식이 희미하다는 이유로 제외했음을 밝혀둔다.

졸라가 레스타크에 실제로 체류하면서 쓴 「나이스 미쿨랭」은 그가 사랑했던 풍경, 세잔이 여러 번 그림으로 그렸던 풍경을 자세히 묘사한다. 아름다운 시골 풍경을 배경으로 나이스는 무서운 아버지와 소극적인 연인 사이에서 단호히 행동하는 여성으로 나타난다. 그녀는 두 가족의 시선을 피해 연인과 자유롭게 연애하고, 심지어 연인을 보호하기 위해 친부 살해를 계획한다. (사랑과 살인이라는 점에서 나이스는 관능을 위해 남편을 죽이는 『테레즈 라캥*Thérèse Raquin*』의 여주인공을 생각나게 한다.) 여성이 더 이상 가족의 자산에, 사랑의 대상에 머무르지 않는다는 측면에 국한해서 「나이스 미쿨랭」을 읽을 때, 나이스는 매우 현대적인 작중인물로 드러난다. 개성이 뚜렷한 「나이스 미쿨랭」 이야기는 1945년 마르셀 파뇰에 의해 영화로 만들어졌고, 1907년 알프레드 브뤼노에 의해 오페라로 각색되어 무대에 올랐다.

「올리비에 베카유의 죽음」

에드몽 드 공쿠르에 따르면, 졸라에게는 늘 죽음에 대한 공포와 강박증이 있었다. "졸라는 불을 끄고 침대의 네 기둥 사이에

누우면 매번 관에 갇힌 듯한 느낌이라고 말한다."[1] 졸라 자신도 1874년 『무레 신부의 잘못*La Faute de l'abbé Mouret*』을 준비하면서 이렇게 썼다. "나는 언제나 내가 깊고 좁은 지하에서 흙에 묻혔고, 거기서 탈출하려고 필사적으로 미로를 기어오르는 악몽을 꾸곤 했다."[2] 5년 후, 강경증의 발작으로 생매장당한 남자의 이야기 「올리비에 베카유의 죽음」이 집필되었다.

1879년 3월에 『유럽의 메신저』에 발표되고 1884년에 단편집 『나이스 미쿨랭』에 수록된 「올리비에 베카유의 죽음」은 죽음이라는 보편적 강박관념을 '생매장'이라는 독특한 모티프를 통해 분석하고 있다. 특히 대번에 독자의 관심을 집중시키는 소설의 첫 문장이 눈길을 끈다. "어느 토요일 아침 여섯 시, 병석에 누운 지 사흘 후에 나는 죽었다." 독자의 관심을 끄는 이유는 이 문장이 의미론적 비문이기 때문이다. 통사론적으로는 완벽한 문장이지만 아무도 자기의 죽음을 반추할 수 없기에, 즉 아무도 '나는 죽었다'라고 말할 수 없기에 이 문장은 의미론적 비문인 것이다. "나는 죽었다"라는 첫 문장은 독자로 하여금 '투명 인간'이나 '이중의 분신' 이야기를 기대하게 하지만, 조금 더 읽어보면 이 상황이 에누리 없는 현실이라는 점에서 「올리비에 베카유의 죽음」은 더욱더 이채로운 소설이 된다.

「올리비에 베카유의 죽음」의 또 다른 변별성은 일인칭 화자에서 찾을 수 있다. 졸라의 소설, 나아가 19세기 사실주의 소설은 절대다수가 삼인칭 소설이다. 왜냐하면 사회적 현실을 담아야 하는 사실주의 소설의 경우 중립적 서술자가 남의 이야기를 객

1 Henri Mitterand, «Notices» dans Emile Zola, *Oeuvres complètes*, Tome 9, Cercle du livre précieux, 1968, p. 858.

2 Frederick Brown, *Zola, Une vie*, Belfond, 1996, p. 559.

관적으로 전하는 삼인칭 시점이 유리하기 때문이다. 일인칭 소설은 이야기 속의 등장인물이 자기 이야기를 하면서 주관적 내면 심리를 드러내기에 좋다. 「올리비에 베카유의 죽음」에서 '일인칭 주인공-화자'의 시점이 선택된 것은 올리비에 베카유가 의미 있는 행동은커녕 무의미한 몸짓조차 할 수 없는 인물, 즉 오직 '심리'로만 살아 있는 인물이기 때문일 것이다.

영국의 자연주의 연구자 데이비드 배글리는 졸라가 두 소설에서 영감을 얻었으리라고 추정한다.[3] 하나는 발자크의 『샤베르 대령 _Le Colonel Chabert_』(1832)으로서 강경증, 사망 진단, 생매장, 탈출, 아내의 새로운 삶을 위한 희생 등 주요 에피소드가 「올리비에 베카유의 죽음」에서 되풀이된다. 다른 하나는 고티에의 환상소설 「오누프리우스 _Onuphrius_」(1833)로서 전신마비, 의사의 성급한 사망 진단, 관에 못 박는 소리, 장의 마차의 주행 등이 「올리비에 베카유의 죽음」을 연상시킨다. 이처럼 「올리비에 베카유의 죽음」은 작가의 자전적 경험, 기존 소설의 에피소드, 인간의 보편적 공포 같은 여러 상호텍스트의 산물이라고 할 수 있다.

「샤브르 씨의 조개」

1876년 여름, 졸라는 아내와 함께 브르타뉴 지방으로 휴가를 떠났다. 게랑드 근처의 어촌 피리아크는 『루공-마카르 총서』라는 이름조차 알려지지 않은 외딴 마을이라는 점에서 졸라의 마음에 꼭 들었다. 피리아크에 체류하던 졸라는 폴 알렉시에게 이

---

3 Henri Mitterand, «Notices» dans Emile Zola, _Oeuvres complètes_, Tome 9, pp. 857-858.

렇게 썼다. "나는 발자크가 『베아트릭스*Béatrix*』에서 배경으로 삼았던 게랑드를 내 다음 소설의 무대로 삼고 싶습니다. 나는 발자크가 게랑드를 충분히 묘사하지 않았다고 생각하기에, 조만간 거기서 하룻밤을 묵으며 노트를 만들 작정입니다."[1] 게랑드를 배경으로 하는 졸라의 소설은 「샤브르 씨의 조개」밖에 없다.

졸라는 소설 집필을 위한 노트에 이렇게 기록했다. "여기는 진짜 사막이다. 해수욕하러 온 두세 가족 외에는 그야말로 아무것도 없다. (…) 우리 눈앞에 교회와 묘지가 보인다. 아담하고 조용한 묘지는 회향 나무로 가득 차 있고, 마을의 고양이가 모두 모여 숨바꼭질하고 있다. 비가 내리면 안마당에서 거위들과 돼지들이 해수욕객들처럼 목욕을 즐긴다. 이보다 더 원초적이고 야생적이고 매력적인 것은 아무것도 없다."[2] 1876년 『유럽의 메신저』에 「프랑스 해수욕*Bains de mer en France*」이라는 제목으로 발표된 소설에 이 같은 피리아크 노트가 거의 그대로 형상화되어 있다. 졸라는 이 소설에서 4장을 따로 떼어 1881년 『피가로*Le Figaro*』지에 「새우 낚시*La Pêche aux crevettes*」라는 제목으로 기고했고, 1884년 단편집 『나이스 미쿨랭』에 「샤브르 씨의 조개」라는 제목으로 전편을 수록했다.

「샤브르 씨의 조개」는 폭력과 죽음의 분위기가 지배하는 졸라 소설의 일반적 경향과 달리 우스꽝스럽고 외설스러운 이야기를 펼치고 있다. 마흔다섯 살의 옛 곡물상인 샤브르 씨는 4년 전에 결혼한 스물두 살의 예쁜 아내 에스텔에게서 아이를 얻지 못해 절망한다. 해결책으로 해수욕과 조개류 섭취를 제시한 주치의 기로의 처방에 따라 그는 아내와 함께 게랑드로 간다. 소설을 꿈

1 같은 책, p. 860.
2 Frederick Brown, *Zola, une vie*, pp. 356-357.

꼼하게 읽어 보면, 기로 박사는 의학적이고 과학적인 처방이 아니라 사회적이고 문화적인 처방을 한 것으로 이해된다. 게다가 그처럼 이해해야 소설의 희극성이 더욱 생생하게 읽힌다. 기로 박사는 처방을 내리며 이렇게 덧붙인다. "그렇다고 외딴곳에 처박혀 조개만 드시면 안 됩니다. 샤브르 부인은 젊으니까 기분 전환이 필요해요……." 그의 진정한 의도는 부인이 해수욕장에서 성적으로 건강한 남자를 만날 기회를 제공하는 데 있는 게 아닐까? 피리아크에서 샤브르 씨가 조개를 삼키는 동안, 에스텔은 과연 건장한 청년 엑토르를 만나 사랑을 나눈다.

졸라의 단편소설은 대개 5장으로 구성되지만, 「샤브르 씨의 조개」는 매우 짧은 6장을 추가로 지니고 있다. 바로 이 6장의 마지막 문장, 즉 소설의 마지막 문장이 희극성의 압권이다. 귀경 아홉 달 후 아내가 아들을 낳자, 감격한 샤브르 씨는 의사 기로에게 이렇게 말한다. "박사님, 저는 조개가 그런 효능을 가진 줄 꿈에도 몰랐습니다."

「수르디 부인」

1880년에 『유럽의 메신저』에 발표된 「수르디 부인」은 1900년에 프랑스 문예지 『라 그랑드 르뷔_La Grande Revue_』에 게재되었다. 졸라가 죽은 뒤에도 이 소설은 1928년에 『콩트와 단편소설_Contes et Nouvelles_』이라는 졸라 선집에 실렸고, 1929년에 『수르디 부인』이라는 단편집의 대표 소설로 수록되었다.[3] 졸라가 보들레르, 공쿠

---

3 단편집 『수르디 부인』에는 「수르디 부인」 외에 「연애결혼_Un mariage d'amour_」, 「샤브르 씨의 조개」, 「위대한 미쉬_Le Grand Michu_」가 실려 있다.

르 형제처럼 미술 비평가로서 활발하게 활동했고, 엑상프로방스의 중학교 동창 세잔의 절친한 친구이자 인상파 미술의 선도자 마네의 열렬한 지지자였다는 사실을 잊지 말자. 미술을 모티프로 삼은 졸라의 소설로는 「수르디 부인」 외에 장편소설 『작품 L'Oeuvre』(1886)이 있다.

「수르디 부인」은 미술가 페르디낭 수르디의 성공과 실패를 이야기하지만, 핵심 주제는 화가 아내에 의한 남편 이름의 찬탈에 있다. 『작품』 또한 「수르디 부인」처럼 남자 주인공의 화재畫才가 쇠락하는 과정을 형상화한다. 그러나 두 소설의 의미는 사뭇 다르다. 『작품』의 클로드가 창작의 실패를 견디지 못하고 자살하는 반면, 「수르디 부인」의 페르디낭은 아내에 기대어 거짓된 명성을 끝까지 이어나간다. 이렇게 말할 수 있지 않을까. 천재 화가 클로드의 극단적 행동이 '예술적 자살'이라면, 아델이 페르디낭의 서명으로 자신의 그림을 발표하는 것은 '예술적 타살'이라고…….

『작품』을 읽은 죽마지우 세잔이 졸라에게 영원한 절교를 선언하고 훗날 졸라의 장례식에도 참가하지 않은 사건은 매우 유명하다. 세잔은 소설의 주인공 클로드의 실존 인물이 자신이라고 확신했었다. 「수르디 부인」은 졸라의 또 다른 친구 알퐁스 도데와 관련지어 설명되기도 한다. 1880년, 동시대 사실주의 진영의 수장이었던 플로베르가 사망한 후 공쿠르 형제와 알퐁스 도데는 졸라를 새로운 리더로 인정하지 않았다. 만일 도데가 「수르디 부인」을 읽었더라면 두 작가의 불화는 돌이킬 수 없는 상황으로 치달았으리라. 왜냐하면 매독에 걸린 도데가 부진의 늪에 빠졌을 때 그의 아내가 남편의 작품을 공동 집필했기 때문이다. 1880년 이전 러시아에서 발표한 단편들을 1884년 이전 프랑스에서 모두 출간했던 졸라는 유독 「수르디 부인」을 도데가 사망할 때까지 프랑스에서 출판하지 않았다. 왜일까? 「수르디 부인」이 도데 부부에게서 착상을 얻은 소설인지는 모르겠지만, 허구와 현실의 실증주의적 일치 관계는 늘 호기심 많은 독자의 관심을 끈다.

졸라는 1865년에 이렇게 말한 바 있다. "나는 인류의 역사에서 여성의 연구보다 더 매력적인 연구를 알지 못한다." 살롱전에 출품하라는 유명 화가 렌캥의 권유에 "오! 여자들이 그린 그림이 무슨 가치가 있을까요"라고 대답하는 아델의 말대로, 19세기 후반에는 여성 화가가 설 땅이 거의 없었다. 그러므로 그녀는 남편을 돕는 삶, 정확히 말해 남편을 대체하는 삶에 전혀 불만이 없다. 비록 남편의 이름을 빌렸을지라도 그녀의 그림이 비평가와 관람객의 극찬을 끌어냈으니까 말이다. 요컨대 화가로서 남편의 존재를 제로로 만든다는 점에서 그녀는 테레즈 라캥, 나나, 르네[2] 등 졸라 특유의 여성, 즉 '남성을 삼키는 여성'의 계열에 합류한다.

소설은 사랑스러운 함정이다

인간은 하루에 2천 번 몽상한다. 백일몽이 평균 14초 지속되므로, 우리는 인생의 3분의 1을 몽상하는 데, 다시 말해 이야기를 상상하는 데 보내는 셈이다.[3] 우리가 예전보다 '책'을 덜 읽는

---

1 C. Becker, G. Gourdin-Servenière et V. Lavielle, *Dictionnaire d'Emile Zola*, Robert Laffont, 1993, p. 147.

2 『이전투구*La Curée*』의 여주인공으로서 공공연히 의붓아들과 함께 사랑을 나눈다.

3 조너선 갓셜, 『스토리텔링 애니멀』, 노승영 옮김, 민음사, 2014, 31쪽.

다는 우려가 있지만, 그것은 인쇄매체의 시각에 지나지 않는다. 인류가 탄생한 이래로 지배적인 매체가 인간의 입, 점토판, 파피루스, 종이, 스크린 등으로 바뀌었을 뿐, 이야기는 세계 도처에서 끝없이, 지금도 계속되고 있다.

이야기의 기원은 때로는 현실 도피로 설명되고, 때로는 현실 적응으로 설명된다. 아마도 둘 다일 테지만, 중요한 것은 우리가 이야기를 거치면서 반드시 정체성의 변화를 겪는다는 사실이다. 이따금 한 편의 소설로, 한 편의 영화로 삶의 행로가 송두리째 바뀌기도 하지 않는가. 해석학자 폴 리쾨르는 인간의 정체성이란 반드시 '서사적 정체성'일 수밖에 없다고 했다. 말을 바꾸면 이야기를 만들고 이야기를 들으면서, 즉 '해석학적 순환'을 무한히 거치면서 정체성을 형성하고 수정하는 것이 인간이다.

독서는 작가의 메시지를 일방적으로 받아들이는 수동적 행위가 아니다. 작가의 작품에 생명의 숨결, 진정한 의미를 부여하는 것은 바로 독자의 상상력이다. 예컨대 『삼국지』는 기독교 사회, 이슬람 사회, 유교 사회에서 각기 다르게 읽히고, 동시대 독자에게, 우리 시대 독자에게 각기 다르게 읽힌다. 일찍이 '저자의 죽음'을 선언한 롤랑 바르트의 말처럼, 저자는 더 이상 책의 의미를 결정하는 아버지가 아니다. 책의 의미는 저자의 머리가 아니라 독자가 저자를 만나는 독서 행위, 저자와 독자가 함께 빠지는 '사랑스러운 함정'에서 태어난다. 바르트의 표현을 빌리자면, 독서는 수동적 '읽기'가 아니라 능동적 '다시 쓰기'이며, 이런 면에서 '독자'는 곧 '작가'이다.

호모 사피엔스보다 훨씬 더 오래 지구를 지배했던 네안데르탈인의 무덤에서 꽃이 발견되었다고 한다. 만일 우연이 아니라면, 그 '꽃의 상징'이야말로 가슴 뭉클한 인간적 행위, 오직 인간만이 보여줄 수 있는 감동적인 스토리텔링이 아니겠는가. 그러니 독자여, 이야기하는 인간 '호모 픽투스homo fictus'로서 자유롭게 사고하기 위해, 올바르게 사고하기 위해 부디 많이 읽고 많이 쓰기를!

유기환

작가 연보

에밀 졸라(1840-1902)

1840. 4. 2. 파리에서 프랑수아 졸라와 에밀리 오베르 사이에서 에밀 졸라가 태어난다(아버지와 어머니의 나이 차이는 24세이다). 아버지가 이탈리아인이어서 졸라는 1862년에 프랑스로 귀화한다.

1843년(3세) 토목기사인 아버지의 업무 관계로 엑상프로방스로 이사한다. 프로방스 지방의 자연에 깊이 물든 어린 시절을 보낸다. 엑상프로방스 시청이 졸라의 아버지가 제안한 운하 건설 계획을 받아들인다.

1847년(7세) 운하 공사가 시작된 지 두 달도 못 되어 아버지가 갑자기 병사한다. 졸라 모자의 경제적 어려움이 시작된다.

1848년(8세) 어머니는 운하 공사와 관련한 아버지의 업적을 인정받기 위해 운하 회사 대주주와 소송에 들어간다. 어린 졸라는 사회적 불의에 분루를 삼킨다.

1852년(12세) 부르봉 중학교에 입학하여 미래의 위대한 화가 폴 세잔을 친구로 사귄다.

1854년(14세) 아버지가 착공했던 운하가 '졸라 운하'라는 이름으로 드디어 완공된다.

1856년(16세) 파리에서 온 교사 덕분에 미슐레, 위고, 라마르틴, 뮈세 등 낭만주의자들의 작품을 읽고 그들을 예찬한다. 처음으로 드라마와 시를 습작한다.

1857년(17세) 운하 회사 대주주와의 소송 문제로 어머니가 파리에 간다.

1858년(18세) 어머니는 졸라를 파리로 올라오게 한다. 생루이 고등학교에 장학생으로 입학하고, 시와 희곡을 습작한다.

1859년(19세) 가족이 극심한 경제적 어려움을 겪는다. 처음으로 미술전람회 살롱전을 관람한다. 바칼로레아에 응시하지만 두 번이나 낙방한다. 습작을 계속하며 미슐레를 탐독한다.

1860년(20세) 어머니의 경제적 짐을 덜어주기 위해 직업전선에 뛰어든다. 생활고를 겪는 와중에도 셰익스피어를 읽고, 습작 시편들을 거장 위고에게 보낸다.

1861년(21세) 위고와 몽테뉴의 책을 읽으며 습작을 계속한다.

1862년(22세) 유명 출판사인 아셰트 출판사 직원으로 채용된다. 출판사는 문자 그대로 졸라에게 '대학'의 역할을 한다. 프랑스 국적을 취득한다. 세잔이 졸라에게 여러 화가를 소개한다. 출판사 일로 작가, 비평가, 기자와 교류한다.

1863년(23세) 몇몇 신문에 최초의 기고문, 서평, 콩트 등을 싣는다.

1864년(24세) 미래의 부인 알렉상드린 멜레를 만나 동거에 들어간다. 최초의 창작집 『니농에게 주는 이야기 *Les Contes à Ninon* 』가 출간된다.

1865년(25세) 주요 신문에 비평문을 기고하면서 진정한 저널리스트로서 데뷔한다. 첫 번째 소설 『클로드의 고백 *La Confession de Claude* 』이 출간된다.

1866년(26세) 아셰트 출판사를 떠난다. 『레벤느망*L'Événement*』에 마네와 인상
　　　　　파 화가들을 옹호하는 글을 싣는다. 그동안 발표한 소론들을
　　　　　양분하여 『나의 증오*Mes haines*』와 『나의 살롱*Mon Salon*』이라는
　　　　　책으로 묶어 출간한다.

1867년(27세) 『테레즈 라캥*Thérèse Raquin*』이 출간된다. 마네가 살롱전에 출품
　　　　　하기 위해 자신의 열렬한 지지자인 졸라의 초상화를 그린다.

1868년(28세) 하나의 시대, 하나의 사회에 대한 거대한 벽화를 담을 소설
　　　　　시리즈를 구상한다.

1869년(29세) 대가 플로베르와의 우정이 시작된다. 라크루아 출판사가 『루
　　　　　공-마카르 총서*Les Rougon-Macquart*』 출간 기획을 받아들인다.

1870년(30세) 알렉상드린 멀레와 결혼한다. 에드몽 드 공쿠르와의 우정이
　　　　　돈독해진다. 제2제정과 프로이센-프랑스 전쟁에 반대하는
　　　　　글을 신문에 기고한다.

1871년(31세) 『루공-마카르 총서』 제1권 『루공 가의 행운*La Fortune des Rougon*』
　　　　　이 출간된다. 파리코뮌 봉기를 피해 잠시 글로통으로 갔다가
　　　　　돌아온다.

1872년(32세) 라크루아 출판사의 파산으로 샤르팡티에 출판사와 『루공-마
　　　　　카르 총서』 출판을 계약한다. 알퐁스 도데, 투르게네프, 모파
　　　　　상 등과 친교를 맺는다. 총서 제2권 『이전투구*La Curée*』가 출
　　　　　간된다.

1873년(33세) 총서 제3권 『파리의 배*Le Ventre de Paris*』가 출간된다.

1874년(34세) 총서 제4권 『플라상의 정복*La Conquête de Plassans*』과 『니농에게
　　　　　주는 새로운 이야기*Les Nouveaux contes à Ninon*』가 출간된다.

1875년(35세) 투르게네프의 소개로 러시아 문예지 『유럽의 메신저』에 단

편소설을 비롯한 여러 글을 기고하는데, 이 일은 5년 동안 계속된다. 총서 제5권 『무레 신부의 잘못*La Faute de l'abbé Mouret*』이 출간된다.

1876년(36세) 자연주의 유파의 일원이 될 앙리 세아르, 위스망스, 레옹 에니크와 교류한다. 총서 제6권 『외젠 루공 각하*Son Excellence Eugène Rougon*』가 출간된다.

1877년(37세) 총서 제7권 『목로주점*L'Assommoir*』이 출간된다. 출간 즉시 노골적 언어와 외설적 내용을 이유로 비난이 쏟아진다. 어쨌든 소설이 일으킨 공전의 스캔들 덕분에 엄청난 인세와 명성을 얻는다.

1878년(38세) 『목로주점』의 인세로 파리 근교 메당에 별장을 산다. 총서 제8권 『사랑의 한 페이지*Une Page d'amour*』가 출간된다.

1879년(39세) 『목로주점』을 각색한 연극이 성공을 거둔다.

1880년(40세) 플로베르, 어머니의 죽음이 잇따르면서 정신적·육체적 침체를 겪는다. 총서 제9권 『나나*Nana*』, 자연주의 소론을 모은 『실험소설*Le Roman expérimental*』이 출간된다. 졸라, 모파상, 위스망스, 세아르, 에니크, 알렉시가 단편집 『메당의 야회*Les Soirées de Médan*』를 발표한다.

1881년(41세) 『연극에서의 자연주의*Le Naturalisme au théâtre*』가 출간된다.

1882년(42세) 졸라의 명성이 이탈리아, 영국, 독일, 러시아 등 외국까지 이른다. 총서 제10권 『살림*Pot-bouille*』이 출간된다.

1883년(43세) 총서 제11권 『부인들의 행복 백화점*Au Bonheur des dames*』과 단편소설집 『나이스 미쿨랭*Naïs Micoulin*』이 출간된다.

1884년(44세) 총서 제12권 『삶의 기쁨*La Joie de vivre*』이 출간된다.

1885년(45세) 총서 제13권 『제르미날*Germinal*』이 출간된다.

1886년(46세) 총서 제14권 『작품*L'Oeuvre*』이 출간된다.

1887년(47세) 총서 제15권 『땅*La Terre*』이 출간된다. 무명의 청년 작가 다섯 명이 졸라의 자연주의를 비판하는 「5인 선언*Manifeste des cinq*」을 발표한다. 졸라는 이 선언이 도데와 공쿠르의 사주로 이루어 졌으리라고 의심한다.

1888년(48세) 총서 제16권 『꿈*Le Rêve*』이 출간된다. 졸라 부인이 데려온 가 정부 잔 로즈로가 졸라의 정부情婦가 된다.

1889년(49세) 졸라와 잔 사이에서 딸 드니즈가 태어난다.

1890년(50세) 총서 제17권 『인간 짐승*La Bête humaine*』이 출간된다.

1891년(51세) '문인협회' 회장에 피선되어 로댕에게 발자크 동상 제작을 의뢰한다. 졸라와 잔 사이에서 아들 자크가 태어난다. 총서 제18권 『돈*L'Argent*』이 출간된다.

1892년(52세) 총서 제19권 『패주*La Débâcle*』가 출간된다.

1893년(53세) 제20권 『의사 파스칼*Le Docteur Pascal*』이 발표됨으로써 『루공-마 카르 총서』가 완간된다.

1894년(54세) 『세 도시*Les Trois villes*』 시리즈 제1권 『루르드*Lourdes*』가 출간된 다.

1895년(55세) '문인협회' 회장직에 재선된다.

1896년(56세) 『세 도시』 시리즈 제2권 『로마*Rome*』가 출간된다. 『사법적 오 판, 드레퓌스 사건의 진실』이라는 소책자를 쓴 베르나르 라

자르의 방문을 받는다.

1897년(57세) 드레퓌스의 무죄를 확신한 졸라는 정의와 진실을 위한 투쟁을 결심한다.

1898년(58세) 1월 13일 『로로르』지에 프랑스 언론사상 가장 유명한 기고문이 된 '펠릭스 포르 대통령에게 보내는 편지' 「나는 고발한다!*J'accuse!*」를 발표한다. 고등사범학교 학생들, 작가들, 예술가들, 과학자들, 교수들의 대대적 지지가 잇따른다. 국방부 장관이 졸라를 명예훼손으로 고소한다. 중죄재판소로 소환된 졸라는 열다섯 차례의 공판 끝에 법정 최고형인 징역 1년 벌금 3천 프랑을 선고받는다. 선고 당일, 런던으로 원하지 않는 망명을 떠난다. 『세 도시』 시리즈 제3권 『파리*Paris*』가 출간된다.

1899년(59세) 드레퓌스 사건의 재심이 확정된다. 졸라는 영국에서 파리로 돌아온다. 사건의 재심 결과 놀랍게도 드레퓌스의 유죄가 원심대로 확정된다. 『네 복음서*Les Quatre Évangiles*』 시리즈 제1권 『풍요*Fécondité*』가 출간된다.

1900년(60세) 의회가 드레퓌스 사건 관련자들을 모두 사면하는 사면법을 통과시킨다.

1901년(61세) 드레퓌스 사건 관련 기고문을 모은 『멈추지 않는 진실*La Vérité en marche*』과 『네 복음서』 시리즈 제2권 『노동*Travail*』이 출간된다.

1902년(62세) 메당의 별장에서 여름을 보낸 졸라 부부가 9월 28일 파리의 집으로 돌아온다. 날씨가 추워서 벽난로에 불을 피웠는데, 벽난로 통풍이 원활하지 않았던 탓에 졸라는 가스중독으로 사망한다. 졸라의 질식사에 대해서는 반드레퓌스파가 저지른 암살이라는 주장이 끊임없이 제기되고 있다. 10월 5일 장례식에서 아나톨 프랑스가 "인류 양심의 한 획"인 졸라를 기린다.

1903년   『네 복음서』 시리즈 제3권 『진실La Vérité』이 유작으로 출간된
         다. 제4권 『정의Justice』는 영원히 미완성으로 남는다.

1906년   의회가 졸라 유해의 팡테옹 이장 법안을 가결한다.

1908년   졸라의 유해가 시민의 애도 속에서 위인들의 안식처 팡테옹
         으로 이장된다.

- 표지 사진의 저작권 허가를 받기 위해 노력했지만 저작권자를 찾을 수 없었습니다.
추후 저작권자를 찾는 대로 허가·승인 요청 등의 적절한 조치를 취하겠습니다.

방앗간 공격

초판 인쇄		2025. 1. 9.
초판 발행		2025. 1. 16.
저자		에밀 졸라
역자		유기환
편집		강지수
발행인		이재희
출판사		빛소굴
출판 등록		제251002021000011호(2021. 1. 19.)
팩스		0504-011-3094
전화		070-4900-3094
ISBN		979-11-93635-35-3(04800)
		979-11-93635-25-4(세트)
이메일		bitsogul@gmail.com
주소		경기도 고양시 덕양구 꽃마을로 66 한일미디어타워 1430호
SNS	인스타그램	instagram.com/bitsogul
	X(트위터)	twitter.com/bitsogul
	네이버 블로그	blog.naver.com/bitsogul